기억술사

1

KIOKUYA 1

ⓒ Kyoya Origami 2015
Illustration by loundraw
First published in Japan in 2015 by KADOKAWA CORPORATION, Tokyo.
Korean translation rights arranged with KADOKAWA CORPORATION, Tokyo
through Shinwon Agency Co.

오리가미 교야 장편소설 | 서혜영 옮김

기억술사

1

기억을 지우는 사람

arte

차례

일러두기
———
옮긴이주는 괄호 안에 '옮긴이'를 함께 넣어 표기하였습니다.

프롤로그

'기억술사'라는 도시전설을 처음 들은 것은 초등학교에
들어가기도 전이었다.

해 질 녘 공원의 초록색 벤치에 앉아서 기다리고 있으면
기억술사가 나타난다. 그래서 잊고 싶지만 아무리 해도 잊
을 수 없는 기억을 지워준다는.

이웃 노인들 사이에서는 잘 알려진 이야기였다. 할머니
도 누군가가 깜빡 잊거나 하면 "기억술사가 다녀갔나 보구
나" 하면서 웃었다. 그때는 그것이 단지 옛날이야기인 줄
알았다. 세 살 아래 소꿉친구가 기억술사가 나타나면 어쩌
지 하고 무서워하는 것을 보고, "그건 지어낸 이야기잖아,
바보야" 하고 웃은 적도 있다. 그때는 기억술사가 있다는

것을 믿지 않았다.

*

남자와 아이가 마주 보고 서 있다. 양쪽 다 얼굴은 보이지 않는다.

하얀 연기. 검은 가죽 구두. 펄럭이는 회색 천. 멀리서 몇 번쯤 경적이 울린다.

쭉 뻗는 팔을 본다.

도망쳐. 도망쳐.

누구에게 말하고 있는 거지? 나 자신에게 말하고 있는 건가? 그러면서 반복해서 소리친다. 그러나 발은 얼어붙은 듯이 움직이지 않는다.

나의 꿈은 늘 거기서 끝난다.

따르릉따르릉, 알람이 귓가에 울린 것과 거의 동시에 꿈의 끝자락이 보였다. 그리고 나는 잠에서 깼다.

이제 여름도 끝나 가는데 몸이 땀에 젖어 있다. 오랜만에 꾼 꿈인데 무엇을 말하는지는 여전히 알 수 없다. 의미

를 알 수 없는데도 꿈에서 깰 때면 늘 긴장으로 몸이 굳어
있다.

머리를 흔들고 얼굴을 드니 눈앞에 오렌지색 케이스를
씌운 스마트폰이 있다. 잡으려고 손을 뻗자 스마트폰은 휙
하고 손을 피해 팔이 닿지 않는 거리까지 이동한다.

"……마키."

"료 오빠 잠자는 얼굴 찍었다."

"……내놔."

"싫어."

엎드려 자서 그런지 등과 어깻죽지가 삐걱거린다. 책상
에서 몸을 일으켜 어깨를 돌리고 있자니, 뒤에서 맥의 모
니터를 들여다보던 마키가 소리를 질렀다.

"뭐야 이거, 연표? 우아, 굉장해, 이런 것까지 만드는구나."

막 자고 일어나서인지 소녀의 높은 톤의 목소리가 더 날
카롭게 귀를 울린다. 나는 얼굴을 찌푸리고 열려 있는 파
일을 닫았다. "치사해" 하고 투덜대는 마키를 무시하고 아
예 맥도 꺼버렸다.

화면이 사라지기 직전까지 모니터를 보고 있던 마키는
색을 뺀 머리카락 끝을 만지작거리면서 입을 삐죽 내밀
었다.

"1956……이라고 쓰여 있던데? 그러면 기억술사가 등장한 게 오십 년도 넘었다는 거야?"

"소문이 처음 돈 것이 오십 년 전이라는 뜻일 뿐이야. 도시전설이란 게 그런 거잖아."

나는 의자에서 일어나 책상 위에 펼쳐놓은 노트와 메모 종류를 그러모았다. 내가 그것들을 클리어 파일에 넣자, 마키가 "비밀주의" 하며 힐난했다.

"그 얘기에 관심 가진 거 꽤 오래전부터지? 료 오빠는 그런 얘기를 우습게 여기는 사람인 줄 알았는데, 완전 의외야."

"뭐, 믿는 건 아니고. 단지 '소문의 형태로 사람에서 사람으로 전달되는 정보'라는 커뮤니케이션의 방식에 흥미가 있을 뿐이야."

거짓말이다. 나는 기억술사라는 도시전설이 엉터리라고 생각하지 않는다. 그러나 이 소꿉친구한테는 그렇게 말하지 않는다.

"도시전설은 출처를 알 수 없는 소문일 뿐이야. 친구의 친구가 실제로 체험했다는 식으로 이야기가 퍼져나가지만, 그 '친구의 친구'에게는 절대 다다를 수 없어. 그러니까 확인할 방도도 없어. 입 찢어진 여자라든가 사람 얼굴을 한 개[犬]라든가, 모두 그런 유의 이야기잖아."

"아, 응."

"그렇게 꾸며낸 게 분명한 이야기가 왜 널리 퍼지는지, 또는 퍼지는 과정에서 어떻게 변화해가는지 등등, 그런 것을 조사하는 거야. 학교 과제니까. 방해하지 마."

"그래……. 아, 그럼 말이지. 우리 반 아이들한테 물어봐 줄까? 여고생들은 그런 거 좋아해서 제법 정보가 모일지도 몰라."

"남의 과제 걱정할 때가 아닐 텐데. 너 중간고사 이제 곧 아냐?"

"아, 깜빡했네. 수학 가르쳐달라고 온 건데!"

"나 바빠."

"잤으면서."

나는 실제로 기억술사에게 기억이 지워진 것으로 추정되는 인간을 세 명 알고 있다. 그중 한 명이 이 세 살 아래의 소꿉친구, 가와이 마키다. 그렇기 때문에 이 일에 그녀를 끌어들일 생각은 없다.

처음엔 마키의 기억이 누락되어 있다는 사실과 기억술사를 결부시키지 않았었다. 두 가지를 결부시켜서 생각하게 된 것은 일 년 전, '두 번째' 사람을 알고 난 후부터다.

그리고 기억술사란 게 도시전설에 지나지 않는다고 하

는 생각을 근본적으로 바꾼 것은 '세 번째'의 존재를 알아
차리고서부터였다.

첫 번째 에피소드

알아차리다

대학에 입학하고 처음으로 참가한 회식에서 일 년 선배인 사와다 교코와 친해지게 됐다. 내가 실수로 그녀의 가방을 발로 차서 쓰러뜨린 것이 계기가 되었다.

"앗, 죄송합니다."

"아아니, 나야말로 사람들 지나다니는 길에 가방을 놔둬서 미안."

나는 다다미 바닥에 무릎을 꿇고 앉아 가방에서 튀어나온 책을 주워서 그녀에게 건넸다. 『최면요법과 뇌과학』이라는 딱딱한 제목이 눈에 들어왔다.

"심리학 전공이에요?"

"응, 좀 관심이 있어서."

파스텔 색조의 천 가방에 든 두꺼운 하드커버 전문서. "오호!" 하는 소리가 절로 나왔다. 얼굴도 예뻤다.

나는 자연스럽게 그녀 옆에 앉아서 이야기를 나눴다. 건배 전에 참가자 모두가 자기소개를 했을 때, 그녀에게 남자친구가 없다는 사실을 이미 확인한 상태. 그녀와 이야기를 주고받다가 그녀가 응원하는 프로 야구팀이 나와 같다는 것도 알게 되어 더욱 흥이 올랐다.

(점점 마음에 들어.)

그녀와는 이야기를 하고 또 해도 피곤하지가 않았다. 스포츠만이 아니라 좋아하는 영화도 비슷하고, 그 밖에도 여러 가지로 서로 취미가 맞았다. 술자리에서 마음에 드는 여자 선배와 만나 이렇게 친해지다니, 이거야말로 꿈에 그리던 캠퍼스 라이프 그 자체다.

선배들이 주로 참가하는 회식이라서 오기 싫은 걸 할 수 없이 따라온 거였다. 나를 끌고 와준 친구에게 고맙다는 눈짓을 보냈다.

그런데…….

"아, 미안. 나 집에 가야 해."

자주 시계를 들여다보던 그녀는 회식이 시작되고 나서 한 시간이 채 안 되어 자리에서 일어났다.

"잠깐 얼굴만 내밀려고 온 거야. 미안."

"네에?" 하며 내가 실망을 표하자, 미안하다는 듯이 한 손을 들어 '미안해' 포즈를 취한다.

'그럼 좀 더 있다 갈까?'라고 말해주기를 기대했건만, 그 녀는 친구로 보이는 여자에게 1,000엔을 건네고는 정말로 그대로 돌아가버렸다.

나는 반쯤 어리둥절해하면서 그녀가 가는 모습을 지켜 봤다. 어, 이거 통금이 있다고 해도 너무 이르잖아? 이제 여덟시가 좀 지났을 뿐이라고, 여덟시.

그렇게 소리 내어 말하지는 않았지만 섭섭한 마음이 얼 굴에 또렷이 드러났던 모양이다.

"특별히 요시모리 군이 싫어서가 아니야. 교코는 항상 그래."

다른 선배들이 말했다.

"워낙에 회식 자리에 오는 일도 별로 없지만, 참가했다 해도 바로 집으로 가버려. 오늘은 그래도 오래 있었던 편 이야."

나를 달래주기 위해 하는 말들 같았다. 그래도 계속 마 음이 섭섭했다. 이메일 주소라도 받아두었으면 좋았을 것 을 하는 아쉬움도 밀려왔다.

다행히도 그녀와 나는 같은 학부여서 어렵지 않게 학교에서 다시 볼 수 있었다.

　같은 선택과목을 수강하게 되어 자연스럽게 그녀와 만날 수 있었고, 그녀를 세 번째 만났을 때 학교식당에서 같이 점심을 먹자고 청했다. 그녀는 의외로 선선히 오케이했다.

　교코가 점심식사 전에 먼저 도서관에 들르고 싶다 하여 같이 갔다. 그녀는 『심리요법의 기초』라는 두꺼운 책을 빌렸다.

　"어려워 보이는 책이네요."

　"꽤 재미있어. 요시모리는 어떤 강의를 듣고 있어?"

　"으응, 커뮤니케이션 개론……. 요즈음은 소문의 전달 과정이나 도시전설의 전파에 대해 공부하고 있는데 재미있어요."

　"도시전설? 아, 입 찢어진 여자 같은 이야기? 무서운 얘기지만 나 그런 얘기 제법 좋아해."

　"인터넷에 도시전설을 정리해놓은 사이트도 있는데 거기에도 여러 가지 이야기가 많이 있어요."

　"그래? 한번 봐볼까나."

　교코는 첫인상처럼 붙임성도 있었고 말도 잘 통했다. 활발하고 사교적이라는 느낌까지 주었다. 적어도 낯을 가리는 타입은 아닌 것 같았다. 회식 자리에 잘 참가하지 않는 것도 대인관계를 잘 못해서가 아닐 것이다.

학교식당의 창가 자리에 각각 A런치와 고기우동 쟁반을 테이블에 놓고 서로 마주 보고 앉았다.

"사와다 선배 집은 통금이 엄격한가요?"

"어?"

"회식 자리나 노래방에 가서 늦게까지 있었던 적이 없다고 들어서요."

내가 말하자, 교코는 "그런 게 아닌데" 하고 쓴웃음을 지으며 말을 흐렸다.

"아, 뭔가 말하기 어려운 거라면, 뭐 굳이……."

"별것 아니야. 다만 일부러 말할 것까지는 없다 싶어서……."

그녀의 시선이 허공에서 흔들린다. 그렇게 망설이는 듯이 얼마간 침묵을 지키더니 교코는 작은 소리로 말했다.

"밤길이 무서워서."

의외의 대답에 나무젓가락을 쪼개려던 동작을 멈췄다.

교코는 나의 그런 반응을 보고는 목소리를 한 톤 높였다.

"자의식 과잉이지! 나도 알아."

"하긴 그런 건…… 여자는 대체로 모두 그렇지 않나요? 이상한 사건도 많고 하니까."

"응……. 그래, 그렇긴 한데."

그래도 여덟시가 되면 곧장 귀가라니 좀 심하다고 생각했지만 말을 하지는 않았다. 무슨 이유가 있겠지 하고 이해하기로 했다.

내가 나무젓가락을 쪼개자, 교코도 포크를 집어 들고 음식을 먹기 시작했다. 한동안 우리는 잠자코 식사만 했다.

앞에 놓인 그릇에서 고기우동이 줄어드는 것을 남의 일처럼 바라보면서, 나는 생각했다.

(이거, 다 먹으면 '그럼 이만' 하겠지?)

이대로 헤어지면 어색하다. 대답하기 어려운 질문을 해서 그녀를 거북하게 만들었구나. 어렵게 같이 밥 먹는 자리를 만들었는데.

나는 그냥 있으면 안 되겠다는 생각에 젓가락을 멈췄다.

"여덟시까지라면 괜찮은 거지요?"

나는 그렇게 말하면서 우동 그릇에서 얼굴을 들었다.

불쑥 그렇게 말하자 교코가 놀란 표정을 했다.

"요전번 술자리에서 얘기한 영화, 스페인 영화의 할리우드 리메이크, 선배가 보고 싶다고 했잖아요?"

서론도 없이 일방적으로 지껄여대다가 말이 빨라진 것을 알아차리고 일단 입을 다물고 침을 삼켰다.

"……괜찮으면, 지금 보러 갈래요?"

교코의 눈이 뜬 채로 굳었다.

오 초 정도 서로 응시하는 모양새로 있었다. 이윽고 교코의 속눈썹이 천천히 위아래로 움직였다.

교코는 포크를 접시에 내려놓았다.

"……미안, 오늘은 볼일이 있어서."

"그럼, 다음 주도 좋아요. 나, 월요일은 오후에 강의가 없거든요."

"월요일은 안 돼. 미안해."

거듭된 거절. 미안하다는 듯이 교코의 눈썹이 처진다.

그 얼굴을 보니까 힘이 빠져버렸다.

"그래요……? 죄송합니다. 갑자기 영화를 보러 가자고 해서."

창피했다.

몇 번 얘기를 나눈 게 전부인데 단숨에 거리를 좁히려고 헛발질을 했다. 조금 더 스마트하게 할 수 있었을 텐데. 어떻게 봐도 나는 기세 좋게 데이트 신청을 했다가 물을 먹은 남자가 돼버렸다. 나의 무모한 요구가 그녀와의 관계를 거북하게 만들었다.

그런 생각을 하고 있을 때 교코가 말했다.

"그래도 고마워. 같이 가자고 해줘서 기뻐."

그리고 조금 난처한 듯이, 멋쩍은 듯이, 하지만 기쁜 듯이 웃었다. 그녀의 웃는 얼굴이 사랑스럽게 보였다. 시무룩해지던 마음은 다시 들떴다.

(희망은 있다.)

나는 원래 다른 사람에게 쉽게 반하는 타입이 아니다.

얼굴과 스타일이 마음에 들더라도, 그리고 서로의 취미가 맞더라도, 그것만으로는 부족하다. 아직 좋아질 만큼 그녀를 알지 못한다. 하지만 지금부터라도 알아가고 싶다.

*

월요일 오후, 학교 친구들과 점심을 먹고 헤어져서 혼자 서점을 다녀오다가 병원 앞길에서 교코와 마주쳤다. 교코는 병원에서 막 나오는 참이었다.

아니, 어찌 이런 우연이. 누구 병문안 온 건가. 그러나 나와 눈이 마주친 순간 교코의 표정이 굳어졌다. 그때 갑자기 기억이 났다. 오늘은 월요일이다. 매주 월요일은 볼일이 있다고 했다.

"……괜찮아요?"

나도 모르는 사이에 그렇게 묻고 있었다.

그녀는 내가 그렇게 물어봐야 할 정도로 어쩔 줄 몰라 했기 때문이다. 인사만 하고 이 자리를 뜨는 게 예의인가 하고 생각하면서도 지금 묻지 않으면 앞으로도 계속 못 물어볼 것 같다는 생각이 들었다.

그래서 뒤로 물러나야 할 상황에서 굳이 한 걸음 더 앞으로 내디뎠다.

"이제 집에 가는 건가요? 같이 커피 한잔하지 않을래요?"

그녀는 어찌할 바를 모르겠다는 얼굴을 하고 나를 따라 왔다.

우리는 병원 정문 맞은편에 있는 체인점 커피숍으로 들어갔다.

교코는 침울해진 표정이었지만, 내가 사겠다고 하자 사양하지 않고 카운터 앞에 서서 톨 사이즈 카페모카를 주문하고 유료로 제공되는 시럽까지 추가했다. 웃음이 저절로 피어나서 번지는 내 얼굴을 그녀는 원망이 섞인 눈으로 바라봤다. 그녀가 생각보다 활기차 보여서 안심이 됐으나, 일부러 그렇게 행동하는 것인지도 모르는 일이었다.

먼저 테이블에 가서 앉은 그녀는 무료하다는 표정을 짓고 내가 오기를 기다렸다.

나는 카운터에서 주문한 커피를 받아 들고 투명한 플라스틱 용기에 스트로를 꽂아서 그녀 쪽으로 갔다. 교코 앞에 커피를 놓으면서 말했다.

"아르바이트를 하나 보다 했어요. 매주 월요일은 안 된다고 해서."

"……응."

"거절하려고 핑계를 댄 게 아니라서 다행이에요. 안심했습니다."

맞은편 자리에 앉으면서 그렇게 말하자 교코는 조금 웃었다.

그녀는 고맙다고 말하고 컵을 자기 앞으로 끌어당겨 양손으로 감싸듯이 들었다.

"심료내과(신체적 증상을 나타내는 신경증이나 심신증을 진료 대상으로 한다 - 옮긴이). 매주 한 번 다녀. 좋아지면 이 주나 삼 주에 한 번만 와도 괜찮을 거라는데……. 아직까지는 별 효과가 없는 것 같아."

교코는 컵 위로 수북하게 올라온 생크림을 보면서 그렇게 말하고는 나의 반응을 보려는 듯이 눈을 들었다.

"나한테 실망했지?"

"내가 왜요?"

이런 개인적인 사안을 털어놓게 만들었으니, 오히려 교코 입장에서 내가 싫어졌을 법한 일이다.

내가 그런 반응을 보이자 그녀의 처진 눈썹이 또 한 번 웃었다.

"밤길이 무섭다고 했잖아."

교코는 왼손을 컵에 대고 오른손으로는 스트로를 들고, 입은 대지 않은 채 휘젓는다.

"이 나이가 돼서. 나도 내가 이상하다는 건 잘 알고 있어."

"이상……할 거 없다고 생각하는데요."

그녀를 보고 유달리 조심성이 많은 사람이구나 하는 생각은 했지만, 이 위험한 세상에서 여자라면 그럴 수도 있는 게 아닌가 하고 이해하고 있었다.

다만 그 조심스러움의 정도가 그녀의 다부진 이미지와는 맞지 않는다는 느낌은 들었다.

"고마워. 그래도 이 나이가 돼서 해만 떨어지면 혼자서 밖을 돌아다니지 못하는 게 정상은 아니니까, 어떻게든 해봐야지 하고 카운슬링 받고 있는 거야."

혹시 피해망상 같은 건가. 단지 밤길이 무섭다고만 했는데, 실은 내가 생각했던 것 이상으로 심각한 건가 싶었다.

"증상이 나으면 좀 더 다양한 것들을 할 수 있을 거고…… 회식에도 나갈 수 있게 될 거야. 그러면 그때 또 말을 걸어주면 좋겠어."

마음 약한 말투다. 그리고 그렇게 말하면서 흘리는 어딘가 조심스러운 웃음도 그녀와 어울리지 않는다.

밤길이 무서운 것은 교코 탓이 아니다, 불편하고 괴로운 것은 그녀 자신이다, 그런데도 멋대로 그녀에게 데이트를 신청했다가 거절당한 나에게까지 미안하게 생각할 필요는 없다. 그녀가 어두운 밤길에 나와 다니는 걸 무서워한다면, 노력해야 할 사람은 나인 것이다.

(그녀가 자연스럽게 웃는 모습을 보고 싶다면, 그녀가 그럴 수 있도록 내가 뭔가를 해야 하는 거야.)

나는 즉시 주머니에서 스마트폰을 꺼내서 근처 영화관과 상영 영화 제목을 검색해보았다. 이곳에서 걸어서 십 분 거리에 교코에게 같이 가자고 했다가 거절당한 서스펜스 영화 상영관이 있었다.

나는 일부러 목에 힘을 주고 말했다.

"그래도 영화 보러 가요. 지금부터. 분명 여섯시부터 상영하는 영화가 있을 텐데."

"자, 여기" 하고 스마트폰 화면을 교코에게 보였다.

교코는 망설이는 얼굴로 화면과 내 얼굴을 번갈아 봤다.

"어……. 그래도."

여섯시부터 시작되는 영화를 보면 확실하게 어두운 밤 시간에 집에 가게 된다.

나도 그 정도는 알고 있다.

나는 그녀가 달아날 구멍을 막듯이, 한마디 한마디 내 말로 둘러싸듯이, 계속해서 말했다.

"내가 데려다줄게요. 집 앞까지, 꼭. 아니, 문 앞까지. ……버스든 전철이든 같이 타고 가요. 절대 안전하게 데려다줄게요."

내가 너무 필사적으로 데이트를 제안해서 교코가 웃는다 해도 어쩔 수 없다. 아니, 웃어준다면 더 좋다.

제발.

"안 보러 갈래요, 영화?"

교코가 나를 보고 거듭 눈을 깜빡였다. 입을 꽉 다문다. 눈빛이 흔들린 것 같아 보였지만, 울음을 터뜨리거나 하지는 않았다.

교코는 코를 훌쩍이더니 눈을 감고 숨을 들이마셨다 내쉬었다 했다.

그러고는 왼손으로 컵을 잡아 플라스틱 뚜껑을 벗기고 그대로 입으로 가져가 커피를 들이켰다. 목욕하고 나와서 커피우유를 마실 때처럼. 뭐랄까, 남자 같은 행동이었다.

거의 빈 컵을 테이블 위에 탕 내려놓고, "푸하" 하고 숨을 내뱉었다.

"좋아, 가주지. 그렇게까지 말하는데."

나는 왠지 우쭐해져서 턱을 치키고 가슴을 내밀고 말했다.

"웬 고자세?"

"선배니까."

내가 너무 억지를 부렸나 하고 불안하던 터에 그녀가 농담 섞인 오케이를 하자 기분이 좋아져서 일부러 익살을 떨었다. 교코도 익살로 맞받았다.

부자연스러움이 느껴져도 서로 언급하지 않는다.

아직 둘 다 신경 써서 서로를 탐색하는 중이다. 한 발 다가간 것이 기쁠 뿐이다.

커피숍을 나설 때, 작게 "고마워"라고 말하는 소리가 들렸지만, 못 들은 척했다.

영화를 보고 파스타 체인점에서 저녁을 먹고 나니 열시가 다 되어 있었다.

교코는 가장 가까운 역에서 집까지 걸어서 십 분 정도 걸린다고 했다.

역에서부터 나란히 길을 걸었다. 나는 여자를 집까지 데려다주는 것이 처음이라서 조금 긴장했다.

"아, 확실히 이 길은 좀 어두운 것 같은데……."

길 양옆에 가게가 있어서 낮에는 사람들로 북적일 테지만, 지금은 가게 셔터도 모두 내려졌고 인적도 전혀 없다.

혼자 걷는 게 무섭다고 느끼는 것도 무리는 아니라고 말했더니, 교코가 샛길을 가리키며 말했다.

"낮에 바쁠 때는 이쪽…… 샛길을 이용하기도 하는데, 밤에는 정말로 캄캄하거든."

큰길에는 그래도 (미덥지는 않으나) 가로등이 있지만, 교코가 가리킨 샛길에는 빛이라고 할 만한 것이 거의 보이지 않았다.

"이 길을 여자 혼자 걷는 건 힘들어 보이네요, 확실히."

"응……."

교코는 버스에서 내린 뒤로 가방 손잡이에 매달려 있던 키홀더 같은 것을 빼내어 손안에 들고 있었다.

내가 뭘까, 하고 물끄러미 보고 있자니까 교코가 내 시선이 당황스러운지 손바닥을 폈다.

"아……. 미안, 습관이라서."

"뭔데요?"

"방범 버저. 휴대용이야."

"호오, 이런 게 있구나."

"제법 큰 소리가 나. 이건 누르면 소리 나는 거고, 이쪽이."

가방을 뒤져서 짤랑짤랑 플라스틱 제품을 잡아당겨 꺼냈다. 원반형인 것, 통 모양인 것, 모양은 각양각색이었지만 아무래도 모두 다 방범용품인 모양이었다.

"이건 끈을 잡아당기면 소리가 나는 거. 이쪽 것이 본격적인데."

"그렇게 여러 개를 갖고 다녀요? 하지만 소리만이 아니라 상대를 퇴치할 수 있는 게 더 좋지 않을까요?"

"스프레이라면 있어. 최루 스프레이, 고춧가루가 들어 있는."

"우아, 굉장하다."

밤길을 걸으며 방범용품 설명회가 시작됐다. 서로 웃고는 있었지만 집이 가까워지자 교코는 갑자기 고개를 떨어뜨리고 아래를 봤다.

"……내가 이러는 거 이상하지."

교코가 멈춰 섰기 때문에 나도 발걸음을 멈추고 교코를 봤다.

"아홉시 이후로는 무서워서 혼자서는 밖에 못 나가. 방범용품을 몇 개씩 갖고 있지만 안심할 수가 없어. 혼자서는 전철 안에서도 버스 안에서도 계속 스프레이를 움켜쥐고 있게 돼. ……움켜쥐고 있어도 무서워. 그래서 여덟시만 되면 자리에서 일어서는 거야."

나는 온몸으로 그녀를 향해 마주 섰지만, 교코는 시선을 콘크리트 바닥에 떨어뜨린 채 나를 쳐다보려 하지 않았다. 손에는 플라스틱 방범 버저를 쥐고, 집게손가락을 체인 끝 링에 걸고 있었다.

싸구려 체인을 만지작거리면서 말을 꺼냈다.

"나 옛날에 치한을 만난 적이 있어. 그때는 지나가던 사람이 있어서 구해줬지만, 정말 무서웠어. 체력에도 제법 자신 있었고 성격이 강한 편이었는데도 무서워서 소리도 내지 못했어. 지금도 생각나면 무서운걸. 트라우마란 건가 봐."

말이 점점 빨라졌다. 교코로서는 생각하고 싶지 않은 일, 입에 올리고 싶지 않은 일이었을 것이다. 그래도 어떻게든 용기를 내서 내게 그 이야기를 들려주고 있다.

나는 그녀와 시선을 마주치지는 못했지만 그녀가 하는 말을 진지하게 들었다.

"이것저것 책도 많이 읽고 여러 사람과 상담하고 병원에도 다니기 시작했지만, 안 돼. 이렇게 무서워할 필요가 없다고 머리로는 알고 있는데도."

"어떻게 하면 좋을지 모르겠어"라고 말하는 교코의 목소리가 갈라진 채 잦아들었다.

교코는 이야기를 끝내고도 멈춰 선 채 얼굴을 들지 않았다.

나는 뭔가 할 말을 찾기 위해 애썼다.

그녀가 그동안 고민해온 것에 대해 내가 쉽게 답을 줄 수 있을 리 없었으나 그렇다고 그냥 듣기만 하고 끝낼 수는 없었다.

그녀가 조금이라도 나를 신뢰하고 있다면, 적어도 나와 함께 있을 때만큼은 안심했으면 좋겠다. 그녀가 자기 자신을 이상하다고 생각하고, 그 때문에 나에게 미안하다고 말하다니, 그런 생각은 하지 않았으면 좋겠다. 나는 속으로 그렇게 말해보며 할 말을 찾았지만, 결국 그녀를 안심시킬 수 있는 말이 생각나지 않았다. 나는 스스로 한심해하며 입을 열었다.

"……나는 치한을 만난 적이 없어서 잘 모르지만."

교코는 눈을 내리뜬 채로 조금 웃었다.

"어쨌든 큰 쇼크였을 테니까 그렇게 될 수밖에 없다고…… 생각해요."

"아니야, 난 역시 정상이 아니야. 치한을 만난 여자는 수도 없이 많아. 그 여자들이 모두 나같이 되는 건 아니거든."

"그건…… 그건 어쨌든 선배 탓이 아니잖아요."

교코는 얼굴을 들고 "고마워" 하고 말하며 웃었다. 고맙다는 인사를 듣고 싶은 게 아니었기 때문에 더 복잡한 기분이 되었다.

우리는 천천히 걸어서 '사와다'라는 문패가 달린 집 앞까지 왔다. 교코가 열쇠를 꺼내 문을 여는 것까지 보고, "그럼 여기서 이만" 하고 말하려고 했다. 그때…….

"……아, 있지, 요시모리, 수업에서 도시전설에 대해 조사한다고 했지?"

문득 기억이 났다는 듯이 교코가 문에 한 손을 댄 채로 돌아봤다.

"기억술사라고, 알아?"

"어."

순간 철렁했다.

그 말이 처음 듣는 말이라서가 아니었다.

(기억술사가 다녀갔나 보구나.)

꽤 오랫동안 들어보지 못했던, 그러나 기억에 남아 있던 그 말이 머릿속에서 갑자기 되살아났기 때문이다.

내가 옛날에 들었던 그 기억술사 얘긴가?

"모르지? 미안, 아무것도 아니야!"

내가 미처 대답도 하기 전에 교코는 자기가 한 말을 지우기나 하듯이 가슴 앞에서 손을 흔들었다. 열린 문 너머로 몸을 반쯤 미끄러지듯 들이밀고, 양손을 마주하여 감사의 뜻을 보냈다.

"고마워, 정말. 학교에서 또 봐."

"아……. 네."

문이 닫혔다.

*

커뮤니케이션 개론 과목의 과제 리포트를 쓸 때 참고한 인터넷 사이트가 있었다. 개인이 운영하는 사이트 같았는데, 도시전설 전반에 대해 다루고 있었고, 종류별로, 그리고 가나다순으로 전국의 도시전설을 망라해놓았다. 거기에 더해서 검색 기능이 달린 사전과, 관리인이 정리해놓은 각종 도시전설에 대한 고찰, 도시전설에 도통한 관리인이 상주하고 있는 채팅방까지 있었다. 정보량도 상당했다.

헤어질 때 교코가 한 말이 신경 쓰여서, 북마크를 해놓은 채 그대로 뒀던 그 사이트를 열어봤다. 그리고 도시전설사전의 '가' 행에서 '기억술사' 항목을 찾았다.

마이너한 도시전설답게 다른 항목과 비교하면 정보량은 적었지만, 그래도 여러 줄의 설명이 실려 있었다.

이를테면, 기억술사는 기억을 지울 수 있는 괴인이다. 기억술사를 불러내는 방법이 몇 가지 있는데 기본적으로 기억술사는 자신을 만나고 싶어 하는 사람 앞에 스스로 나타난다. 일본에서 유행하는 도시전설 가운데 해외로부터 수입된 것이 적지 않은데, 기억술사 이야기는 일본, 그것도 도쿄 인근 이외의 곳에서는 들을 수 없다. 여고생을 중심으로 극히 최근에 유행하기 시작했다. 분류하자면 '괴인 빨간 망토'나 '입 찢어진 여자' 등으로 대표되는 '괴기 괴인 계열' 도시전설에 속한다.

어렸을 때 할머니에게서 기억술사 이야기를 들은 적이 있었다. 사이트에 실려 있는 정보와 내용은 대충 비슷했다. 그러나 사이트에는 '최근에 유행'이라고 쓰여 있었다. 옛날에는 극히 한정된 지역에서만 떠돌던 도시전설이 무슨 이유로 널리 알려지게 된 걸까.

(별 내용이 없네.)

오싹한 결말의 에피소드가 있는 것도 아니고, 괴인이라고는 하지만 입 찢어진 여자나 사람 얼굴을 한 개에 비교하면 임팩트가 부족하다. 그러니까 수많은 도시전설 중에서도 그다지 눈길을 끄는 쪽은 아니었다.

(뭐가 됐건 그냥 소문이겠지만.)

교코가 심각한 얼굴로 말했기 때문에 신경 쓰였을 뿐이다.

(선배가 왜 갑자기 기억술사 얘기를 꺼낸 걸까.)

기억을 지워주는 괴인이라니. 그런 게 어디 있겠어. 그저 지어낸 이야기일 텐데.

나는 목 근육을 쭉 늘여서 우두둑 소리를 내면서 생각했다.

(정말로 있으면 좋겠다는 건가? 그렇다면 자신의 트라우마가 된 기억도 지울 수 있을 거라고 생각하는 거야?)

상담을 받아도 효과가 없고, 뭘 해도 소용없다고 말한 뒤에, 있을 리 없다는 것을 알면서도 그래도 혹시나 있으면 좋을 텐데 하는 생각에서 그런 심각한 얼굴로 말한 건가.

생각이 거기에 미치자 '혹시나' 하는 그녀의 절박한 마음이 느껴지는 것 같아 내 마음도 먹먹해졌다.

*

내가 끈질기게 권하는 바람에 교코는 등을 떠밀리다시피 해서 몇 번쯤 회식에 참가했다.

회식이 끝나면 매번 집까지 데려다줬다. 기사가 된 기분으로. 나에게는 그게 즐거운 일이었지만 그녀는 늘 내게 미안해했다.

'공포증'을 고치려고 교코 자신도 노력했지만 성과로 이어지지 않는 모양이었다.

십 분씩 집에 가는 시간을 늦추고 조금씩 익숙해지게 하면 어떨까. 아예 밤에 한번 돌아다녀보고 별일 없다는 것을 알게 되면 아무렇지도 않게 되지 않을까. 여러 가지로 생각해서 권해봤지만, 교코는 그때마다 모두 시도해봤다면서 고개를 좌우로 저었다.

"고등학교 때부터 여러 가지 시도를 해봤어. 상담 선생님도 두 명째야. 그래도 안 되더라고. 이론으로는 알아도 마음과 몸이 안 따라줘."

적어도 나와 함께 있으면 밤길을 걸을 수는 있다.

그렇다면 실제로 밤 외출을 거듭하면서 여러 번 같은 길을 다녀보는 것이 가장 그럴싸한 방법이 아닐까 싶었다. 계속하다 보면 언젠가는 아무렇지도 않게 되지 않을까.

그녀를 집에 데려다주는 임무를 몇 번쯤 반복한 뒤에 타이밍 좋게 열린 회식 자리에 이번에도 교코와 함께 참석했다. 이제 그녀도 조금은 밤거리를 다니는 데 익숙해지지 않았을까. 그렇게 생각한 나는 술자리가 끝나갈 무렵 일부러 꼭 가봐야 할 볼일이 생겼다고 말하고 혼자서 자리에서 일어났다.

거친 치료 방법이 효과가 있을지도 모른다는 생각에 교코에게는 사전에 아무 얘기도 안 했다. 무슨 일이 있으면 안 되므로 교코 모르게 거리를 두고 따라갈 작정이었다.

교코는 다른 사람들과 헤어지고 나서 꽤 오랫동안 식당 앞에 머물렀다. 그러더니 드디어 결심했는지 달리기 시작했다. 누가 쫓아오기라도 하는 듯이 달렸기 때문에 뒤를 따라가는 게 쉽지 않았다. 그녀는 평소의 그녀답지 않게 흠칫흠칫 주위에 신경을 쓰면서 달렸다. 역까지는 그다지 먼 거리가 아닌 데다가 오가는 사람이 많기도 해서 그녀는 어떻게든 역에 당도했다.

교코가 어려움 없이 전철을 타고 집에서 가까운 역에 도착한 것을 보고 이제 안심이라고 생각했다. 그러나 거기까지였다.

창백한 얼굴로 방범용품을 꽉 움켜쥔 교코는 거기서부터 꼼짝도 하지 못했다. 선술집이 있던 역 앞 거리에 비해서 교코가 사는 동네의 역 주변은 한적했다. 역 주위에는 24시간 영업하는 가게가 있어서 그나마 조금 밝았지만, 거기를 벗어나 어두운 쪽으로 걸음을 내딛는 것은 아무래도 힘든 모양이었다.

몇 번을 시도했지만 채 몇 걸음도 나아가지 못하고 되돌아왔다. 먼발치에서도 그녀의 몸이 딱딱하게 굳어 있다는 게 느껴졌다.

아직 일렀다.

교코의 공포증은 생각했던 것보다 훨씬 심각했다.

삼십 분쯤 그렇게 하고 있었을까, 드디어 교코의 어깨가 축 처졌다. 역 바로 옆에 있는 24시간 영업하는 패밀리 레스토랑을 향해 방범 버저를 움켜쥔 채 달리기 시작했다. 그곳에서 밤을 지새울 작정인가 보았다. 나는 서둘러 그녀를 쫓아갔다.

레스토랑 앞에서 교코를 붙잡았다. 교코는 숨을 헐떡이는 나를 보고 바로 나의 의도를 알아차렸다.

"미안."

울음을 터뜨릴 것 같은 얼굴로 말했다.

무서웠을 텐데, 불안했을 텐데, 교코는 자신을 속인 나를 탓하지 않았다. 도리어 자신의 한심한 모습에 대해 미안해하는 얼굴이었다.

그런 얼굴을 보고 싶은 게 아니었다.

내 잘못이었다.

"나야말로 미안해요."

손을 잡고 싶었으나 그녀의 손에는 방범 버저가 쥐여 있다.

나는 결국 교코를 집에까지 데려다줬다.

그녀의 손에는 손을 대지 못했다.

*

산더미 같은 방범용품도, 과도한 경계심도 불필요하다는 것을 교코는 스스로 알고 있었다. 머리로는 그것을 알고 있었지만 공포심은 사라지지 않았다.

내가 할 수 있는 것은 아무것도 없었다. 뭔가 제안을 해봐도 교코는 부드럽게 거절했다. 무엇을 해도 소용없다는 것을 잘 안다는 듯이.

"기억술사는 잊고 싶은 것이 있는 사람 앞에 나타나서 잊고 싶은 것만을 잊게 해준대. 잊은 사람은 기억술사가 잊게 해줬다는 사실까지 모두 잊고, 나쁜 기억은 전부 없었던 거나 다름없게 된대."

그 사건이 있고 나서 교코는 내게 종종 기억술사에 관한 이야기를 해주었다.

공포증을 고치려면 이제는 원인이 된 과거의 기억을 지울 수밖에 없다. 여러 치료법을 시도해본 결과 그렇게 생각하기에 이른 모양이었다.

처음에는 그녀의 말이 농담이라고 생각했지만 심각한 얼굴을 보면 그냥 웃어넘기기만 할 일이 아니었다.

"나 역시 소문을 그대로 믿는 건 아니야. 그래도 소문이 도는 건 뭔가 있기 때문이 아닐까. 예를 들어 뛰어난 최면술사가 있다든가……. 도시전설을 연구하는 사이트를 봤는데, 아직 연구 단계에 있는 뇌수술하고 관련이 있다는 설도 있는 모양이야. 나도 모르게 자꾸 이런 이야기를 찾게 돼."

교코는 그렇게 말했지만 나는 알 수 있었다. 그녀는 우수한 최면술사나 뇌 외과의사를 만날 것을 기대하고 있는 게 아니라, 소문대로 마법처럼 사람의 기억을 지워버릴 수 있는 존재를 찾고 있었다.

존재할 리 없는 도시전설의 괴인을.

교코의 말이 계속 마음에 걸려서 도시전설 관련 사이트를 뒤져서 기억술사에 관한 정보를 더 모아봤다.

그러나 그 어느 곳에도 별다른 내용은 없었다. 입 찢어진 여자 이야기에는 다양한 버전이 있었지만 기억술사에 관한 이야기에는 결말도 없었다. 기억을 지우고 싶은 사람 앞에 나타나는 괴인이라는 설정뿐이었다.

이 '기억술사 전설'은 도시전설 중에서도 이색적이긴 했다. 기본적인 스토리가 없고, 그렇다고 아주 무서운 이야기도 아니다. 입 찢어진 여자나 괴인 빨간 망토에 관한 이야기도 그렇지만, 통상 도시전설에는 스토리가 있고 피해자가 있다. 그래서 '어쩌면 나도 만날지 몰라' 하는 두려움 때문에 이야기가 널리 퍼진다. 그렇게 말이 퍼져나가는 과정에서 만났을 때의 대처법이니 배경이니 하며 세부적인 내용이 추가되어 도시전설로서 완성되어가는 것이다.

어찌 됐건 이런 황당한 도시전설 같은 게 제한된 범위라고는 하나 유행한다는 것이 도무지 이해가 안 됐지만, 혹시나 하는 마음으로 도시전설 사이트의 채팅방을 검색해보다가 마침 사람이 있어서 큰맘 먹고 들어가봤다.

채팅방에 있던 건 사이트 관리인인 듯, 모르는 사람이 들어왔는데도 자연스럽게 인사를 해온다. 상대가 너무 적극적으로 나와서 경계하는 마음도 들었지만 이왕 정보를 구하러 온 것이니만큼 잘됐다는 생각도 들었다. 나는 상대와 말을 주고받으면서 질문할 타이밍을 노렸다.

> 닥터 : RYO 씨는 어떤 도시전설에 흥미가 있나요? 미국 수입형 시추에이션류가 최근에는 유행하는 것 같은데.
> RYO : 별로 아는 건 없지만, 기억술사 이야기?
> 닥터 : 마이너한 쪽을 치고 들어오네ㅋ.

나는 채팅을 하는 데 익숙하지가 않아서 이런 식의 대화 방식에 거북함을 느꼈지만 계속했다.

RYO: 잊고 싶은 기억만을 지워준다네요.

닥터: 기본적으로는 그렇지. 아, 하지만 그건 분명 먹는 걸 거야. 지우는 게 아니라.

키보드를 두드리던 내 손이 저절로 멈췄다.

먹어?

닥터: 자원봉사로 지워줄 리 없고…… 기억술사는 남의 기억을 원하는 게 아닐까? 기억술사라고 불리지만, 실질적으로는 기억 먹기라고 할 수 있지 않을까. 거 왜, 입 찢어진 여자랑 마찬가지로 이거 역시 괴인계 도시전설이니까. 그러니까 공개적으로 모습을 드러내는 일이 없지.

처음부터 신빙성이 없는 풍문이긴 했지만, 그래도 기억을 먹다니, 어처구니없다.

RYO: 나, 꼬맹이 때 그 얘기 들은 적 있는데.

닥터: 어, 정말? 최근 돌아다니기 시작한 풍문인 줄 알았는데. 그렇다면 옛날부터 원형이 있었다는 얘기네.

'닥터'의 말로는, 도시전설은 완전히 새로 나오는 경우는 드물고, 대체로 민간 설화나 해외 소설 또는 실제로 있었던 사건 등이 원형이 되는 경우가 많다고 한다. 예를 들어 실제의 유괴사건이 원형이 되어 사람을 낚아채 가는 괴인의 전설이 만들어진다. 혹은 마을 최고 미인이 실은 입이 귀까지 찢어진 요괴이고 그 정체를 알게 된 마을 사람을 쫓아왔다고 하는 민간 설화가, 언뜻 보아 아름다운 여성이 마스크를 벗으면 입이 찢어져 있고, "봤지" 하고 자기 얼굴을 본 사람을 잡으러 쫓아온다는 입 찢어진 여자의 도시전설로 이어졌다는 식이다. 그러면 교코가 말하듯이 천재 최면술사나 뇌 외과의사가 있어서 사람들 입에 기억술사로 오르내리게 되었을 가능성도 전혀 없다고는 할 수 없다.

　　닥터: 이런 종류의 풍문은 사람에서 사람으로 전달되어가면서 변형되거나 과장되거나 하는 법이니까. RYO 씨가 옛날에 들은 버전하고 지금 돌아다니는 버전을 비교해보는 것도 재미있을지 모르겠군.
　　RYO: 버전이 어떠니 할 정도로 다르지는 않은 것 같아서……. 누군가가 뭘 잊어버리고 '어, 그랬었나?' 하면, 할머니가 '기억술사가 다녀갔나 보구나' 하는 식이었는데.

닥터: 흐음, 그래. 뭘 잊는다, 보통은 잊을 리 없는 일을 잊어버렸을 때 그런 현상 자체를 설명하기 위해 '기억술사'란 이름을 만들었다고 할 수 있겠군. 그게 요괴 괴담이 시작된 계기일 수도 있겠어. 비슷한 예를 들어 '담장'이란 요괴를 아시나? 그것 역시 산길에서 갑자기 앞으로 나아갈 수 없게 되는 현상을 설명하기 위해 지어낸 이름인데, 그게 요괴 괴담으로 변형되어 퍼져나간 거라고…….

'닥터'의 깊은 지식은 흥미로웠지만 유용한 정보는 더 이상 없을 것 같았다. 중간부터는 일일이 대답하는 것도 귀찮아져서 가만히 있었는데도 닥터는 한동안 계속 떠들어댔다. 나는 적당한 데에서 고맙다는 인사를 하고 채팅방을 나왔다.

그때 문득 하나의 기억이 떠올랐다.

잊을 리 없는 것을 잊는 현상. 설명이 안 되는 일.

'료 오빠, 왜 그래?'

저 먼 옛날 일이다. 그런 일이 있었다.

'기억 못 해?' 하고 물었더니, '뭘?' 하고 되묻던 마키.

잊을 리 없는 일이었는데, 마키는 그것을 전혀 기억하지 못하고 있었다. 그건 절대로 연기가 아니었다.

'······우리 엄마가 뭘 어쨌는데? 무슨 소릴 하는 거야?'

'료 오빠, 이상해. 왜 그래?'

왜 그래?

이상하다는 듯이 고개를 갸우뚱거리는 마키의 눈은 거짓말을 하고 있지 않았다.

그때는 내가 이상해진 건가, 꿈이라도 꾸었나 보다 하고 생각했다. 그 무렵 나는 아직 아이라서 무슨 일이 일어났는지 알 수 없었다. 불안하고 무서웠다.

그 기억이 생생하게 다시 떠오른 것이다.

아니야, 그건. 그건 아니야, 아닐 거야.

기억술사란 건 단지 풍문일 뿐이야, 누구나 깜빡할 수 있는 현상에 이름을 붙인 것일 뿐이라고.

휴대전화 소리에 퍼뜩 정신이 들었다.

마키로부터 온 메일이다. '어제 축구 방송 녹화해놓은 거 있으면 빌려줘.' 가지러 오라고 답신을 보냈다.

마키는 오 분도 채 되지 않아 왔다. 디브이디를 건네주니까 신이 나서 받아 들고 고맙다고 한다.

무심코 시계를 보니 벌써 밤 열한시가 넘었다. 이런 시간에 남자 방에 여고생이 혼자서 디브이디를 빌리러 오는 것도 좀 그렇긴 하나, 그건 소꿉친구로서 나를 신뢰한다는 뜻이기도 할 것이다.

(열한시…… 사와다 선배는 밖에 나오지 못할 시간대구나.)

마키가 둔감한 것인지, 아니면 교코 이외의 여자는 다 이런 건지.

마키가 이왕 온 김에 하면서 시디 선반을 뒤지고 있는 모습을 멍하니 바라보다가 나는 말했다.

"……너 말이야, 기억술사라고."

"어?"

아느냐고 묻기도 전에, 내 쪽을 돌아본 마키의 눈을 보고 흠칫했다. 아뿔싸, 내가 너무 부주의했다.

"……아니, 아무것도 아냐."

눙치고 잡지를 펼쳤다. 너 시디 골랐으면 잽싸게 가, 늦었으니까, 이럴 요량으로 다시 입을 열려는데…….

"기억술사? 기억 지워준다는 그거?"

선선히 돌아온 대답에 나도 모르게 얼굴을 들었다.

"알아?"

"여고생이라면 누구라도 한 번은 들어본 얘기라고 할 수 있지. 다들 그런 얘기를 좋아하니까. 그런데 왜 그런 걸 물어보는 건데?"

마키는 의아해했다.

나는 잡지를 덮고 정색을 하고 물어봤다.

"그런 얘기는 언제쯤부터 돌았니?"

"글쎄……. 작년이나 재작년쯤이 아닐까. 아, 그런데 옛날에 할머니들도 그런 얘기 했잖아. 비슷한 얘기가 리바이벌된 것 아닐까?"

"스토리 같은 게 있나?"

"스토리? 글쎄. 음, 장난으로 기억술사를 불러낸 아이가 기억이 지워졌다든가 하는 얘기는 들은 것 같아."

드디어 '피해자'가 등장했다. 그러나 아주 무서운 스토리는 아니다.

"그 밖에는?"

"전철역 게시판에 메모를 해두면 기억술사가 온다든가, 공원 벤치에서 기다리고 있으면 만날 수 있다든가 하는 얘기도 있어."

세부 사항이 좀 더 추가되기는 했지만 중심이 될 스토리는 아직 없다. 이 정도로는 사람들이 자신도 피해자가 되는 건 아닌가 하고 두려워하지 않을 것이다.

"기억술사를 만났다는 친구는 혹시 없어?"

"없어. 글쎄, 기억술사를 만났다면 만났다는 기억도 사라질 거잖아? 기억할 리 없지."

"……그런데 어떻게 풍문이 되어 돌지?"

"그야, 도시전설이니까……. 아냐?"

"설득력이 별로 없잖아……."

애초에 도시전설이란 걸 놓고 진지하게 검증하려는 내가 어리석었다.

나는 덮었던 잡지를 꼬고 앉은 무릎 위에서 다시 펼쳤다. 그때, 생각났다는 듯이 마키가 큰 소리로 말했다.

"아! 니시 고등학교에 다니는 아이한테 들은 게 있어. 걔가 기억술사에 의해 기억이 지워진 아이랑 친구라고…… 들은 것 같아. 그 애 친구가 실연을 당하고 나서 전 남자친구를 잊고 싶다고 기억술사를 찾아다녔대. 아무도 그 말을 곧이듣지 않았는데, 그 애가 언제부턴가 전 남자친구를 깨끗이 잊었고 자기가 기억술사를 찾아다녔다는 사실 자체도 기억하지 못한다는 거야."

"정말? 그런 얘긴 빨리 말했어야지."

작은 소리로 혼자 중얼거렸다.

"뭐라고?"

"아니, 혼잣소리야."

이건 좀 더 구체적인 이야기다. 하지만 그래봤자, 여전히 그건 '어떤 사람이 잊을 리 없는 일을 갑자기 잊는다'는 이상한 현상을 설명하기 위해 기억술사라는 원인을 갖다 붙인 것에 지나지 않을 것이다. '닥터'는 기억술사를 '괴인계' 도시전설이라고 했지만, 주역이어야 할 괴인상이 확실하지 않다. 기억을 없애준다는 캐릭터의 성격상 어쩔 수 없는 것일지도 모르지만.

다만 한 가지…….

"인터넷보다 입으로 전해지는 이야기 쪽이 더 많다는 건 의외네. 관심이 생겨서 조금 전에 사이트를 봤는데, 그런 이야기는 실려 있지 않았어."

"그야, 원래 이런 건 입소문으로 퍼지는 거 아니야?"

하지만 오늘 같은 인터넷 사회에서 리얼한 입소문에 의한 정보가 온라인 정보보다 더 많고 더 빠르다는 것이 마음에 걸린다.

"혹시 그 니시 고등학교 아이가 누군지 아니?"

"몰라. 하지만 확실한 얘기야."

"뭐가 확실하다는 거야. 누군지도 모르면서."

어디선가 들었다, 누군가를 만났다. 그렇다면 어떻게든 더듬어갈 수 있어야 하는데, 왠지 소문의 원점에 가닿지 못한다. 그런 게 도시전설의 이론이다.

십 년도 더 전에 이웃 노인들에게서 들은 이야기를 빼면 교코에게서 그 이야기를 들을 때까지 기억술사에 대한 소문을 들은 적이 없다. 그러나 여고생들 사이에서는 소문이 돌고 있다. 기승전결도 없는 이야기인데 뭐가 재미있어서 유행하는지 이해할 수 없는 일이다. 내가 모르는 뭔가가 여고생들의 마음을 움직였는지도 모른다.

"있지, 료 오빠는 어떻게 생각해? 기억술사가 정말 있을 것 같아?"

마키는 평소에는 여고생들의 이야기 같은 건 우습게 보고 상대도 않던 내가, 자기가 꺼낸 화제에 흥미를 가지는 것을 보고 신이 나는지 그렇게 물었다. 바닥에 손을 짚고 몸을 쑥 내밀듯이 해서 의자에 앉아 있는 나를 올려다본다.

"대체 나이가 몇 살인데 이런 괴담을 놓고 있다 없다 하는 거니?"

"으, 꿈이 없어, 있으면 좋겠네! 이런 생각으로 궁금해하는 것 아니었어?"

기억을 지우는 괴인하고 꿈이 있는 거하고 무슨 상관이냐, 여고생은 수수께끼라니까.

"현실적으로 생각하면 기억이란 지우려 해서 가볍게 지울 수 있는 게 아닐뿐더러, 지워서도 안 되는 것일 텐데."

"그으럴지도 모르지마안."

마키에게서 더 이상의 정보는 얻을 수 있을 것 같지 않았다. 게다가 마키가 기억술사 이야기에 지나치게 흥미를 갖는 것도 어쩐지 마음에 들지 않았다. 나는 이 얘기는 이제 끝, 하는 의미에서 말투를 일부러 차갑게 바꿨다.

불만스러워하는 마키에게 반쯤 등을 보인 형태로 다시 책상을 향했다.

"너 이제 그만 가라. 어린 처자가 한밤중에 남자 방에 오래 있는 것 아닙니다."

"우……. 네에."

마키는 마지못해 일어나서 디브이디를 한 손으로 가슴에 품듯이 들고 방을 나갔다.

어머니와 마키가 "조심해서 가라", "안녕히 계세요" 하는 말을 주고받는 것이 들렸다.

창문을 열고 마키가 무사히 건너편 집으로 들어가는 것을 확인했다. 마키는 자기 집 문을 열다가 내가 보고 있는 것을 알고 손을 흔들었다.

나는 창문을 닫고, 그 김에 커튼도 닫고 나서 맥 쪽으로 돌아섰다.

다시 도시전설 관련 게시판을 여기저기 들여다봤지만, 기억술사에 관해 써놓은 글은 더 이상 찾지 못했다.

"마이너하고 로컬한 도시전설이라⋯⋯."

일부의 사람들에게만 전해지는 이야기에는 혹시나 하고 생각하게 하는 점이 있다. 이야기 그 자체는 어이없을 정도로 거짓말인 게 분명한 것 같은데도 왠지 자꾸만 궁금해진다.

교코도 그랬을까.

기억술사라는 유치한 도시전설에서 뭔가를 느낀 걸까.

캄캄한 귀갓길, 어디로도 발걸음을 떼놓지 못하던 교코.

그런 교코가 마치 물에 빠진 사람이 지푸라기라도 잡고자 하는 심정으로 기억술사에게서 한줄기 희망을 찾고자 한 것일까.

기억술사란 게 실재할 리 없다는 것을 교코 자신도 정말은 잘 알 것이다. 알면서도 그런 것에 매달릴 수밖에 없는 것이 문제다.

"그러니까, 일단은 나를 믿고 의지하라고⋯⋯."

나는 한 손으로 앞머리를 휘저어 헝클어뜨렸다.

나는 나 자신이 풍문 속의 괴인보다도 교코에게 더 의지가 되지 못한다는 현실에 조금 의기소침해졌다.

물론 만난 지 몇 주 안 되는 나에게 의지하라고 하는 게 무리한 요구였는지도 모른다.

그렇다 해도, 지푸라기에라도 매달리고 싶은 심정이라면 나한테 매달려줘도 되지 않나 하는 생각이 드는 건 어쩔 수 없었다.

(물론 나는 천재 뇌 외과의사나 최면술사도 아니고 카운슬러도 아니지. 하지만, 아무리 찾아도 찾아질 리 없다는 것을 잘 알면서 찾아 헤매기보다는, 눈앞에 있는 나를 봐줬으면 좋겠어. 조금쯤은 의지해줬으면 좋겠다고. 함께 고민하는 정도밖에 못한다 하더라도.)

차라리 실컷 찾게 놔두는 편이 좋을지도 모른다는 것을 머리로는 잘 알았다. 교코가 존재하지 않는 기억술사를 찾다 지쳐서 스스로 조금씩 변해갈 수밖에 없다는 걸 자각할 때까지 기다리면 된다. 어쩌면 교코 자신도 기억술사를 찾을 수 없다는 것을 잘 알면서도 그 사실을 스스로 인정할 수 있을 때까지는 어쨌든 찾아보자고 하는 것일지도 모른다.

그런데도 왠지 가슴 언저리에 응어리진 이 불쾌한 초조감이라니.

교코는 학생 라운지나 식당에도 점차 얼굴을 내밀지 않게 됐다. 함께 듣던 강의가 휴강이 된 탓도 있고 해서, 사흘 동안이나 그녀의 모습을 보지 못했다. 나는 걱정이 되어 그녀의 친구에게 물어봤다.

교코는 최근 도서관에 처박혀 뭔가 찾고 있다고 했다. 점심때 그녀를 찾으러 가니, 그녀는 맨 안쪽 자리에 앉아 산처럼 책을 쌓아놓고 메모를 하고 있었다.

"밥 먹으러 안 갈래요?"

내가 묻자 교코는 벌써 먹었다며 미안한 표정을 지었다.

그녀는 조금 마른 것 같았다. 쌓아 올린 책 뒤에 칼로리 메이트(일본의 식사 대용 과자 – 옮긴이)의 빈 상자가 보였지만 못 본 척했다.

"선배, 오늘 강의 남았나요? 난 다 끝났는데."

"아, 응…….. 나도 오늘은 프리긴 한데, 이 뒤에 볼일이 있어서."

쌓여 있는 책들의 제목을 보니 『현대 도시전설』, 『사라지는 히치하이커』, 『도시의 무서운 소문』 등이었다. 교코는 그것들을 나의 눈으로부터 숨기듯이 쓸어 모으고 일어섰다.

"볼일?"

"날 밝을 때 가야 해. 알잖아, 난 어두워지면 밖에 나다니지 못하는 거."

쓴웃음을 지으며 말하는 교코의 목소리에 가슴이 쓰려 온다.

책 위에 겹쳐진 파일 노트에서 '전설', '녹색 벤치', '공원', '남의 눈을 피한다?'라고 몇몇 흘려 쓴 메모가 눈에 들어왔다.

"……어디 가나요? 집에 갈 때쯤이면 어두워질지 모르니까 내가 같이 갈게요."

"아아니, 어두워지기 전에 집에 갈 거야. 고마워. 혼자 가지 않으면 못 만날 수도 있어서."

누구를? 그렇게 묻기도 전에 교코는 책을 안고 대출 카운터를 향해 걸어갔다.

나는 멈춰 선 채로 그녀의 뒷모습을 바라봤다. 문득 등줄기가 싸해지는 느낌이 들었다.

(뭐지, 이건?)

나는 곧바로 교코를 뒤쫓아 도서관을 나섰지만, 그녀의 모습은 이미 보이지 않았다.

교코는 뭔가 하려는 중이고, 그것을 위해서 지금 나와 거리를 두려고 하는 것 같았다. 그 '뭔가'가 뭔지 대충 예상은 되었다.

고민 끝에 교코에게 전화를 걸어봤지만, 전원이 꺼져선지 아니면 전파가 안 닿는 장소에 있어선지, 좀처럼 연결이 되지 않았다.

시간을 두고 걸고 또 걸고 해서 여섯 번째에 겨우 연결이 됐다. "네" 하는 교코의 목소리가 너무 반가웠다.

"선배, 정말로 기억술사를 찾고 있는 겁니까?"

인사도 뭣도 없이 말을 꺼냈다. 교코는 말이 없었다.

"선배, 내가 도와줄 테니까, 조금씩 익숙해지면 되잖아요. 전에는 실패했지만 다음에는 잘될지도 모르잖아요."

전화 건너편에서 교코의 거친 숨소리가 들리는 것 같았다. 나는 마음이 급해져서 서둘러 말했다.

"내가, 무서워지면 바로 뒤돌아보고 확인할 수 있게 뒤에 좀 떨어져서 갈 테니까, 그러면 어쩌면."

"요시모리."

교코의 조용한 목소리가 나를 불렀지만, 나는 마치 쫓기는 사람처럼 멈추지 않고 계속 말했다.

"그래도 역시 무서우면, 선배가 그런 연습을 시작해봐

도 좋겠다는 생각이 들 때까지 내가 계속 집까지 바래다줄게요."

"그만해, 요시모리."

다시 한 번 내 이름을 부르는 교코의 목소리에 울음이 섞여 있었다. 나는 입을 다물었다.

휘릭, 목구멍 속에서 공기가 새어 나왔다. 하려던 말이 사라져버린다.

"그만해." 교코의 목소리가 또 말했다.

그만해.

"요시모리랑 같이 있어도 무서워."

전화 너머 교코의 목소리가 차가운 물질이 되어 나의 등을 쓰다듬었다.

준비가 되어 있지 않았다. 예기치 않게 가슴을 찌르는 말을 들었을 때, 등줄기가 서늘해지는 이런 감각.

미안해. 공기를 떨게 하는 교코의 목소리는 거의 울음소리가 되어 있었다.

"요시모리가 좋은 친구란 건 잘 알지만, 둘이 있어도 소용이 없어. 미안해, 요시모리. 정말 미안해."

나도 모르게 휴대전화를 너무 세게 눌러대서 귀가 아팠다.

말이 나오지 않았다.

"집에 데려다줘서 기뻤어. 걱정해주고 다정하게 대해줘서 고마운데, 그래도 어쩔 수가 없어. 마치 조건반사같이 저절로 몸이 움츠러들어. 요시모리랑 같이 있어도 움츠러들어. 내가 어떻게 생각하든 아무 상관 없어."

괜찮다든가, 선배 탓이 아니라든가, 사과하지 말라든가, 울지 말라든가 하는 말들이 차례차례 머릿속에 떠오르는데 하나도 목소리가 되어 나오지 않았다.

이렇게 멍하게 있을 때가 아니야, 지금은 그보다도 교코에게 해야 할 말이, 있을 텐데, 있었을 텐데.

"나 정말 요시모리랑 제대로 만날 수 있게 되고 싶어."

그녀가 마지막으로 한 말에 또 머릿속이 새하얘졌다.

"이런 상태로는 요시모리하고 얼굴을 마주 볼 수가 없어. 응석부리는 게 아니고 도움을 받는 게 아닌, 제대로, 내가 제대로 혼자서 그걸 할 수 있게."

울음 섞인 소리로 말하는 것이 창피한 듯 교코는 말이 빨라졌다.

"미안, 끊을게. 요시모리, 미안해, 고마워."

"선배……."

내가 미처 말을 꺼내기도 전에 전화가 끊어졌다.

머릿속이 멍해져서 휴대전화를 든 채 내내 서 있었다.

그녀에게서 고맙다는 말을 들을 만한 일을 한 것일까. 나는 그녀의 신뢰에 값할 정도로 진지했던 걸까?

집에도 같이 가고 고민을 들어주기도 하면서 조금은 가까워졌다고 생각했지만, 겨우 그 정도로 우쭐해져 아마도 잘못된 방법을 선택해서 그녀를 몰아붙였던 것이리라. 그래서 그녀에게 힘이 되어주고 싶었지만 실은 부담만 되고 말았다.

의지해준 걸 기뻐하다니, 그건 그저 자기만족이었을 뿐이다.

결국 아무것도 알지 못했다.

제대로 알지도 못하면서 기사인 척했다.

그런데도 그녀는 나를 제대로 마주 보고 싶다고 말해줬다. 그런 그녀에게 해줄 수 있는 게 아무것도 없단 말인가.

나는 무슨 말을 하면 좋을지 알 수 없었지만, 여하튼 아무 이야기라도 해야겠다는 생각에 다시 휴대전화에서 교코의 번호를 불러냈다. 하지만 막상 통화 버튼을 누르지는 못했다.

미안하다고 말하는 것조차도 자기만족인 것 같은 기분이 들었기 때문이다.

망설이고 망설이다 한 번 더 걸어봤지만 연결되지 않았다. 교코가 전원을 끈 모양이었다.

다음 날 강의가 시작하기 전에 강의실 앞에서 기다렸지만 교코는 나타나지 않았다. 강의가 끝날 때까지도 나타나지 않았다. 교코를 찾아 캠퍼스를 돌아다녔다. 식당에도, 도서관에도 교코는 없었다. 휴대전화도 받지 않았다.

정신을 차리고 보니 벌써 하늘은 어두웠다. 하루 온종일 찾아 돌아다녔지만 어디서도 그녀를 볼 수 없었다.

학교 주변 학생들이 모이는 가게는 전부 들여다봤지만 어디에도 교코의 모습은 없었다. 교코는 벌써 집에 돌아갔을지도 몰라. 한 번 더 전화를 해봤지만 여전히 연결되지 않았다. 나는 교코의 집으로 향했다.

그녀를 만났을 때 어떤 말을 어떻게 해야 좋을지는 여전히 알 수 없었다. 그래도 만나야 한다. 이대로 있을 수는 없다.

(몰아붙이려고 한 게 아닌데.)

멋대로 그녀를 위해서라고 단정 짓고 내 생각을 강요하고 괴롭힌 것에 대해 그녀에게 사과하고 싶었다. 마주 보고 싶다고 한 그 말만으로 충분하다고, 나에게 부담을 느낄 필요는 조금도 없다고 그녀에게 말하고 싶었다.

(내가 바보였어.)

여덟시만 되면 집에 가기 위해 서둘러도 상관없다. 정말은 지금 이대로의 교코로 좋았던 거다. 도움이 되고 싶어서, 의지할 수 있다고 생각해주길 바라서 폭주했을 뿐이다.

그랬음에도 나는 여전히 그녀가 나의 선의를 이해해주기를, 내가 곁에 있는 것을 허락해주기를, 그래서 함께 노력해주기를 바랐다.

싫은 기억을 지울 수는 없더라도, 함께 새롭고 즐거운 추억을 만드는 거라면 가능할 터였다. 교코가 그러길 원하기만 한다면.

나는 교코에게 할 말을 마음속으로 되뇌며, 교코를 집까지 데려다주기 위해 지나갔던 길을 혼자서 달렸다.

교코의 집에 도착하여 조금 망설인 끝에 현관 벨을 울렸다. 교코는 어머니가 아버지의 전근지로 따라갔기 때문에 작년부터 혼자 이 집에서 지내고 있다고 말했다. 그러니 그녀의 가족과 얼굴을 마주칠 걱정은 없었다. 그리고 지금 시간은 비록 교코가 외출을 못 하는 시간대이긴 해도 지나치게 늦은 방문은 아니었다.

그러나 집 안에서는 아무 반응이 없었다.

창문에 불빛도 보이지 않았다.

아직 집에 오지 않았나. 그렇다면 누군가가 집까지 데려다주지 않는 한, 교코는 오늘 밤 중으로 집에 돌아오지 못할 것이다. 나는 걱정이 되어 휴대전화에 전화를 걸어봤지만 역시 연결되지 않았다.

어쩌면 누군가와 함께 돌아올지도 모른다. 나는 한동안 집 앞에 서서 기다려봤다. 그러다가 교코가 이전처럼 역까지 와서 한 걸음도 내딛지 못하고 있을지도 모른다는 생각이 퍼뜩 나서 다시 역까지 되돌아갔다.

역 주위를 둘러보고 나서 근처 음식점을 들여다봤지만 교코는 어디에도 없었다. 이미 교코가 아니더라도 여자 혼자서 돌아다니기에는 무서운 시간이 되어 있었다.

나는 마지막으로 편의점을 돌아보고 나와서 역으로 돌아왔다. 오늘은 그만 포기해야 할 모양이었다.

나는 자꾸 가라앉기만 하는 기분을 떨쳐내기 위해 숙였던 얼굴을 들었다. 내일 다시 와보면 돼. 그렇게 생각하고 있는데 낯익은 뒷모습이 횡단보도를 건너고 있는 게 눈에 들어왔다.

설마.

이런 시간에 교코가 혼자서 밖에 있을 리 없었다. 그러나 자잘한 꽃무늬 셔츠는 분명 눈에 익은 것이었다. 망설임 없는 발걸음으로 걸어가는 상대방의 등을 멍하니 바라보다가 허둥지둥 뒤를 쫓아갔다.

밤길 공포증을 극복한 걸까? 아니, 교코가 아닐지도 몰라.

그런 생각을 하며 열심히 그녀 쪽으로 달려가는데 갑자기 시야에서 그녀가 사라졌다. 평소에 교코를 데려다주던 길이었는데 그녀의 모습이 보이지 않았다. 가로등 불빛에 뿌옇게 드러난 밤길, 셔터가 내려져 조용한 거리에는 교코는커녕 사람 그림자도 보이지 않았다. 놓칠 만큼 거리가 멀었던 것도 아닌데. 어떻게 된 일일까. 나는 잠시 생각하다가, '혹시 캄캄한 샛길을?' 하고 속으로 소리를 질렀다.

나는 교코가 아니더라도 보통 사람이라면 발을 들여놓기가 망설여지는, 가로등도 뭣도 없는 어둡고 좁은 길을 들여다봤다.

집까지는 이쪽 길이 지름길이라고 교코가 말했다. 그녀가 혼자서 이런 시간에 이 길을 지나갔으리라고는 생각할 수 없었다. 그러나 평소 다니던 길에서 모습이 보이지 않는 이상 다른 가능성은 없었다.

어느 쪽이든 간에 교코의 집까지 가보면 얼핏 본 것이 교코였는지 아닌지 확인할 수 있을 것이다.

나는 그렇게 생각하며 샛길로 들어서서 달렸다.

사람이 없는 탓인지 발소리가 묘하게 울렸다.

눈을 부릅뜨지 않으면 몇 미터 앞도 잘 보이지 않는 어둠이었다. 조금 앞쪽으로 불빛이 보여서 한숨 놓는 순간 길 끝자락에 그녀의 뒷모습이 보였다.

역시 교코였다.

"교코 선배!"

그녀 곁으로 달려가면서 큰 소리로 그녀를 불렀다. 교코는 자신을 부르는 소리에 멈춰 서서 돌아보더니 의아한 얼굴을 했다.

"무슨 일이에요? 학교에도 안 오고, 휴대전화는 연결이 안 되고…… 더구나 이런 캄캄한 길을 혼자서."

"저어."

난처하다는 표정을 지으며 교코는 나의 말을 막았다.

"누구세요……?"

순간 그게 무슨 말인지 알 수 없었다.

"……선배?"

얼굴이 보이지 않을 정도로 어둡지는 않았다. 목소리만으로는 사람을 식별할 수 없더라도 이렇게 가까이에서 마주 보고 있는데 나를 못 알아볼 리 없었다.

"……료이치인데요."

그녀가 나를 놀리기 위해 농담을 하는 건가, 아니면 교코를 똑 닮은 다른 사람인가.

그러나 그녀는 교코 선배라고 부르는 소리에 돌아보지 않았는가.

"나, 대학…… 일학년…… 같이 일본문화연구 개론 강의…… 듣고요. 회식 자리에서 처음 만나 인사를 나눈 요시모리 료이치예요."

"미안해요, 내가 사람 얼굴을 잘 기억하지 못해서……. 그래, 후배라고? 다카다 교수님 강의 듣는구나. 집이 이 근처야? 내가 혼자서 걸어가는 걸 보고 걱정돼서 말을 걸어준 거구나?"

교코였다. 틀림없었다. 목소리도 웃는 모습도.

그건 틀림없는데, 마치 나를 전혀 모르는 것 같은 말투였다.

기억을 못 해?

심장 박동이 빨라졌다. 침착해, 나 자신을 타일렀다.

"……괜찮습니까? 이런…… 어두운 길, 혼자서. 이렇게 늦었는데."

목소리를 가다듬고 물었다. 부자연스러워지지 않게.

"어? 아아, 응. 그야 여긴 주택가니까, 무슨 일 있으면 소리 지르면 되고."

교코는 환하게 웃으며 말했다.

"아무렇지도 않아."

"뭐, 그렇게 위험한 일은 없을 거야. 난 운이 좋은 편이고, 힘도 쓸 줄 알아. 혹시 치한을 만나도 쫓아버릴 수 있어."

(다른 사람 같아.)

교코가 아니야.

교코라면 이렇게 말할 리 없었다.

적어도 눈앞에 있는 것은 내가 아는 그녀가 아니었다.

무슨 말을 해야 좋을지 알 수 없었다. 침묵이 이어지자 교코가 다시 수상쩍어하는 표정을 지었다.

침착해라, 나는 한 번 더 호흡을 가다듬었다.

"……선배. 나, 선배를 집까지 데려다준 적도 있는데, 기억 안 나요?"

"어? 말도 안 돼, 정말이야? 그걸 내가 잊어버렸다고? 어라……. 잘못 안 거 아니고?"

"이 길 끝의 이 층 집이 선배네 집이잖아요. 문 앞에 민트랑 바질 화분이 있고."

"어, 정말인가 보네. 말도 안 돼, 뭐야. 나 완전 실례를 했네! 미안, 그런데 왜 기억이 안 나지……. 그게 언제야? 내가 그렇게 취했었나?"

하나는 확실했다. 교코는 정말로 나를 기억하지 못했다. 천천히 숨을 들이마시고, 다시 한 번 확인.

"밤길에 위험한 일을 당한 적, 없었어요?"

내가 너무나 진지한 얼굴이었기 때문일지도 몰랐다.

교코는 '왜 그런 질문을 해?'라고 말하는 것 같은, 어리둥절한 표정으로 나를 쳐다봤다.

"없어. 말했잖아, 난 운이 좋다니까."

깊게 숨을 내뱉었다.

잊어버렸다.

그녀가 잊고 싶었던 것은 이미 그녀 안에 없었다.

싫은 기억과 함께 경계심조차 사라져버린 모양이었다. 같은 사와다 교코라고는 생각할 수 없을 정도였다.

어떻게?

"……어, 왜 그래? 으음……. 료이치라고 했나?"

그녀의 난처해하는 목소리에 나는 좀처럼 고개를 들 수 없었다.

당신은 옛날에 밤길에서 위험한 일을 당한 적이 있고 그래서 밤길 공포증에 걸려 있었어요, 당신은 그것을 고치려고 했고 나와 당신은 서로 아는 사이입니다, 집까지 데려다준 것도 한두 번이 아니고 어제도 전화로 얘기를 주고받았어요, 하지만 당신은 그걸 전부 잊어버린 겁니다…….

이렇게 말하면 교코는 나를 괴짜 취급 할 게 분명했다.

'이상한 것은 선배 쪽이에요'라고 말해도 교코가 믿어줄 가능성은 제로였다.

그녀가 나를 잊었다는 것에 쇼크를 느끼거나, 이 이상한 상황에 공포를 느끼기보다, 혼란이 먼저 온 탓일까. 내 속에서 감정이 상황을 따라오지 못했다. 머리 어딘가에 묘하게 냉정한 부분이 있어서 그곳만 사고하고 행동하는 것 같았다. 그곳 이외에는 셔터를 내려버린 것 같았다.

집까지는 몇 미터 거리밖에 남지 않았지만 교코를 집까지 데려다주고 그대로 헤어졌다. 더 이상 아무것도 물어볼 수 없었다.

큰길로 해서 역까지 도달해서야 겨우 머리가 움직이기 시작했다.

어떻게 된 거지?

그건 연기가 아니었다. 밤길을 혼자 다닐 수 있었다는 것이 그 증거다. 교코는 과거의 사건도 나도 모두 잊었다. 교코를 고통스럽게 했던 모든 기억이 사라졌다.

무슨 일이 있었나?

(기억술사.)

나는 그 이름을 머리에 떠올리곤 고개를 흔들었다. 있을 수 없는 일이다.

풍문 속의 괴인이 뭘 할 수 있단 말인가. 존재하지 않는 것이 원인이 될 수는 없는 일이었다.

안이하게 결론을 내리려 들지 마라, 나 자신을 질타했다. 생각해라.

교코는 가공의 괴인 찾기에 빠져들 정도로 집착했다. 자신을 몰아붙이는 그 집념이 잊어버리고 싶었던 기억을 망각 속에 가둬버린 걸까? 있을 법한 일이었다. 적어도 기억술사가 지웠다고 생각하는 것보다는 더 합리적이었다.

그런 일이 일어나는 거다. 믿을 수 없지만 일어난다. 그렇게 생각할 수밖에 없다. 사람의 뇌에는 해명되지 않은 부분이 많다고 하지 않은가. 아마추어인 나로서는 상상도 하지 못할 일이 일어날 수 있다. 분명, 아마도.

전에도 똑같은 일이 있었다.

(료 오빠, 왜 그래?)

오늘 밤의 교코와 마찬가지로, 어리둥절한 얼굴로 나를 올려다봤다……. 그건 아직 초등학생이었을 때의 마키였다.

(무슨 일이야?)

마키가 내 앞에서 눈꺼풀이 새빨갛게 부어오를 정도로 운 다음 날이었다. 무슨 이야기를 하고 있는지 모르겠다고, 천진하게 올려다보던 마키의 얼굴이 지금도 눈에 선하다.

그때 아직 어렸던 나는 마키가 그렇게 나오자 몹시 혼란스러웠다. 혹시 내 기억이 잘못된 걸까 하는 생각도 했다.

(누구세요……?)

마키. 교코.

내 주위에서만 벌써 두 명이 기억을 잃었다. 뻥 뚫린 것처럼. 일부만 빠져나간 것처럼.

기억하고 싶지 않은 현실을, 그것만 편리하게 잊는다는 게 가능한 일일까? 이해할 수 없는 일이다. 그러나 이해할 수밖에 없다. 그녀들은 기억을 지웠다.

그런 현상은 일어난다.

마치 자동기계처럼 전철을 타고 두 역을 가서 다시 갈아타고 하다가 퍼뜩 정신을 차리니 어느새 집에서 가까운 역에서 내려 걷고 있었다. 우리 집보다 먼저 맞은편에 있는 마키의 집이 보였다. 마키의 방에는 아직 불이 켜져 있었다.

나는 돌아서서 집 열쇠를 꺼냈다. 열쇠 끝이 열쇠구멍에 부딪쳐서 틱틱 소리를 냈다.

나도 모르게 땀을 흘리고 있었는지 등짝이 썰렁하고 몸

이 떨려왔다.

(기억을 지우는 괴인이라니.)

있을 수 없는 일이야.

기억술사라니, 그건 그냥 풍문일 뿐이야.

*

교코를 다시 본 것은 그러고 나서 이틀 후 강의실에서였다.

교코는 마치 다른 사람이 된 것처럼 밝게 웃으며 친구와 얘기를 나누고 있었다. 예전부터 밝은 사람이었는데, 왜 다른 사람처럼 느껴지는지 알 수 없었다. 그녀의 근본에 있던 무엇인가가 사라진 일로 인해 그녀 자신도 변해버린 것 같았다. 나는 변해버린 그녀에게 말을 걸 수가 없었다.

교코와 한마디도 말을 주고받지 못한 채 며칠을 보냈다.

"강연회, 갈 거니?"

"OB 불러다 얘기 듣는 거지? 전에 칼럼니스트가 왔을 때 들으러 갔었는데, 꽤 괜찮았어. 이번엔 누구더라? 변호사라고?"

강의가 끝나고 가방을 정리하면서, 교코는 친구와 그런

이야기를 주거니 받거니 하고 있었다. 그들이 나누는 이야기를 듣고 보니 게시판에 강연회 안내가 붙어 있었던 것 같았다. 사회에 나가 다양한 직업군에서 일하는 졸업생을 초빙하여 강연회를 연다는 얘기를 예전에 교코에게서 들은 적이 있다. 나는 그런 강연회에 참석해본 적이 없지만, 교코는 일학년 때부터 매번 참석한다고 했다.

"나는 갈 거야. 이번 게스트는 젊고 멋있는 변호사래."

"그럼 나도 가봐야지! 독신이래?"

"거기까지는 몰라요!"

떠들썩하게 웃으면서 그녀들은 교실 밖으로 나갔다. 강당이 아니라 대강의실에서 하는 걸 보면, 그리 큰 규모의 강연회는 아닐 것이다. 강연회라기보다는 교류회 같은 느낌이라고 교코가 전에 말했다. 변호사라는 직종에는 흥미가 없었지만 교코와 얘기를 나눌 계기가 될지도 몰랐다. 그렇게 생각하여 나는 잽싸게 가방을 정리하고 그들의 뒤를 따라갔다.

가만히 있다가는 교코와의 관계가 이대로 아무 일 없었다는 듯이 흐지부지돼버릴 것 같았다. 내가 그녀에게 잊혔다는 현실이 두렵기도 했다. 그러나 생각은 많아도 몸이 따르지 않았다. 어떻게 된 거냐며 자신을 기억해내라고 교코에게 따지고 들 수도 있었건만, 그렇게 할 수가 없었다. 미련이 남아 교코 근처를 서성대면서도 결정적인 한 걸음을 내딛지 못하고 있었다.

나는 강연장에 들어가 강의실에서 하듯이, 교코가 앉은 자리에서 비스듬히 뒤쪽에 앉았다.

이 대학에는 법학부가 없다. 그러므로 변호사 OB는 드문 존재다. 그래선지 강의가 시작될 무렵에는 대강의실이 거의 다 찼다.

박수로 맞이한 변호사는 꽤나 젊어 보였다. 기껏해야 삼십 대 초반? 더구나 모델이라 해도 좋을 것 같은 외모. 강의실의 절반 이상이 여학생들로 채워진 것이 이해가 갔다.

"안녕하세요. 다카하라 도모아키라고 합니다. 우아, 모두들 젊구나."

변호사라는 이미지하고는 조금 동떨어진 사람이라고 생각했는데, 입을 여니까 더더욱 가벼운 사람 같았다. 하지만 역시 혀는 매끄러워서 대학 시절 얘기부터 지금 하는 일 얘기까지, 때때로 유머를 섞어가며 막힘없이 이야기를 풀어갔다. 지루해하는 학생은 한 명도 없었다.

다카하라 변호사의 테너 목소리를 멍하니 들으면서 교코를 쳐다봤다.

그녀에게 반했다. 좋아했다. 그런데도 어떻게 이렇게 냉정할 수 있는지 이해가 되지 않았다.

마치 내 뇌의 어딘가에 안전장치가 걸려 있는 것 같았다.

전화 너머로 들려오던 교코의 울음 섞인 그 목소리를 떠올리면 지금도 가슴이 욱신욱신 아픈데.

"학생 여러분이 나 같은 변호사에게서 어떤 이야기를 듣고 싶은지 몰라서, 이제부터는 질문을 받을까 합니다. 꼭 변호사라는 직업에 관한 질문이 아니라도 좋으니까, 뭐든 궁금한 게 있으면 물어보세요."

교코가 옆자리의 친구와 얼굴을 마주 보고 '어떻게 할래?' 하듯이 웃었다. 교실 안이 웅성거렸다.

잠시 시간이 흘러 드디어 가장자리에 앉은 갈색 머리의 학생이 손을 들었다.

"법률 관련 질문도 됩니까?"

"실제 사안에 대한 것이라면 가볍게 대답할 수는 없는데…… 일반적인 대답으로도 좋다면."

"친구가 내가 빌려준 자전거를 돌려주지 않는데요, 내가 녀석 집에 가서 마음대로 가져와도 될까요?"

"으음, 멋대로 되찾는 건 좀 그런데…… 도둑맞은 물건을 되찾는 거라면 모를까, 뭐, 그것도 문제가 없는 건 아니지만. 평온하게 빌려준 것을 강경한 수단으로 되찾는다는 건 절도죄가 될 가능성이 있고요."

"네에?", "절도?", "자기 물건이라도 그렇게 되는구나" 등등, 다시 강의실이 술렁거렸다.

"자전거는 자기 물건인데 그게 어떻게 도둑질이냐, 이렇게 생각하겠지만, 그 사람이 그 물건을 지금 현재 갖고 있고 지배하고 있는, 그 상태를 해(害)한 것이 된다고 하면…… 이해가 될까? 법률이란 게 의외의 권리를 보호한답니다."

이번에는 "허어", "오오" 하고 감탄하는 소리. 나 역시 교코에게만 향하던 시선을 다카하라에게로 옮겼다.

흥미가 생겼다.

"상대가 친구라면 역시 우선 대화를 해야 하지 않을까?"

질문을 한 남학생은 순순히 고개를 끄덕이며 감사하다고 말했다.

다카하라는 다시 시선을 방청석 가운데로 돌렸는데, 시작부터 법률 관련 질문이 나온 탓인지, 다른 학생들은 손을 들기 힘든 모양이었다. 다카하라가 "어떤 질문이라도 괜찮아요" 하고 말하자, 기세 좋게 맨 앞줄의 여학생이 손을 들었다.

"네, 말해봐요."

"선생님, 결혼하셨나요?"

"애인 있어요?"

잠깐의 사이도 두지 않고 그 옆에 있던 또 한 명이 덧붙였다. 웃음소리가 터져 나왔다. 다카하라는 동요하지 않고 빙긋 웃으며 대답했다.

"독신입니다. 안타깝게도."

"꺄아" 하는 환호성. 이미 강연회 분위기가 아니었다. 거기서부터는 양복의 브랜드가 뭐냐, 연간 수입은 얼마냐 하는 속된 질문이 이어졌다.

계속 받아주다가는 끝이 없을 것 같았는지 다카하라가 손을 들고 말했다.

"네, 슬슬 사적인 질문은 마감하겠습니다. 또 없나요? 여자분들 질문이 눈에 띄는군요. 남자분들은?"

교실을 빙 둘러보는 다카하라의 시선이 내 위를 지나쳐 갔다.

흘깃 교코를 보니, 소곤소곤 뭔가 친구와 얘기하며 신이 나 있었다. 나를 돌아보지 않는다. 이쪽을 보지 않는다. 당연하다. 그녀는 나를 기억하고 있지 않다.

나는 다시 시선을 들어서 다카하라를 봤다.

그가 말한 것처럼 자기 것이 아니더라도 단지 가지고 있기만 하면 법률로 보호받는 대상이 되는 거라면…….

(잃어버린 기억이, 실은 누군가에 의해 지워진 거라면.)

그건 있을 수 없는 일이었다. 있을 수 없는 일이라는 걸 알면서도 왜 이런 생각을 하는지 나 자신도 알 수 없었다. 그게 내가 몰두하는 것만큼 의미가 있는 게 아닐지도 모르지만 그래도 물어보고 싶었다.

그저 교코를 내가 앉아 있는 쪽으로 돌아보게 하고 싶었던 것일 뿐인지도 몰랐다. 마음에 걸리는 것이 있다면 아주 잠깐이라도 나를 돌아보지 않을까 하고 생각했다. 나는 이렇게 고민하는데, 그녀는 모두 잊고 웃는 것이 분했는지도 몰랐다.

나는 오른손은 청바지 주머니에 넣은 채 왼손을 들었다.

"네, 말해봐요."

다카하라와 눈이 마주쳤다.

"기억도 법률의 보호대상이 되나요?"

다카하라는 한순간 눈이 동그랗게 되었으나, 바로 원래의 웃는 얼굴로 돌아갔다.

"정보가 법률에 의해 보호되느냐는 질문인가요?"

"데이터의 가치를 말하는 게 아니라, 사람의 기억에 대해 말하는 겁니다. 예를 들어, 사람의 기억을 지울 수 있는 인간이 있다고 치고 그것을 실행하면, 그 행위는 죄가 됩니까?"

질문의 의도를 모르는 학생들이 다시 웅성거렸다. 다카하라는 흥미롭다는 듯이 턱을 당기고 나를 바라봤다.

"그걸 할 수 있다 치고, 본인에게 알리지 않고 무단으로 지운 경우에는 죄가 될 가능성이 있지요. 단, 형법에 규정되지 않은 사안에 대해서는 재판할 수 없다는 것이 일본의 법률이에요. 그게 어떤 죄가 될지는 단언할 수 없습니다. 게다가 기억이 그 사람에 의해 지워졌다는 사실을 입증할 수 없는 한 죄를 묻는 것은 무리겠지요."

어이없다고 여길 만한 질문에 다카하라는 정성껏 답변을 했다. 그 덕분에 쓱 하고 머리의 열기가 식었다. 무의미한 질문을 했다고 생각했다. 존재하지 않는 괴인에게 죄의 책임을 물어봤자 아닌가.

"예를 들어 머리를 때려서 그 사람의 기억을 잃게 했다면 상해죄가 될 수는 있겠지만, 그 경우에도 기억을 잃게 하려고 때린 게 아닐 테니까 기억이 침해당했다고 생각하기는 어렵겠지요. 상정될 케이스에 따라 다르겠지만."

법률 얘기여서였을까, 다카하라는 조금 전까지보다 다

소 변호사다운 어조로 말했다. 나는 이야기를 끝낼 생각에 "네, 고맙습니다" 하고 말했다. 그런데…….

"왜 그런 의문이 떠올랐는지 흥미로운데요. 물어봐도 될까요?"

다카하라가 온화하게 웃는 얼굴로 그렇게 물어왔다.

시선이 멋대로 앞자리에 앉은 교코에게로 향했다. 돌아보지 않을 걸 잘 알면서도 그녀의 뒷모습을 좇다니, 지금 한 질문과 마찬가지로 의미 없는 일이라고 생각했다. 생각은 그렇게 해도, 머리가 아닌 다른 부분이 내 몸을 움직이는 것 같았다.

"……사람의 기억을 지우는 괴인이 있다는 도시전설이 있어서요. 요전번에 어쩌다 친구와 열나게 그 얘기를 했기 때문에 갑자기 생각이 났어요. 별난 걸 물어서 죄송합니다."

"아니, 아니, 흥미로운데. 그 이야기에 대해 나중에 개인적으로 좀 가르쳐줄래요?"

다카하라는 붙임성 있게 웃고는 방청석을 향해 다음 질문을 받았다.

기억을 지워버리는 괴인이란 말을 듣고도 교코의 표정에는 아무런 변화가 없었다.

*

나는 끝끝내 교코와의 관계를 회복하지 못한 채 이학년
이 됐다. 삼학년이 된 교코는 취업 활동을 시작했는지 캠
퍼스에서 얼굴을 마주치는 일이 거의 없게 됐다.

그러던 어느 날 도서관에 들렀다가 집에 가는 길에 오
랜만에 교코를 보고 발길을 멈췄다. 그러나 그녀에게 말을
걸 생각은 하지 않았다. 교코는 등을 보이고 걸어갔다.

잠깐만.

이런 식으로 잊는 거구나.

나는 자조적인 기분이 되어 입가를 일그러뜨렸다.

기억술사라니, 도시전설의 괴인이라니, 그런 거 없어도
사람은 잊게 마련이다. 사람은 그런 존재니까.

원하지 않아도 기억은 희미해지는 거다. 강하게 원하면
지워버리는 일조차 가능할지도 모른다. 그렇게 생각하는
쪽이 기억술사에 의해 기억이 지워졌다고 생각하는 것보
다 훨씬 현실적이었다.

머리로는 이렇게 알고 있는데도, 왜일까.

그날 밤 교코가 낯모르는 사람을 보는 눈으로 나를 바라
봤을 때, 등줄기가 서늘해지던 그 감각을 잊을 수 없었다.

열어둔 창문으로 익숙한 웃음소리가 들려서 자리에서 일어섰다. 창틀에 손을 얹고 길을 내려다보니, 짐작한 대로 마키가 친구와 함께 걸어오는 것이 보였다.

마키는 한창나이의 여자아이답게 멋을 부리게 되었고 헤어스타일도 조금 바뀌었다. 그래도 웃는 얼굴은 옛날이나 지금이나 똑같았다. 비스듬히 위에서 내려다보는 앵글로 다가오는 그녀를 멍하니 바라봤다.

원래 잘 웃는 아이였던 마키는 요즈음도 늘 웃고 다닌다. 냉정하게 대하거나 놀리거나 하면 바로 뿌루퉁해지지만 사소한 것만 가지고도 바로 다시 웃는다. 옛날부터 그랬다. 그런데도 가끔 생각나는 어린 시절의 마키는 왠지 늘 울음이 터지기 직전의 얼굴이었다.

그때의.

(기억술사.)

그건 십 년이나 전의 일이었다. 눈이 부을 정도로 펑펑 운 다음 날, 울었다는 사실조차 깨끗이 잊어버린 마키를 보고 많이 놀랐다.

우연일까.

잊고 싶은 것을 자기 마음먹은 대로 잊는다는 것이 정말로 가능할까. 가능하다면 어느 정도의 확률로 일어날 수 있는 일일까.

돌연 기억이 사라지는 불가사의한 현상. 의학적으로나 과학적으로 설명이 되는 일이라 하더라도, 내 주위에서만 두 번이나 그런 일이 일어나다니, 이건 천문학적인 확률이 아닌가.

물론 요즈음 내가 생각하는 하나의 가설을 받아들인다면 그런 일을 설명하기는 편할 것이다. 하지만 그건 받아들이기에는 너무나도 황당무계한 가설이다.

(도시전설의 괴인, 기억술사.)

마음 한구석에서는 있을 수 없는 일이라고 생각하면서도 자꾸 그 말이 떠올랐다.

어처구니없는 생각을 떨치기 위해 머리를 흔들었다. 정신 차리고 보니 머리 흔드는 게 버릇이 되어 있었다. 생각이 나려 할 때마다, 이렇게.

나를 알아본 마키가 신이 나서 손을 흔들었다. 함께 있던 친구인 듯한 소녀도 마키가 뭐라고 하자 창문을 올려다봤다.

"료 오빠."

설마 했는데 큰 소리로 이름을 부른다. 하필 자기 집 앞길에서.

"바보. 이웃에 민폐라니까."

나는 혼잣말을 하면서 창에서 떨어졌다.

"뭐야" 하고 불평하는 마키의 목소리가 들렸지만 무시하고 커튼을 쳤다.

타이밍 좋게 책상 위에서 진동으로 설정한 휴대전화가 울렸다. 전화기를 집어 올려서 보니 착신 화면에는 모르는 번호가 찍혀 있었다. 장난전화라면 금방 끊어질 거야 하고 잠시 기다렸는데, 계속 울려서 하는 수 없이 통화 버튼을 눌렀다.

"……네."

"아아, 요시모리 군? 나 다카하라인데."

남자의 목소리였지만 누군지 알 수가 없었다. 하지만 상대가 정확히 내 이름을 부른 것도 그렇고, 왠지 점잖은 말투도 그렇고, 장난전화가 아니란 것을 알 수 있었다.

나의 침묵을 어떻게 이해한 것인지 전화 건너편의 상대는 다시 자신의 이름을 말했다.

"다카하라 법률 사무소의 다카하라 도모아키. 요전번엔 고마웠어……."

다카하라, 다카하라 변호사……. 아, 맞다. 그때 대학에 강연하러 왔던 OB다.

"아, 아니! 저, 네……?"

나는 상대가 내게 고맙다고 말하는 이유를 도대체 알 수 없어서 말을 더듬었다. 게다가 전화번호를 가르쳐준 기억도 없었다. 나는 머뭇머뭇했다.

"기억술사에 대한 얘기, 도움이 많이 됐어. 고맙다는 의미에서 언제 한번 밥을 사고 싶은데……."

쫙 하고 전신의 털이 곤두섰다.

(뭐?)

몸이 서늘해진 것은 뿜어져 나온 땀 탓일까? 몸에서 핏기가 싹 가시는 느낌이었다.

(기억술사.)

기억술사?

"……아, 네. 그런."

입안이 말라서 잘 움직이지 않는 혀가 생각에 앞서서 움직였다. 머리와 몸이 따로 노는 것같이 느껴졌다.

"집이 다치카와라고 했나? 사무실 근처에 올 일이 있으면 전화해. 나도 뭔가 알게 되면 알려줄 테니까."

"네……."

내 목소리가 떨리고 있다는 것을 상대가 눈치채면 안 된다. 눈치채면 어때? 아냐, 안 돼, 지금은. 들키면 안 돼. 뭘

들켜? 생각하지 마. 생각하지 마, 더 이상.

"정말 고마워. ……아, 전에도 말했지만, 이 이야기는 우리 도노무라한테는 비밀로 해주길 부탁해. 그 친구 걱정이 많은 타입이거든. ……그럼, 또."

또래 친구들과는 다른 침착한 목소리, 하지만 강연회 때보다는 조금은 더 소탈한 말투로 다카하라는 그렇게 말하고 전화를 끊었다.

나는 휴대전화를 들고 있던 손을 내렸다.

그리고 상대방이 걸어온 전화의 의미를 찬찬히 생각했다.

다카하라는 변호사이고 대학의 OB이며 기억술사 이야기에 흥미를 가졌던 것 같다. 거기까지는 기억이 난다. 강연회에서 내가 기억술사 이야기를 꺼냈던 것도 기억난다.

하지만 다카하라에게 휴대전화 번호를 가르쳐준 기억은 없다. 다카하라에게 고맙다는 말을 들을 만한 일을 한 기억도, 식사 대접을 받을 만큼 친해진 기억도 없었다. 그러나 그 모든 것이 사실인 모양이었다. 그리고 다카하라의 말투를 보면 그것들 모두에 기억술사 이야기가 관계되어 있다.

(내가 기억술사에 대해 조사해서 다카하라 씨한테 그 내용을 얘기했다고?)

그랬다면 그런 것을 내가 이렇게 까맣게 잊을 리 없었다.

하지만 기억나지 않았다.

(세 명째.)

나는 속으로 말했다. 세 명째다.

기억술사의 전설을 알고 있었는데 어느 날 갑자기 기억을 잃은, 세 명째.

손바닥에 땀이 찼다. 떨어뜨릴 뻔한 휴대전화를 책상에 내던지듯이 내려놨다.

뒤늦게 공포가 밀려들었다.

그것은 머리서부터 밀고 들어와 등줄기를 타고 흐르는 오한이 되어 남았다.

뭐지, 이거?

뭐냐, 이건?

잊기를 간절히 바랐던 마음의 힘? 아니야, 그런 게 아니야.

나는 손으로 입을 막았다.

생각해내. 생각하라고. 마주 봐. 받아들여.

가리키는 결론은 하나였다.

기억술사는 실제로 존재한다.

현재 이야기 1

마키와 교코, 그리고 나의 기억을 지운 무엇인가가 존재한다. 나는 그렇게 확신하고 기억술사에 관한 정보를 모으기 시작했다.

도서관에서 도시전설 전반에 대한 지식을 입수하고, 그다음은 인터넷이나 사람들에게서 정보를 얻었다. 기억술사의 전설은 너무 마이너해서 출판물에서 다뤄지는 일은 없는 것 같았다.

도시전설 관련 사이트는 손닿는 대로 북마크를 하고 도시전설을 꿰고 있는 사람들과 채팅이나 메일을 주고받았다.

그들을 통해서, 기억술사 이야기는 입 찢어진 여자나 괴

인 빨간 망토 등과 같은 '괴인계' 도시전설로 분류되기는
하지만, 공포의 대상으로 이야기되지 않는다는 것을 알게
되었다. 공포의 대상이기는커녕 고통받고 있는 사람 앞에
나타나서 잊고 싶은 기억을 지워주는 구세주 같은 존재라
고 말하는 사람도 있었다.

하지만 그건 나로서는 공감할 수 없는 이야기였다.

기억술사는 두려워해야 할 존재였다.

> DD: 기억을 지움으로써 누군가를 구원해주지만 기억술사
> 자신이 관련된 사실도 그 사람의 기억으로부터 지워버리
> 기 때문에 기억이 지워진 사람으로부터 감사 인사를 받을
> 수도 없다. 이거 뭔가 좀 멋지지 않나요? 어둠 속에서 일하
> 는 사람이랄까, 고독한 정의의 사도 같은.

북마크 해놓은 도시전설 사이트의 채팅방 화면을 바라봤
다. 채팅방에는 친숙해진 멤버의 이름들이 들어와 있었다.
오늘은 입실은 하지 않고 늘어나는 댓글을 좇기만 했다.

'DD'는 기억술사에게 호의적인 생각을 가진 사람 중 하
나였다. 최근에 가입했고 기억술사 이야기를 안 것도 최근
인 듯했다. 그 밖에 도시전설 채팅방의 단골 참가자로는

사이트 관리인인 '닥터'와 '이노키치', '이코', 이렇게 세 사람. 가끔 새로 들어오는 손님은 있지만 대개는 한두 번 들어오다 마는데 그들은 일 년도 더 전부터 이 채팅방의 단골이라고 했다.

> 이코 : 뭐, 어떤 의미로는 보상이 없으니 자원봉사지요.
> 이노키치 : 아니, 하지만 기억술사는 기억을 먹는다는 설도 있어요.

이 둘은 닥터에게도 뒤지지 않을 정도로 도시전설 전반에 도통한 사람들이었다. 그중에서도 이코는 기억술사 이야기에 특히 관심이 많은지 종종 흥미로운 정보를 입수해서 제공해줬다.

그 모든 것이 풍문인 이상, 진위 여부를 알 수는 없지만, 정보는 많은 편이 좋았다. 나는 학교에서 이에 대한 리포트를 쓰고자 하니 사소한 것이라도 정보가 있으면 알려주기 바란다, 실제로 기억술사와 접촉했던 사람으로부터 이야기를 듣고 싶다 등등의 희망 사항을 전해뒀다.

닥터는 이야기로서의 도시전설 전반을 다루는 사이트를 운영하고 있는 만큼, 기억술사의 이야기도 어디까지나 꾸며낸 이야기로서 즐기는 듯했는데, 다른 채팅 단골 멤버들은 기억술사의 실재에 대해 확신까지는 안 가더라도, '뭔가 있어'라는 생각을 하고 있었다. 물론 그것은 '실제로 존재한다면 굉장한 일이지', '분명 존재할 거야' 하는 정도의 생각일 뿐, 정말로 기를 쓰고 기억술사를 찾고 있는 건 아마도 나 하나뿐일 것이다.

도시전설의 괴인을 진짜로 찾는 것은 그 존재를 확신할 수밖에 없는 경험을 한 사람뿐이다.

나로서는 냉정하게 돌이켜 생각해볼 때 걸리는 일들이 있었다.

예를 들면, 이런 것이다. 나에게 호의를 갖고 있던 상대가 돌연 기억을 잃어버려 나에 대해서도 잊고 말았다, 그런데도 나는 그것을 어쩔 수 없다고 포기하고 진상이 무엇인지 조사하지 않았다.

여기에는 '나는 박정한 사람이야' 하고 죄의식을 품는 것만으로는 그냥 넘어갈 수 없는, 어딘가 부자연스러운 면이 있다.

그렇다면 내가 조사를 하고도 조사했다는 사실 자체를 잊어버린 것일 수도 있다.

하나 더 예를 들자면, 이런 것이었다. 교코가 기억을 잃어버린 후 나는 한 번도 그녀에게 나를 기억해보라고 말하려 하지 않았다. 처음부터 다시 시작할 수 있다는 생각을 안 한 것도 아니지만, 그래도 교코의 기억을 상기시키기 위해 뭔가 하려는 생각은 한 번도 하지 않았다.

어떤 계기로 그녀가 나에 대한 기억을 되찾을 수 있을지도 몰라…… 하고, 희망을 품는 일조차 없었다. 내가 한 번도 그런 생각을 하지 않은 것은 왜일까? 기억을 잃은 것을 돌이킬 수 없는 일로 받아들이고 노력하지 않은 것은 왜일까.

기억술사에 의해 지워진 기억은 두 번 다시 돌아오지 않는다는 것을, 교코의 기억이 사라진 것은 기억술사가 한 짓이라는 것을 알고 있었기 때문이 아닐까.

생각이 거기에 이르자 모든 것이 이해가 갔다.

나는 기억술사에 대해서 조사를 했다. 그 과정에서 다카하라와 접촉했고, 그 결과 아마도 뭔가에 다다랐고, 그러고 나서는 그에 대한 나의 기억이 지워졌다.

지워졌다.

몇 번이나 반복해서 알기 쉽게, 잘게 나누어 소화를 시도했다. 그 의미를 생각하면 할수록 등줄기가 서늘해졌다. 그와 동시에 몸 안쪽에서 뜨거운 것인지 차가운 것인지 알 수 없는 무엇인가가 치밀어 올랐다. 그것은 분노에 가까운 어떤 것이었다.

(누군가가 내 기억을 지웠다.)

그것을 할 수 있는 인간이 있다. 그런 일은 있어서는 안 되는 일이다. 용납할 수 없다.

누가, 어떻게, 뭣 때문에…… 거기까지는 모르더라도, 딱 하나 분명한 것이 있었다.

(기억술사.)

기억술사의 이야기를 떠올릴 때마다, 공포, 혐오, 불쾌, 불안…… 모두 다 해당되고, 또 모두 다 아닌 것 같은 묘한 기분이 들었다. 그 정체가 확실하지는 않지만 분명한 건 그것이 마이너스의 감정이라는 것이었다. 유치한 장난 같은 도시전설을 놓고 그런 감정을 품는 것은 기억이 사라져도 남는 것이 있기 때문인지도 몰랐다.

> DD: 어느 쪽이든 간에 한번 만나보고 싶네요.
> 닥터: 아니, 의외로 벌써 만났을지도? 그 기억이 지워진 것일 뿐ㅎ.

"ㅎ라니, 이게 웃을 일이냐고."

"뭐라고 했어, 료 오빠?"

"아무것도 아냐."

등 뒤에서 접이식 책상에 수학 교과서를 펼쳐놓고 악전고투 중이던 마키가, 내가 무심결에 뱉은 말을 듣고 얼굴을 들었다. 나는 짧게 대답하고 채팅 화면을 닫았다.

마키가 방에 있을 때에는 기억술사 이야기가 나오지 않는 게 좋았다.

"또 도시전설 사이트야? 역시 우리 반 아이들한테 물어봐줘야겠네. 그런 건 입소문으로 퍼지는 정보가 가장 많거든."

"됐으니까 넌 숙제나 해."

나는 돌아보지도 않고 그렇게 말하고 다시 인터넷으로 들어가 기억술사에 관한 글들을 체크했다.

내일은 다카하라 변호사를 만나기로 되어 있다. 지난번 그에게서 처음 전화를 받은 후(처음은 아니었던 듯한데, 나의 기억 속에서는 그게 처음이었다), 그의 사무실을 방문하여 점심을 얻어먹었다. 그 뒤로 친하다고 할 정도는 아니지만 계속 그를 만나오고 있다. 그는 내가 기억술사에 관한 이야기를 할 수 있는(인터넷상의 정보 교환을 제외하면) 몇 안 되는 상대였다.

"료 오빠는 기억술사를 싫어하는구나. 왜 싫은 건데?"

"……엿보지 말랬지."

어느새 등 뒤에 서서 모니터를 들여다보던 마키에게 화면을 숨기듯이 몸으로 가렸다.

"그런데 넌 좀 전의 문제 풀었어? 풀었구나, 이러고 있는 걸 보면."

"아, 기다려!"

마키는 당황한 듯 노트 앞으로 돌아갔다.

나도 모니터로 몸을 돌렸다.

아마도 기억술사에 의해 '피해'를 입은 사람 중 하나일 터인 마키는 기억술사에 대해 아무 생각이 없는 걸까? 그 단어를 들어도 아무 느낌이 없는 걸까?

생각해보면 나 역시 다카하라의 전화가 없었다면, 내 기억에 뭔가 빠진 것이 있다는 사실을 알아차리지 못한 채 아무 생각 없이 지내고 있지 않았을까.

나는 마우스에 오른손을 올려놓고 멍하니 화면을 바라보면서, 의미도 없이 스크롤을 반복했다.

기억은 지워졌지만 내 안에 기억술사에 대한 마이너스의 감정이 남아 있다는 것이 느껴졌다. 기억이 지워진 것을 안 지금은 기억술사에 대해 또렷한 분노의 감정이 느껴지기도 하지만, 그 분노에는 보통의 분노와는 다른, 스스로도 설명할 길 없는 뭔가 몽롱한 느낌이 수반되었다.

내 안의 그 묘한 기분이 기억술사를 찾아다니도록 나를 내몰고 있는지 모른다.

*

나는 아오야마에 있는 다카하라의 사무실로 갔다. 입구에서 옆을 스쳐 가던 교복을 입은 소녀가 나를 보고 꾸벅 머리를 숙였다. 사무실이나 다카하라와 관련된 사람인 듯했다.

다카하라는 피곤한 얼굴을 하고 응접실의 일 인용 소파에 몸을 가라앉히듯 앉아 있었다.

"방금 그 학생은 누구죠?"

"의뢰인의 딸."

"방해한 건가요?"

"저 애는 일하고는 관계없어. 볼일도 없는데 찾아와서 골치야."

다카하라는 쓴웃음을 지으며 그렇게 말하고 소파에 기댔던 몸을 일으켜 등을 쭉 폈다. 골치라고는 하지만 그 말투가 어딘지 모르게 부드러웠다.

"인기가 많네요, 선배님."

"고등학생한테 인기가 있어봤자지. ……이런 데 와서 죽치지 말고 또래 아이들하고 놀거나 공부를 하라고 했는데. 학교는 제대로 다니고 있는지……."

말하자면 나에게 마키와 같은 존재일지도 모른다고 생각하니, 다카하라에게 조금 친근감이 느껴졌다.

키가 큰 어시스턴트가 커피를 가져왔다. 문이 닫히고 단둘이 되자 다카하라는 꼰 다리를 풀고 자세를 바로 했다.

"자, 그럼 본론으로 들어가서. ……자네가 기억술사에 대한 풍문이 오십 년 전에도 한 번 돌았다고 했잖아. 그래서 그런 데에 정통한 컬트 잡지 기자한테 물어봤는데, 조사해봐도 당시 그런 풍문이 돌았다는 기록은 없더래."

다카하라는 갈색 가죽 수첩을 꺼내놓고 이야기를 시작했다. 나도 노트를 꺼내 메모할 준비를 했다.

오십 년 전에도 풍문이 돌았다는 이야기는 (기억하고 있지는 않지만) 내가 다카하라에게 흘린 정보의 일부이며 인터넷상에는 돌아다니지 않는 꽤 드문 정보였던 모양이다. 그러나 그것이 구체적으로 어떤 이야기였고 어떤 식으로 퍼져나갔는지, 자세한 것은 나도 몰랐을 것이다. 그걸 다카하라가 추적하고 있었던 것이다. 역시 조사 능력은 다카하라 쪽이 한 수 위였다.

"그러니까 료이치 군이 말하는 대로, 이 주변에서만 아주 일시적으로 돌았던 풍문이 아닐까 싶어. 도시전설이라기보다, '이웃의 소문 이야기'로 돌았기 때문에, 광범위하게는 퍼지지 않고 사라졌다, 그리고 일부 사람들이 그 소문 이야기를 기억하고 있다가 자녀나 손자 들에게 들려줬다, 이런 정도가 아닐까…… 추측이지만."

"그 이야기는 나도 들었고 내 소꿉친구도 들었어요, 할머니한테서……. 그러니까 아마도 우리 집 근처에서 돌던 풍문이 아닐까 해요."

뚜껑을 열지 않은 만년필로 수첩 가장자리를 훑으면서, 다카하라는 잠시 생각에 잠긴 듯 천천히 고개를 끄덕였다.

"응……. 노인회 중심으로 조사해봤더니 아는 사람이 있었어. 어떤 부인인데, '이웃에서 일어난 좀 이상한 일'을 기억해내더라고."

이야기의 내용까지 확인이 된 모양이다. 오십 년 전의 풍문을 어떻게 찾아낸 거냐고 다카하라에게 물어보고 싶었지만 우선은 잠자코 듣기로 했다.

"전쟁터에 나간 아들이 돌아오기를 기다리던 한 어머니가 있었어. 그녀는 전쟁이 끝난 뒤로도 언젠가는 아들이 돌아올 거라고 믿고 열심히 살았대……. 그런데 어느 날, 그 아들이 전사했다는 통보가 온 거야. 이웃 사람들은 그녀가 살 희망을 잃을까 봐 걱정했는데, 다음 날 그 여성은 통보를 받은 사실을 완전히 잊고 그 뒤로도 아들이 돌아오기를 계속 기다렸다는, 그런 이야기야."

어떻게 받아들이면 좋을지 알 수 없었다. 그럭저럭 좋게 마무리된 이야기이기 때문에도 안티 기억술사파인 나로서는(채팅방에서 그렇게 불리고 있다) 아무래도 선뜻 받아들이기 어려웠다. 무엇보다도 이야기에 기억술사가 등장하지 않았다.

"……뭔가 좀."

여러 가지 생각하는 바는 있었지만, 우선 처음에 든 느낌을 말했다.

"지금 돌아다니는 기억술사에 대한 풍문하고는 기조가 좀 다르네요."

우선 도시전설이라고 할 수 있을지가 의심스러웠다. 다카하라도 끄덕이며 동의를 표시했다.

"응. ……이 경우는 당사자의 의뢰로 기억을 지운 게 아닌 것 같아. 기억술사에 대한 이야기라고 해도 현대판하고는 좀 다르지."

"기억술사 자체가 등장하지 않아요. 이건 단지 기억을 잃은 여성에 대한 이야기라고 해야 할 것 같아요. 당시 그 풍문을 전하던 사람들에게 기억술사가 그 여성의 기억을 지웠다고 하는 인식은 있었나요?"

"있었던 모양이야. '기억술사에 대한 이야기를 아시나요?' 하고 물었을 때 이 에피소드를 이야기해준 거거든. 그 사람은 이 일이 있었을 때, 누군가가 기억술사가 그랬을 거라고 해서 비로소 기억술사란 것의 존재를 알았대. 기억술사를 자기만 모를 뿐, 일반적으로는 잘 알려진 존재인가 보다 했다는 거야."

"결국, '누군가가 말해줬다'네요?"

"그 부분만큼은 도시전설의 시나리오대로지. 하지만 그 어머니가 아들이 죽었다는 사실을 잊었다는 건 정말인 것 같아. 그 어머니가 살던 집의 대략적인 번지수까지 가르쳐줬으니까. 물론 그 어머니는 이미 돌아가시고 안 계시지만."

지금에 와서 확인할 방법도 없었다. 예전에는 이런 이야기를 들었을 때 아들의 죽음을 받아들이지 못하는 어머니의 뇌가 그 기억에 자물쇠를 채운 것일 뿐이라고 생각했을 것이다. ……오십 년이나 지난 지금, 동일한 사례를 발견하지 못했다면.

"이 사건이 실제로 기억술사의 짓이었는지 어떤지는 알
수 없지만, 아마도 과거로 거슬러 올라가서 최초로 '기억
술사'란 이름이 나온 사건일 테니까, 알아둬서 나쁠 건 없
을 거야. 그리고……."

수첩의 페이지를 넘기고, 다카하라는 흘긋 눈을 들었다.

"이것도 불확실한 이야기고 그저 참고할 정도의 것이긴
한데. 이 이야기를 해준 부인한테 기억술사의 이미지를 물
었더니, 회색 코트를 입은 마른 남성이라고 했어."

나는 다카하라를 쳐다봤다. 기억술사의 모습이 구체적
으로 거론된 것은 처음 있는 일이었다.

"아들을 기다리던 어머니가 기억을 잃기 전날 저녁, 회
색 코트를 입은 남자가 그녀를 찾아온 것을 그 부인이 봤
다는 거야. 그 남자가 기억술사라는 증거는 없지만 그 부
인의 인상에 남아 있었기 때문에, 기억술사라는 말을 들었
을 때 그 남성이 떠올랐다고 했어."

회색 코트, 마른 남자. 이건 새로운 정보였다. 입 찢어진
여자나 사람 얼굴을 한 개의 경우는 그 괴이한 외형이 전
설의 중요한 요소다. 그래서 나중에 원래의 기본적인 외형
에 디테일이 추가되거나 변종이 늘어나거나 하는 법인데,
기억술사에 대해서는 지금까지 그 모습에 관한 정보가 거

의 없었다. 기억술사라는 괴인이 가진 괴능력이 기억을 지우는 능력이니 그럴 수밖에 없었다.

"이미지를 물어본 것은 기억술사란 존재에 대해 플러스 인상을 품고 있는지, 마이너스 인상을 품고 있는지를 알고 싶었기 때문인데 말이야. 의외의 수확이랄까? ……하지만 이건 어디까지나 그 부인이 이야기한 인상이야. 그녀가 본 것이 정말로 기억술사였는지도 불분명하고."

"플러스 이미지를 갖고 있는지 마이너스 이미지를 갖고 있는지에 대해서는 확인해봤나요?"

"직접은 못 들었지만…… 글쎄. 얘기하면서 느낀 건, 플러스 감정이었던 것 같던데. 주관적인 거지만."

그렇겠지. 그 이야기 속에서 기억술사가 한 일은 선행으로 여겨질 만하다. 뭔가 문제가 있다고 생각하는 내가 소수파다.

그러나 나는 어쩐지 석연치 않았다.

"지금 돌고 있는 풍문에서도 기억술사는 반드시 사람들이 무서워할 만한 존재는 아닌 듯해요. 입 찢어진 여자나 괴인 빨간 망토랑은 좀 다르게 받아들이는 것 같으니까요."

기억술사라는 괴인은, 풍문의 주된 전달자인 여고생들

사이에서 호의적으로 받아들여지고 있었다. 그녀들에게 기억술사와의 조우는 불운이 아니라 행운이다.

아무리 원해도 지워 없애버릴 수 없는 안 좋은 기억을 누구나 하나나 둘쯤은 끌어안고 있다. 그중 '행운'이 따르는 극소수의 사람만이 기억술사의 은혜를 입을 수 있다. 그것이 기억술사에 대한 그녀들의 인식이었다. 반쯤 재미로 불러냈더니 지우기를 바라지 않았던 기억까지 사라졌다는 점만이 도시전설답다고 하면 도시전설다운 점인데, 그것조차 아마도 관심을 끌기 위해 그녀들이 양념처럼 덧붙인 이야기일지 모른다. 꼬리에 꼬리를 이어가는 것이 도시전설 전파의 특징이니까.

"풍문을 믿는 사람들 중에는 만나고 싶어 하는 사람도 있어. 거의 팬이라고 해도 좋을 사람도 있겠지?"

"……잘 아시네요."

"나도 인터넷 서핑 정도는 해."

도시전설 사이트에는 누구라도 들어가서 볼 수 있다. 기억술사에 흥미를 갖게 된 이상 사이트에 들어가 뭐가 있는지 체크하는 것은 이상할 것도 없다.

다만 왜 다카하라 같은 훌륭한 어른이 기억술사 이야기에 이렇게나 흥미를 보이는가는 의문이다.

"다카하라 선생님은 어떻게 생각하는데요?"

"기억술사에 대해서?"

수첩을 덮고, 다카하라는 다시 다리를 꼬았다. 무슨 생각을 하는지 읽어내기 어려운 웃음 띤 얼굴이었다.

"내가 기억술사의 팬이라고는 할 수 없지만, 상대의 의뢰를 받아서 기억을 지워주는 거라면 뭐라고 나무랄 일은 아니지 않을까?"

"……."

어딘가 재미있어하는 것 같기도 하고, 나의 반응을 시험해보려는 것 같기도 한 말투였다.

"료이치 군은 부정적인 것 같군."

다카하라는 가슴 앞에서 팔짱을 끼고 조금 고개를 갸우뚱했다.

"그런 편입니다. 그러니까 제가 드리는 정보에는 어느 정도 그런 부정적인 생각이 들어갔다고 봐야 할걸요."

"그래?"

"기억은 자기 자신만의 것이라고 생각해요."

나는 기억을 지운다는 것에 대해 가지고 있는 나의 막연한 감정을 분명하게 말로 설명해보기 위해 몇 번이나 혼자서 생각했다.

기억술사가 나와 가까운 사람의 기억을 지웠다. 그래서 그 사람이 갖고 있던 나에 대한 기억도 지워졌다. 그래서 나는 기억술사에 대해서 부정적인 감정을 갖는 것이고, 또 기억술사에 대해 알려고 하는 것이다. 이렇게 설명하면 누구라도 이해할 것이다.

"기억이란 그 사람을 구성하는 요소 중 하나이므로 다른 사람한테 넘겨도 안 될뿐더러 빼앗는다는 건 더더욱 말도 안 됩니다."

나는 허점이 드러나지 않게, 지나치게 감정적이 되지 않게 주의하면서 말을 이어갔다.

"그렇기 때문에 타인의 기억을 지우는 건 용납할 수 없는 일이라고 생각합니다."

"정의감이 강하군."

다카하라가 웃음 띤 표정으로 말했다.

나는 마음속 감정이 간파당하고 있다는 기분이 들어서 좀 거북해졌다. 다카하라는 수첩을 테이블 가장자리에 내려놓고 나를 봤다. 아직 얘기를 끝내지 않을 모양이었다.

"그 말에는 동의해. 하지만 기억술사는 당사자의 의뢰를 받아서 기억을 지우는 거잖아?"

"당사자가 필요 없다고 생각해도 그건 그 사람의 일부

입니다. 지워버리는 건 부자연스러운 일이고, 지워버릴 수 있다는 것 자체가 문제라고 생각하는데요."

잊힌 기억은 어떻게 되나. 그 기억 속에 있던 사람들은 어떻게 되나. 이제 필요 없다고, 괴로우니까 지워달라고 하여 지워버린다면 그 사람의 기억 속에서 함께 지워져버린 사람들은 어떻게 그것을 받아들일 수 있단 말인가?

"······다카하라 선생님은 어떻게 생각하세요? 기억술사가 하는 일······ 타인의 기억을 지우는 능력에 대해서 어떻게 생각하시는데요?"

나는 감정이 복받쳐 올라 가슴을 찌르는 듯한 감각을 들키지 않기 위해 일부러 목소리의 톤을 높였다.

다카하라는 양손을 깍지 낀 채 무릎에 올려놓고 유리 테이블 위의 수첩을 바라봤다.

"분명히 가볍게 행사할 일은 아니라고 생각하지만."

"······하지만, 뭡니까?"

"케이스 바이 케이스가 아닐까. 개인적으로는 그렇게 생각해."

고집스러운 아이를 상대하는 인내심 많은 어른 같은, 침착한 다카하라의 어조에 오히려 신경이 곤두섰다.

"어떤 경우라면 그래도 된다는 겁니까?"

내가 더욱 강경한 말투로 나가자, 다카하라 역시 거리낌 없이 답했다.

"강간 사건 피해자가 사건의 기억을 지우기를 원했을 때라든가."

틈을 두지 않고 돌아온 예상 밖의 구체적인 답변에 갑자기 말문이 막혔다.

그런 반응을 예상했던 것인지, 아주 잠깐 심각한 표정을 짓던 다카하라의 입가에 웃음이 돌아왔다.

"무조건 부정적으로 보기는 좀 그렇다는 얘기야. 기억을 지울 수 있다면 그러는 편이 좋은 경우도 있을 수 있다는 얘기지. 지금 것은 극단적인 예지만."

반론할 수 없는 이야기였다. 실제로 그런 피해자가 기억을 지우는 것을 원했을 때, 그건 부자연스럽다고, 좋지 않은 일이라고 말할 수는 없을 것 같았다.

다카하라를 말로 이기고 싶은 것은 아니었지만, 왠지 분한 것 같은, 아이 같은 감정이 끓어올랐다. 그가 하는 말이 당연하다는 것을 머리로는 알았지만 인정하고 싶지가 않았다.

"기억술사가 사람의 기억을 지우는 것은, 그런 극단적인 케이스뿐만이 아니겠지요. 실연당했다든가…… 그런 작은 이유로 기억술사를 찾는 사람 쪽이 많아요. 게다가."

거기까지 말하고, 이건 아닌데 하면서도 계속 말이 이어 져 나오고 말았다.

"……그 사람의 기억 속에 있다가 잊힌 쪽은 어떻게 되 는 겁니까?"

말끝이 흐려졌다. 말을 하면서, 말과 말 사이로 한숨이 섞여 들어갔다.

그래……. 그거야.

정의감 따위가 아니었다. 다만…… 교코가 나를 잊었다 는 사실이나 내 기억이 사라졌을지도 모른다는 공포에 앞 서, 기억술사의 존재를 의식하기 시작한, 그 계기가 마음 에 걸렸던 것이다.

"잊고 싶은 기억만을 지운다 하더라도, 기억은 연속되는 것이기 때문에, 예를 들어 사건이나 사고에 관한 기억만 골라서 지울 수는 없잖아요. 그 사건과 관련이 없던 사람 들에 대한 기억도 전부 지워지는 거잖아요?"

그것은 다카하라에게 하는 말이 아니었다. 교코의 기억 을 지운 것은 다카하라가 아닐뿐더러, 기억술사에게 그것 을 의뢰한 것도 그가 아니었다. 알고 있으면서도 입에서 말이 멋대로 새어 나왔다.

어쩌면 교코에게 하고 싶었던 말인지도 모른다. 그리고 기억술사를 찾아내서 기억술사에게도 하고 싶었던 말인지도……. 그러기 위해서 찾았던 걸까?

"그렇게까지 해서 잊고 싶은 것이 있다니…… 그렇게까지 해서."

그 모든 것과 맞바꿔서라도 잊고 싶은 것이.

"……지우고 싶은 기억 하나를 위해서 다 잊고, 그래서…… 본인은 편해질지 모르지만."

자기만 잊다니 그건 자기밖에 모르는 거다.

기억은 자기 혼자의 것일지 모른다. 하지만 기억 속에 있던 사람, 그 기억을 만든 시간을 공유한 사람은…….

"……그 사람의 기억 속에 있다가 지워져버린 쪽에서 보면, 그 사람 안에서 죽임을 당한 거나 마찬가지 아닌가요?"

그 사람 안에서 존재조차 하지 않았던 게 되어, 그 사람 안에는 아픔 하나 남지 않고…… 잊힌 쪽만이 잊지 못해서 끌어안고 몸부림친다.

기억술사가 하는 일도, 기억술사에게 그것을 부탁한 사람도 잔혹하다.

잊힌 사람은 왜 자신을 지워버렸느냐고 상대에게 항의할 수도 없다.

"그래도 죽어버리는 것보다는 낫잖아?"

상대방이 불쑥 내뱉은 말에 고개를 들었다.

다카하라의 얼굴에서 웃음기가 사라졌다.

"소중한 사람이 자신을 잊는 거랑, 소중한 사람이 죽어버리는 거랑, 어느 한쪽을 선택해야 한다면…… 가치관의 문제겠지만, 나라면 전자를 선택할걸."

기억 속에서 존재가 지워지는 것은 죽임을 당하는 것이나 마찬가지라고 말했지만, 다카하라가 그렇게 말하니 또다시 말문이 막혔다.

"기억은 사람을 죽일 수 있어."

다카하라는 내리떴던 눈을 위로 떴다.

"나는 그렇게 생각해. 기억은 과거야. 이미 존재하지 않는 거야. 하지만 그 사람 안에 기억으로 남아 있는 한, 그 기억은 그 사람에게 영향을 주지. 때로는 그 영향력이 현실보다도 더 강하게 작용해. 그 사람은 기억으로부터 도망칠 수도 없어. 기억의 힘은 그 사람 안에만 존재하는 것이어서 주위 사람들은 어떻게 해줄 수도 없어."

"……다카하라 씨?"

"기억으로 인해 행복하게 살아가는 사람도 있다면, 그 반대도 있어. 자신에 관한 기억으로 누군가가 삶을 지탱

해나간다면 행복한 일이겠지. 그런 기억을 갖고 있는 사람에 대해서도 그것은 굉장한 행운이라고 말할 수 있을 거야……."

거기까지 말하고 다카하라는 말을 끊고 평소대로 웃는 얼굴로 돌아왔다.

"……뭐, 여러 가지 생각이 있는 거지. 얘기가 옆길로 샜는데, 하나 더, 좀 신경 쓰이는 정보가 들어왔어. 기억술사를 접촉했을지도 모를 여자아이가 K 대학병원 뇌신경외과를 다니고 있는 모양이야. 메모해놓는 게 좋을걸, 됐어? 그 아이의 성은 모르지만 이름은 미사오. 검은 쇼트커트 머리, 마르고 키는 160센티미터 남짓 될까. 니시우라 고등학교 이학년으로 담당의사는 후쿠오카 박사."

나는 갑자기 전달되는 중대한 정보를 받아 적느라, 그사이 다카하라가 뱉어냈던 의미심장한 발언의 뜻을 깊이 생각할 틈도 없었다. 일부러 빠르게 말한다고밖에 생각할 수 없는 다카하라의 말을 수첩에 주워 담았다.

몇 번쯤 되물으며 겨우 메모를 마치자, 다카하라는 뭐 좀 먹으러 가자고 했다. 완벽하게 웃음 띤 얼굴로. 좀 전의 이야기를 계속할 마음은 없다고 넌지시 말하고 있는 것 같았다.

나로서도 산전수전 다 겪은 변호사의 입을 열게 할 자신은 없었다. 적어도 오늘 중으로 다시 캐낼 수는 없을 것이다. 장기전을 각오하고 오늘은 물러나기로 했다.

"다카하라 선생님은 왜 기억술사에 관심을 갖는 거죠?"

"좀 흥미로워서."

그 질문에 대해서도 긴 답변을 할 생각은 없어 보였다. 웃옷을 집어 들고 일어선 그를 따라서 자리에서 일어섰다.

다카하라가 보여준 표정의 의미도 그 말의 의미도, 그때는 몰랐다.

두 번째 에피소드

마지막 편지

내가 다카하라 도모아키와 처음 만난 것은 사 년 전이
다. 그때 나는 롯폰기에서 좋게 봐주면 고급이라고 못 할
것도 없는 클럽에서 아르바이트를 하고 있었다. 붙임성이
좋은 편은 아니었지만, 셰이커를 조금 흔들 줄 알고 안주
도 만들 줄 안다고 하여 채용됐다.

　그 전에 근무했던 이탈리안 레스토랑이 망하여 다음 직
장을 구할 때까지만 잠시 일할 생각으로 시작한 것인데,
나쁘지 않은 아르바이트였다. 직장 선배와 성격이 안 맞아
서 다투거나, 가게에서 일하는 여자의 정부에게 엉뚱한 의
심을 받고 싸우는 등, 사소한 다툼이 끊이지 않는 게 결점
이라면 결점이었지만.

그날도 나는 오른쪽 손등과 입가에 가벼운 상처를 입고 가게 뒤 돌계단에 앉아 있었다.

밤이 되면 으레 취객이 많은 거리였다. 취객들이 내 눈빛이 맘에 안 든다며 시비를 걸어오는 일도 심심찮게 있었다.

나는 다섯 계단밖에 없는 돌계단의 아래에서 두 번째 칸에 앉아서 내가 직접 만든 정어리 샐러드를 먹고 있었다. 곁에 다가온 길고양이에게 기름에 절인 정어리 한 조각을 던져줬다. 고양이는 그걸 입에 물더니 어디론가 달려가버렸다.

발사믹 식초가 상처 난 입술에 스며들어 나도 모르게 얼굴이 찌푸려졌을 때였다.

"아, 뭔가 떨어져 있네."

높은 위치에서 목소리가 들려왔다.

얼굴을 드니, 장신의 남자가 비스듬히 왼쪽 방향에서 나를 내려다보고 있었다. 고양이가 도망친 것은 그 남자 때문인지도 몰랐다. 남자는 재봉 상태가 좋아 보이는 양복을 입은, 부티가 나는 사내였다.

뭐야 저 녀석은, 하면서 나는 올려다봤다. 남자는 내 삐딱한 시선에 개의치 않는다는 식으로 고개를 갸우뚱하고는 다가와 내 눈앞에서 멈춰 섰다.

"……어디서 본 것 같은데."

잠시 생각하고는 손을 탁 마주쳤다.

"아 그래, 생각났어, '퀄리티'의 보이지. 휴식 중?"

"……네에."

"맛있어 보이는데. 나한테도 좀 줘봐, 그거."

그는 다림질 선이 곧바른 바지 속의 다리를 가뿐히 꺾어 쭈그리고 앉아, 내가 손에 들고 있는 것을 가리켰다.

"이거…… 말입니까? 먹다 남은 음식인데요……."

"아까 고양이한테는 줬잖아. 한 입만."

"네에……. 드세요."

그 남자는 내 손에서 타파웨어 그릇을 받아 들고 정어리 샐러드를 먹기 시작했다. 양복 왼쪽 칼라에 금빛 배지가 달려 있는 것이 눈에 들어왔다. 해바라기 한가운데 저울이 있었다.

변호사 배지다.

"아, 맛있네. 이거 내가 좋아하는 맛인데. 메뉴에는 없는 거지?"

"아……. 그건 직원들 식사라서…… 시험 삼아 만들어본 건데요. 가게 안주를 재료로 써서……."

"그쪽이 만든 거?"

"네……."

"흐음. 아, 고마워. 이거 정말 맛있네."

(변호사……?)

이 남자가?

나도 모르게 남자를 뚫어져라 쳐다봤다. 남자는 아무렇지도 않게 그릇을 돌려주고 입술에 묻은 기름을 손가락 끝으로 닦았다. 고운 손으로 양복 안주머니에서 고급스러워 보이는 손수건을 꺼내, 그것으로 이번에는 그 손가락 끝을 닦았다.

"'퀄리티'의 안주는 역시 맛있어. 치즈나 살라미 같은 건 어디 것을 쓰나?"

"……살라미는 직접 만듭니다. 전에 만드는 법을 들은 적이 있어서……."

"뭐, 정말? 살라미를 만들 줄 알아?"

"네에. 돼지 삼겹살하고 소 넓적다리 살을 간 마늘과 함께 시중에서 파는 돼지 내장에 채워서…… 시험 삼아 만들어봤더니 지배인이 맘에 들어 하더라고요. 그래서 가게에 내놓게까지 됐어요."

"우아, 자넨 보이잖아. 바텐더도 아니잖아. 그런데 그런 거까지 하는 거야?"

다카하라는 쭈그리고 앉은 채로 상반신을 뒤로 젖히며 과장된 액션을 취했다.

남자가 가까이 다가오자 희미한 향수 냄새가 났다.

"여기서 일하기 전에는 레스토랑에서 근무했기 때문에……."

"그럼 '퀄리티' 안주는 그쪽 담당?"

"다는 아니지만요……."

"베이비 어니언하고 브로콜리 피클 맛있었는데."

"아, 그건 납니다."

"뭐, 정말? 나한테 시집와라."

……별난 남자다.

나는 "휴식시간이 끝나서" 하며 양해를 구하고 일어섰다.

"아, 기다려, 기다려. 이름, 이름 좀 가르쳐줘."

"……도노무라 아쓰시입니다."

"흐음, 나는."

가게 안에서 부르는 소리가 났다. 나는 "실례하겠습니다" 하는 말을 남겨놓고 가게로 돌아갔다.

내가 넥타이를 매고 테이블을 닦고 있자니까, 묘하게 눈에 띄는 모델처럼 늘씬한 남자가 들어왔다.

단골손님인 듯 플로어 매니저가 재빨리 뭐라고 말을 걸며 인사를 했다. 보니까 좀 전의 그 남자였다. 상대방도 나를 알아본 모양으로, 나를 향해 웃으면서 손을 흔들었다. 생각지 않았던 일이라 당황하여 고개만 숙여 답했다.

다른 점원이나 여자들의 태도로 보아 그 사람은 상당히 비중 있는 단골손님인 모양이었다. 그러고 보니 전에도 가게에서 그를 봤던 것 같았다. 그때는 양쪽에서 두 여자의 시중을 받으며 비싼 술만 마셨던가.

글라스를 닦고 있는데 플로어 매니저에게서 호출이 왔다. 손님이 나와 이야기를 하고 싶어 한다는 것이었다.

매니저가 알려준 테이블에 가보니 역시나 그 남자였다. 오늘은 옆에 여자를 끼고 있지 않았다. 이렇게 밝은 곳에서 보니 생각했던 것보다 훨씬 젊어 보였다. 아직 삼십 대 초반? 더구나 배우같이 잘생긴 호남이다.

나를 본 순간, 그의 잘 정돈된 얼굴에 아이같이 환한 웃음이 퍼졌다.

"어, 왔구먼. 도노 군, 여기여기."

"도……?"

"도노무라 아쓰시지? 그러니까 도노 군."

"⋯⋯무슨 볼일이신가요?"

"응. 이 피시 스테이크 맛있어. 소금이랑 레몬으로 상큼한 맛을 냈군. 이것도 도노 군 작품?"

"네."

묘한 남자였지만 칭찬을 들으니 기분이 나쁘지는 않았다. 제법 맛을 아는 상대라고 생각하니 더욱더 그랬다.

남자는 내 눈앞에서 피시 스테이크를 한 입 더 베어 물고 말했다.

"스크루 드라이버의 젤리 말이야. 그것도 도노 군이 만들었지?"

"⋯⋯맨 처음 아이디어를 낸 것은 나입니다. 레시피를 만들었고, 그다음에는 손이 빈 사람들이 돌아가며."

"음. 바지락 토마토 마리네(생선이나 고기를 식초, 와인, 기름 등에 재운 요리 - 옮긴이)도 그렇지? 바질이 제대로 맛을 냈어."

"그걸 알아낼 수가 있어요?"

"클럽 안주의 영역을 넘어선다는 느낌이 들었거든. 전부. 그런데 그 상처는 어떻게 된 거지? 아까는 미처 몰랐는데."

남자가 톡톡 자기 입가를 손가락으로 두드리며 말했다. 나도 모르게 다친 입술에 손을 가져갔다.

"싸움?"

"……대단한 건 아니고요."

"뭐, 말하기 어려워? 혹시 그건가? 여기 윗사람이나 선배한테 괴롭힘을 당하고 그러나? 라커룸에서 들볶이거나 뒷골목에서 얻어터지거나?"

"……그냥 보통 싸움입니다. 시비를 걸어와서."

"도노 군 눈빛이면 그럴 만해."

남자는 뭐가 그렇게 우스운지 명랑하게 웃었다. 말하는 건 그야말로 청산유수였다. 과연 변호사라고나 할까. 막힘없이 잘도 지껄여대는구나. 나는 속으로 탄복했다.

한바탕 웃고 난 뒤, 남자는 피시 스테이크에 곁들여 나온 양상추를 집어 손끝으로 잘게 잘라 입으로 가져갔다. 뭔가 생각하는 듯한 표정이 말할 타이밍을 재고 있는 것 같았다.

한 호흡 기다렸다가 입을 열었다.

"……저기 있지, 도노 군."

양손을 깍지 끼고, 등을 조금 구부리고는 아주 진지하게 물었다.

"한 달 동안 나를 위해 아침, 점심, 저녁, 전부 다른 메뉴로 식사 준비를 해줄 수 있나?"

뚱딴지같은 질문이었지만 "못 할 건 없죠" 하고 대답했다.

"요리 말고 집안일도 해? 청소라든가."

"혼자 살아서…… 보통 정도로는."

"이곳 시급이 얼마지?"

"……네?"

질문의 요지를 몰라 목소리의 톤이 올라가자 매니저와 다른 점원들이 돌아봤다.

"저, 손님."

"다카하라."

"네…….."

"다카하라 도모아키. 내 이름이야."

"네에……."

글라스를 들어 한 모금 마시고, 받침 위에 탁 내려놓는 그의 동작에서 절묘한 호흡이 느껴졌다. 남자는 가죽 소파에 앉은 채로 일어서 있는 나를 올려다보았다.

"도노 군, 우리 집에서 아르바이트 안 해볼래? 가정부일. 지금 시급의 배를 줄 테니까 말이야."

그렇게 말하고 그 남자…… 다카하라 도모아키는 씨익 웃었다.

농담이라고 생각했는데 명함을 건네줬고, 다음 날에는 전화를 걸어왔다.

그가 건네준 명함을 들고 거기에 쓰여 있는 주소로 그를 찾아가보았다. 가보니, 집세가 내가 사는 아파트의 세 배는 될 성싶은 맨션 입구에 '다카하라 법률 사무소'라는 간판이 있었다. 맨션을 자택 겸 사무실로 쓰는 모양이었다.

아르바이트 보수를 두 배 준다고 할 만하군. 그렇게 생각하면서 문을 열고 들어갔다. '자택 겸 사무소'의 내부는…… 어수선했다.

사무실에는 가구라고 할 만한 것이 별로 없었다. 파일이나 서류가 책꽂이에 무질서하게 뉘여서 쌓여 있었고, 데스크톱 컴퓨터의 코드는 거의 아트의 경지에 도달했다고 할 만큼 복잡하게 뒤얽혀 있었다. 생활공간으로 사용하는 안쪽 방은 더 심했다. 침대 아래로 침대 커버가 떨어져 뭉쳐 있고, 베개와 시트는 주름투성이였다. 빨래는 닥치는 대로 빨래 바구니에 처박혀 있었고 그릇들은 싱크대에 산처럼 쌓여 있었다.

방과 가구는 모두 그 자체로는 고급스러운데, 명색이 변호사님이 생활하는 장소로는 보이지 않았다(내가 변호사의 사생활에 대해 품고 있는 이미지가 편향된 것인지도 모르지만).

"청소하는 사람이 매주 와주는데, 지난주에는 휴가였거든. 그 뒤로 전화하는 걸 잊어버리는 바람에 지금 좀 어질러져 있긴 해. 빨래도 그 사람이 세탁소에 맡기던 거라 밀려 있고."

"……."

"함부로 젊은 여자를 고용했다가 이상한 소문이라도 나면 안 되고 말이야. 말 많은 아줌마는 내가 싫고. 그런 점에서 도노 군이 딱이야. 어때? 일하지 않을래? 아, 사택 개념으로 방도 제공할게. 빈방이 있으니까."

커피 메이커 옆에 겹쳐진 채로 산더미처럼 쌓여 있는 지저분한 컵들을 곁눈으로 살피고, '우선은 부엌 청소부터 해야겠군' 하고 생각하면서 나는 애매하게 고개를 끄덕였다.

여기 오기까지의 스토리가 좀 엉뚱했다는 것만 빼면 그야말로 눈이 뒤집힐 정도로 좋은 조건이었다. 하지만 달콤한 말에는 내막이 있는 법. 나 역시 세상 물정을 모르는 철부지가 아니므로 경계심이 작동했지만, 변호사라면 그렇게 악질적인 짓을 하지는 않을 것 같았다. 다만…….

"……한 가지 묻고 싶은 게 있는데요."

"뭐? 아, 급여 말인가?"

"아뇨……."

이것은 꼭 확인해둬야만 했다.

소파에 칠칠맞지 못하게 기대앉은 다카하라를 내려다보고 서 있자니 왠지 '퀄리티'에서 대면했을 때와 같은 구도라는 생각이 들었다. 나는 작심하고 물었다.

"……다카하라 씨, 게이는 아니죠?"

다카하라는 한 박자 뒤에 폭소를 터뜨렸고, 이날부터 나는 다카하라 법률 사무소에서 일하게 됐다.

*

다카하라 도모아키는 종잡을 수 없는 남자였다. 초연한 것 같으면서도 별것 아닌 일로 삐치거나(보고 싶은 프로그램이 특별방송 탓에 결방되거나, 휴일인 줄 알고 좋아했는데 날짜를 하루 착각한 거였다든가), 갑작스럽게 어린아이처럼 떼를 쓰거나(사과 껍질을 토끼 모양으로 깎으라든가, 극장판 「도라에몽」의 비디오를 빌려 오라든가) 했다.

그가 법정에 섰을 때의 모습은 본 적이 없다. 다만, 자료를 훑어보며 변호 전략을 세울 때는 그의 표정에서 전문가 냄새가 났다. 그럴 때는 쓸데없는 소리만 해대는 평상시와는 달리, 한마디도 말을 하지 않은 채 몇 시간이고 자료를 붙들고 씨름했다. 책상 앞에서만 그러는 게 아니라, 방 안을 걸어 돌아다니며 자료를 읽고 방바닥에까지 종이를 펼쳐놓았는데 생각이 정리될 때까지는 그것들을 치우지 못하게 했다. 나는 다카하라가 일에 집중할 때는 말을 걸지 않는 걸 원칙으로 했다. 다카하라가 작업을 시작하기 전에 포트에 그득히 커피를 준비해뒀다가 작업 중에 방해가 안 되게 조용히 가져다 놓고, 작업이 끝날 때쯤에는 뜨거운 홍차를 내갔다. 다카하라는 나의 그러한 배려가 맘에 들었던지 서비스업에서 일한 사람답다며 좋아했다.

다카하라는 작업이 끝나면 필요한 서류들만 서류가방에 넣어 법정으로 갔다. 그러고 나면 방에는 종이다발이 여기저기 흩어져 있었다. 나는 다카하라가 다음 작업을 시작할 때 찾는 자료가 정리된 상태로 원래의 자리에 있도록, 그것들을 제자리에 치워놓았다.

돈벌이 면에서만 보자면, 다카하라는 일솜씨가 좋은 변호사인 모양이었다. 하지만 일을 하지 않을 때의 그는 그저 생활력 제로의 괴짜일 뿐이었다. 이해할 수 없는 이유로 웃고, 화내고, 생각에 잠기곤 하는 괴짜.

스스로 신나거나 야릇한 아이디어가 떠오르면 바로 실행에 옮겼다. 귀갓길에 사과를 한 봉지 가득 사 와서 "애플

파이 만들어줘" 할 때는 아연실색했다. 봉지에는 파이를 굽기에는 지나치게 비싸고 좋은 사과가 너무 많이 담겨 있었다. 그냥 빵집에서 사 오는 편이 돈이 적게 들었을 것이다.

내가 그렇게 지적하자, "방금 구운 따끈따끈한 놈에다 바닐라 아이스크림을 올려서 먹고 싶어서"라고 했다. 어쩔 수 없이 인터넷에서 레시피를 검색해서 파이를 만들고 남은 사과로 주스와 프리터(채소, 과일 등에 반죽을 입혀 튀겨 낸 케이크의 일종 – 옮긴이)까지 만들었다. 다카하라는 무척 좋아했고, 그 뒤로는 디저트 만들기도 내가 할 일에 추가됐다.

다카하라는 칠석이나 히나마쓰리(여자아이들의 행복을 기원하는 축제 – 옮긴이) 같은 계절 행사를 아주 좋아해서 남자 둘이 지내는 법률 사무소에 조릿대(칠석날 소원을 적은 종이를 매달아 장식한다 – 옮긴이)를 사다 놓기도 하고 히나아라레(히나마쓰리에 먹는 일본 과자 – 옮긴이) 같은 것들을 사 오기도 했다.

"칠석에는 소면을 먹는 거야. 직녀의 실에서 유래한 풍습이라네."

"내일은 그거야, 3월 3일, 히나마쓰리. 히나마쓰리에는 역시 지라시즈시(식초와 소금으로 간을 맞춘 밥에 생선, 조개 등을 얹은 초밥 – 옮긴이)지! 그리고 우시오지루(소금으로 간을 한 맑은 생선국 – 옮긴이)하고."

그렇게 신이 나서 달력을 가리키며 말했다. 말인즉슨 그런 것들을 만들라는 소리겠지 하고 순순히 그 메뉴를 준비해주면, 역시 더할 나위 없이 만족스러워했다.

"도노 군, 맛있어 보이지, 봐 이거. 성게알 덮밥에 훈제 연어래! 홋카이도로 먹으러 가자."

"……홋카이도가 아니라도 있잖아요."

"그래도 여기 것이 맛있어 보인다고! 가자, 이번 주말에는 일도 없으니 말이야."

"텔레비전을 보면 자꾸만 먹고 싶어지니까, 먹는 방송만 계속 보는 건 그만두세요."

"으응, 가자고!"

재미있는 것을 발견하면 아무 예고도 없이 달려 나갔다. 처음에는 말려봤지만 소용이 없었다. 얼마 지나서부터는 그냥 같이 손을 잡고서 달렸다.

나 자신이 그것을 즐기게 되었다는 것을 알아차린 건 일을 시작한 지 이 년쯤 지나고 나서였다.

앞으로도 계속 그렇게 달려 나갈 거다. 다카하라가 이

렇게 일을 저지르면 아이고야, 하고 한숨을 쉬면서도 따라 나갈 거다. 그것도 나쁘지는 않겠지.

그러나 아무래도 그건 불가능할 것 같았다.

나 자신도 모르게 천천히, 그러나 결과로서는 극적으로 나의 인생을 바꿔놓은 남자, 다카하라 도모아키.

그는 이제 곧 죽을 것이기 때문이다.

*

"다카하라 선생님은 홍차 좋아하시지요? 내가 홍차 가져왔어요. 카렐차펙(일본의 홍차 브랜드 - 옮긴이)의 계절 한정 상품."

반년쯤 전부터 사무소로 출근하는, 초대받지 않은 어시스턴트 안도 나나미가 소녀 취향으로 디자인된 새빨간 깡통을 들고 와서 나를 올려다봤다. 그녀는 다카하라의 고객 중 한 사람의 딸이다. 자칭 견습생이라며 하루가 멀다 하고 찾아오는 열일곱 살의 그녀가 다카하라에게 연애 감정 비슷한 것을 품고 있다는 것을 나는 알고 있었다.

그녀는 대체로 다카하라가 바쁘지 않은 때를 가늠해서 방문했다. 가끔 바쁠 때 오게 되면 다카하라가 일에 전념

하는 동안은 얌전히 별실에 앉아서 기다렸다. 그녀는 다카하라에게 도움이 되기를, 그의 곁에 있기를 무엇보다도 바랐다. 그래서 그에게 방해가 되는 것과 그가 자신을 싫어하게 되는 것을 무엇보다도 두려워했다.

"있지요, 선생님! 봐봐요, 추천하신 홍차인데……. 어라, 외출하세요?"

"응, 잠깐."

"홍차는 다녀와서" 하며 한 손을 들어 보이고 다카하라는 웃옷을 입었다.

나나미는 불만스러워 보였지만, 그래도 "다녀오세요" 하며 손을 흔들었다.

나도 머리를 숙였다. 다카하라는 "응"이라고만 대답하고 웃었다.

병원에 가는 거였다. 나나미는 몰랐다.

다카하라가 아무 말 하지 않았기 때문에 나나미는 아무것도 몰랐다. 나도 오랫동안 눈치채지 못했다.

내가 그것을 알게 된 것은, 청소를 하다가 다카하라의 책상 서랍에서 대량의 약과 진찰권을 발견하고 나서였다. 더 이상 숨길 수 없다고 생각한 다카하라가 나에게 사실을 말해주었다.

"낫지 않는대."

다카하라는 남 얘기 하듯 침착한 말투로 말했다.

"눈 안쪽, 으응, 이쯤인가? 잘 모르겠지만, 여하튼 적출 불가능한 곳에 종양이 생긴 모양이야. 그래서 때때로 찾아오는 현기증이 꽤 심해. 뭐 약도 있고, 아직 얼마 동안은 버틸 수 있을 거야."

자세한 사항은 지금도 모른다. 전문적인 설명을 듣는다 해도 어차피 알 수 없다. 중요한 것은 다카하라의 몸은 그리 오래 버티지 못하리라는 거였다. 그걸 아는 사람은 나까지 포함하여 극소수뿐이었다.

다카하라는 평소처럼 일을 계속했다.

일상생활도 불치병을 앓고 있는 사람이라고 말하는 것이 무색할 정도로 이전과 다를 바 없었다. 일의 양은 조금씩 줄여가는 것 같았지만, 뭔가를 조사하는 데 들이는 시간은 오히려 늘어났다. 인맥과 인터넷을 통해 뭔가 정보를 모으고 있는 것 같았는데, 나에게조차 그게 뭔지 말하지 않았고 도움을 요청하는 일도 없었다.

병원에서 돌아온 다카하라는 업무 관련 서류를 잠시 읽다가 나나미가 돌아가고 나자 눈과 코 사이를 누르며 "물

좀 줘" 하고 말했다.

약의 양이 늘어난 것 같았다. 그렇게 생각하면서 컵에 물을 따라서 물병과 함께 쟁반에 올려서 책상까지 가져갔다. 책상에는 컴퓨터가 있어서 물병은 소파 옆 유리 테이블에 내려놓고 컵만 건넸다.

"여기, 선생님."

"응, 고마워……."

한 손 엄지로 알약을 껍질로부터 밀어내며 비어 있는 다른 손을 컵 쪽으로 뻗었다. 하얀 알약이 책상에 부딪쳐 톡 소리를 내며 바닥에 떨어졌다.

"아."

다카하라가 알약을 집으려고 의자에서 일어나다가, 그대로 털썩 무릎이 꺾였다. 몸이 앞으로 기울자 책상 가장자리를 손으로 짚어 지탱했다.

"선생님!"

"……괜찮아. 현기증이 좀…… 아……."

다카하라는 그대로 다리를 앞으로 쭉 뻗고 바닥에 퍼져 앉아, 책상 서랍 부분에 등을 기대고 천장을 올려다봤다. 눈을 감고 뭔가를 그냥 지나보내듯이 한동안 움직이지 않았다.

"……침대나 소파로 가시겠습니까?"

"으음, 괜찮아. 약 줄래?"

다카하라는 다시 느릿느릿 일어나서 혼자 힘으로 소파로 가 앉아, 건네준 약을 먹고 나서 빈 컵을 테이블에 놓고 다시 눈을 감았다.

"……도노 군."

"네."

"저기 책상 서랍에 서류봉투가 들어 있어. 두툼한 녀석. 세 번째 서랍에 있는데 열어봐줄래?"

"……네."

시키는 대로 열어본 서랍에는 그것밖에 들어 있지 않았다. 두께가 있는 큰 봉투였다. 단단히 봉해져 있었다.

"이건가요?" 하고 내밀자, "도노 군이 관리해줘" 하고 되밀었다.

"하지만 아직은 열어보면 안 돼. 부디 잃어버리지 않게 조심하고."

"네에……. 뭔가요, 이게?"

"러브레터?"

"……선생님."

지금이 농담할 때냐고 나무라는 투로 불렀더니, "정말이라니까" 하고 놀렸다.

"내가 죽으면 그때 열어봐."

다카하라가 웃음 띤 얼굴로 그렇게 말하는 바람에 나는 갑자기 말문이 막혔다.

다카하라는 소파 팔걸이에 손을 대고 일어나서, "낮잠 좀 자야지" 하고 안쪽 방으로 걸어갔다.

*

"요즘 들어 선생님 안색이 안 좋아요. 피곤하신가?"

나나미가 옆에서 딸기 꼭지 떼는 일을 거들면서 말했다. 보기에도 탐스러운 딸기는 나나미가 집에서 가져온 거였다.

"누가 준 거야?" 하고 물으니, 나나미의 아버지가 "나는 과일 안 먹으니까 선생님 갖다 드리렴" 했단다. 그녀가 가져온 규슈산 딸기는 고급 과자처럼 종이상자에 담겨 있었다. 나나미의 아버지는 나나미가 다카하라의 사무소에 빈번하게 드나들고서부터 신경을 써서 매번 이와 같이 딸 손에 뭔가를 들려 보냈다.

고등학교에 들어가기 전부터 자해하는 버릇이 있었던

나나미는 열여섯이 되던 해에 자기 방에서 손목을 그어 구급차로 실려 갔다. 자세한 사정은 몰랐지만, 나나미는 퇴원한 후 학교도 가지 않고 집에서 '요양'을 하다가 무슨 계기로 아버지의 고문 변호사인 다카하라의 사무소를 드나들게 되었다.

나나미가 자신의 집 응접실에서 아버지를 기다리던 다카하라에게 먼저 말을 걸었다고 했다.

"집에 자주 오니까 얼굴은 알고 있었어요. 멋있는 사람이구나 하고 생각했고. 뭔가 좀, 굉장히 당당하잖아요. 변호사들은 그런 느낌이 들지 않아요? 자신감 있게 가슴을 펴고 말하는 것 같은…… 나는 못 하는 건데 하고 생각하면서 봤어요."

나나미가 다카하라에게 처음 말을 걸어왔을 때 나나미의 왼손에는 아직 붕대가 감겨 있었다. 다카하라의 시선이 그 붕대를 향하는 것을 보고 나나미가 "아빠한테서 들었지요?" 하자 다카하라는 "그래" 하고 대답했다고 한다. 그것이 두 사람이 처음으로 주고받은 말이었다.

"동정하든가 설교하든가 어떻게 대하면 좋을지 몰라서 눈을 피하든가 할 거라고 생각했어요. 대체로 어른들은 그런 반응을 보이니까. 아니면 변호사는 이런 여고생을 다루는 데에도 익숙할까 하고 기대도 좀 했어요. 아빠랑 있을 때는 싱글싱글 웃고 있을 때가 많았으니까, 나한테도 웃는 얼굴로 친근한 말을 해서 얼버무리고 끝, 그런 패턴일 거야⋯⋯. 그러면 내가 그냥 넘어가지 말고 상대를 쩔쩔매게 해야지 하고 생각했어요. 그런데 선생님은 웃지 않았어요."

다카하라는 빙긋도 하지 않고, "아까워"라고 했다고 한다. 나나미의 상처를 흘깃 보고, "나라면 절대로 그런 짓은 안 해"라고.

"내가 설교하려 들지 말라고 했더니, '의견을 말했을 뿐이야' 하는 거예요. 생명을 소홀히 하는 사람은 존경할 수 없어, 굳이 충고하고 싶지도 않아, 그러는 거예요. 처음으로 얘기한 상대에게서 냉정한 말을 듣고 나는 화가 나서 말했어요. 나는 자살할 작정으로 손목을 그은 게 아니었다, 뭐랄까, 이렇게⋯⋯ 내가 살아 있다는 실감이 느껴지지 않아서, 나의 존재를 확인하고 싶었다⋯⋯ 그런 거였다, 나도 확실히는 모르겠는데, 그 아픔이 나한테는 필요하다는 생각이 들었다, 그래서 그은 거다, 아픈 걸 원해서, 그래서 그은 것뿐이다, 당신은 이해할 수 없겠지만 나한테는 필요한 아픔이었다. 그랬더니 선생님은 말했어요. 아픔은 그냥 신호일 뿐이야."

그때는 굉장히 화가 나서 계단을 뛰어올라 방에 들어가서 베개를 벽에 집어던지고 침대에 파고들었는데 머리가 말똥말똥해져서 잠이 오지 않았어요. 그렇게 말하고, 나나미는 부끄러운 듯이 웃었다.

"그래도 그날 이후 손목을 긋고 싶다는 생각은 안 하게 됐어요."

나나미가 처음으로 사무소에 왔을 때는 다카하라가 원조교제라도 하는 건가 하고 생각했다. "교복을 보여주러 왔어요"하며 주름치마 자락을 잡고 보여주는 나나미를 보고 다카하라는 무척 당황스러워하는 것 같았다.

"저 변호사는 사무소에 여고생을 불러들이는 모양이라는 식의 소문이 돌면 신용에 문제가 생긴다고⋯⋯."

그렇게 그가 혀를 차고 있는데 나나미의 아버지가, 폐를 끼쳐 죄송하지만 잘 부탁드린다고 전화를 걸어왔다. 다카하라는 전화를 끊고 책상에 엎드려 머리를 끌어안고 끙끙거렸다.

다카하라는 중요한 고객이 어렵게 하는 부탁을 거절할 수 없어서 나나미가 종종 사무소에 드나드는 걸 그냥 놔뒀다.

"나는 상담사가 아니라고."

다카하라는 처음에는 그렇게 불평을 했지만 이러니저러니 하면서도 나나미를 상대해주는 사이에 그녀에게 정이 든 것 같았다. 지금은 다카하라도 그녀가 방문하는 것을 당연시하고 있다.

"선생니임, 딸기요, 연유 뿌릴까요? 설탕도 있어요."

"……우유 넣어 먹을 거야. 딸기는 으깨줘."

"넵! 나 딸기 으깨는 거 완전 잘 해요."

다카하라가 뭘 해달라고 하는 건 좀처럼 없던 일이라서 나나미는 신이 나서 딸기를 으깼다.

다카하라는 노트북 컴퓨터의 모니터를 바라보면서 뭔가를 생각하다가 나나미가 딸기 그릇을 가져오자, 전원을 끄고 노트북을 탁 닫아버렸다.

"여기요, 선생님."

"응. 고마워. ……나도 거기서 먹을게."

다카하라는 유리그릇을 받아 들고 소파로 이동하여 나나미와 나란히 앉아 딸기를 먹다가 흘깃 시계를 보았다. 그걸 보고 내가 물었다.

"무슨 약속이라도 있나요?"

다카하라는 "잠깐 나갈 일이 있어" 하고 싱겁게 웃었다. 나나미에게 병원 가는 걸 숨길 때 말하는 투와 비슷했다.

그러나 오늘은 병원에 갈 예정이 없었다.

가끔 본다는 그 대학 후배라는 청년을 만나러 가는 걸까. 나는 다카하라의 사적인 일에는 끼어들지 않는 걸 원칙으로 하고 있어서 그 두 사람이 어떤 관계인지는 몰랐지만, 일 관계로 만나는 것 같지는 않았고, 그렇다고 해서 친구라고 할 정도로 친근해 보이지도 않았다. 둘이서 무슨 이야기를 하는지 무척 궁금했다.

그러나 물론 다카하라가 스스로 말하려 하지 않는 것을 일일이 물어볼 입장은 아니었다.

"이거 먹고 나갔다 올게. 저녁은 집에서 먹을 거니까."

"네."

"나나미 너는 늦지 않게 집에 가라."

"……네에."

불만스러운 목소리였지만 나나미는 순순히 고개를 끄덕였다. 다카하라는 딸기를 모두 비우고 딸기 즙이 섞여 핑크색이 된 우유까지 한 방울도 남기지 않고 다 마시고 나서 일어섰다.

"……아, 맞다."

얇은 코트를 입고 서류가방에 손을 뻗다가 생각났다는 듯이, 아직 소파에 앉아 있는 나나미와 그 옆에 서 있는 나를 돌아봤다.

"그냥 물어보는 건데 말이야. 혹시 기억술사라는 단어를 들어봤나?"

생소한 말이었다. 나나미가 고개를 갸우뚱하며 내 얼굴을 쳐다봤다.

"기억술사라고…… 하셨어요?"

"모르면 됐어. 그럼, 다녀올게."

다카하라는 휙 등을 돌려 코트 자락을 휘날리며 밖으로 나갔다. 문이 꽈당 닫히고 나서야 "다녀오세요"라고 인사할 타이밍을 놓쳤다는 것을 깨달았다.

"별일이야."

나나미가 중얼거렸다. 다카하라가 느닷없이 이상한 말을 꺼내는 것은 드문 일이 아니었다. 하지만…….

(기억술사라…….)

그 말은 신기한 울림이 되어 나의 귓전에 남았다.

*

며칠 후, 놀러 와 있는 나나미와 다카하라에게 홍차를 내놓고 책상으로 돌아오다가 문득 다카하라가 '기억술사'

라는 말을 한 것이 생각나서 노트북 컴퓨터를 열고 검색해 보았다.

'기억술사'라는 것은 일종의 도시전설이었다. 도시전설이긴 하되 꽤 마이너한 부류에 속하는 것인지 다른 유명한 도시전설에 비해 검색되는 정보가 적었다. 그중 검색 리스트 맨 위에 올라온 도시전설 연구 사이트의 게시판에 들어가 몇 가지 글들을 읽어보았다.

기억술사는 의뢰자가 지우고 싶어 하는 기억을 지워준다. 어디 공원 벤치에서 기다리고 있으면 나타난다는 설도 있고, 고민하고 있으면 기억술사 쪽에서 말을 걸어온다는 설도 있다. 그 정체를 놓고 요괴라는 설도 있고 최면술사라는 설도 있고, 기타 여러 가지 버전이 있다.

도시전설이 워낙에 그런 건가 보았다. 여하튼 기억술사라는 건 그저 수상쩍은 풍문인 것 같은데, 다카하라가 왜 그런 풍문을 가지고 나와 나나미에게 혹시 알고 있느냐고 물었을까? 뭐가 마음에 걸렸던 걸까? 나는 채팅방에 들어가서 '기억술사'에 대해 뭔가 아는 게 있으면 알려달라는 메시지도 남겨놓았다. 그리고 계속해서 게시판을 둘러보고 있는데…….

이 이야기가 마이너인 건, 스토리가 없기 때문일 거예요.

이노키치라는 닉네임의 남자(아마도)의 발언이 채팅방 화면에 나타났다. 내가 남긴 글에 대해 처음으로 온 답이었다.

이노키치: '초등학생이 학교 끝나고 혼자서 집에 가는데……' 같은 도입부도 없고, '개라고 생각했는데 돌아보는 얼굴이 사람의 얼굴이었다'라든가, '여자가 마스크를 벗으니까 입이 찢어져 있었다' 같은 클라이맥스도, 그리고 '그 여자가 아이의 입을 찢었다' 같은 결말도 없잖아요. 흥미를 끌기 어려워요.

사야카: 그러고 보니 그러네요. 나도 이 사이트에 들어오기 전엔 못 들어본 이야기인걸요. 역시 스토리가 있는 쪽이 재미있지요.

무민: 하지만 최근에 좀 자주 화제에 오르는 이야기 아닌가요? 요전번에도 누가 기억술사에 대해서 조사하지 않았어요?

이노키치: fall 씨요. 기억나요. 내가 정보를 제공했답니다^^.

무민: 마이너인 만큼 연구하면 보람은 더 있겠어요.

이코: 오늘은 안 들어와 있지만, RYO 씨도 기억술사 전문이지요.

사야카: 슬그머니 붐이 일고 있나요ㅎ? A 씨(에이스 씨라고 해야 하나요?)도 기억술사에 대해서 조사하고 있지요?

A는 내가 적당히 정한 나의 닉네임이었다. 아쓰시의 머리글자 A. 깊은 뜻은 없었다. '사야카'의 발언에 답을 쓰려다가 손을 멈췄다. 나보다 먼저 기억술사에 대해서 조사하는 사람이 있었다. 그것도 최근에?

(fall.)

가을.

……내가 내 이름의 머리글자에서 닉네임을 정했듯이, 이 fall이라는 이름도 누군가가 자신의 이름에서 취한 것이라면(다카하라 도모아키의 '아키'는 일본어에서 '가을'이라는 뜻이다 – 옮긴이).

(선생님?)

다카하라가 최근에 혼자서 조사하고 있던 것이 이거란 말인가?

노트북의 전원을 끄면서 생각했다.

다카하라라는 사람은 생각이 떠오르는 대로 행동하는

것 같지만 근본적으로는 매우 현실적인 사람이다. 그런 그가 일하는 틈틈이 아무 이유 없이 도시전설 같은 이야기에 열중했을 리 없다. 하물며 그는 앞으로 남은 시간이 별로 없었다.

다카하라는 결코 무의미한 짓은 하지 않는다. 그가 뭔가 할 때에는 그 일이 아무리 터무니없어 보여도 반드시 이유가 있다.

다카하라가 요즘 열중해서 하고 있는 일과 기억술사 이야기 사이에 무슨 관련이 있는 건가? 아니면, 기억술사 그 자체에 대해서 알고 싶어서 조사하고 있는 걸까? 일과 관련된 것이 아니라고 다카하라는 말했다. 그렇다면 후자?

다카하라가 개인적으로 기억술사에 대한 정보를 모으고 있는 이유.

(지우고 싶은 기억만을 지워준다.)

기억술사가 풍문 속에서만 존재하는 것이 아니라면?

그런 건 절대 있을 수 없는 일이다, 하지만…….

기억을 지워주는 마법사니 요괴니 하는 것이 존재한다고는 도저히 믿을 수 없지만, 그 이야기의 원천이 된 어떤 것이라면, 존재한다고 해도 이상할 것 없지 않은가 하는 생각이 들었다. 예를 들어, 공공연하게 광고를 할 수 없는 최면술사라든가, 뇌 외과 연구소라든가······.

그렇다면 있을 수 없는 일은 아닐지도 모른다.

다카하라도 그렇게 생각한 건 아닐까?

어떤 방법인지는 몰라도 지우고 싶은 기억만을 깨끗이 지울 수 있는, 그런 가능성이 만약 있다면.

(나라면 뭘 부탁할까.)

시계를 보니 슬슬 식사 준비를 할 시간이었다.

그때, 내가 자리에서 일어서면서 내는 의자 끄는 소리와 겹쳐서 비명소리가 났다.

나나미의 비명소리였다.

어정쩡하게 끌던 의자를 차버리고 달렸다. 문을 열었다.

나나미가 서 있고, 그녀 옆에 한쪽 무릎을 꿇은 다카하라가 보였다.

예상했던 일이 일어난 것이다. 나는 침착하게 숨을 들이쉬고 다가갔다.

"······선생님."

"······평소의 그거. 큰일 아니야."

우리는 나나미가 듣지 못하게 작은 소리로 주고받았다. 나는 일어서려는 다카하라를 부축해서 소파에 앉혔다. 안색이 안 좋았다. 평소보다 심한 모양이었다.

"선생님, 선생님."

나나미는 거의 광란 상태가 되었다. 소파에 매달리듯이 해서 몇 번이고 이름을 불렀다.

"괜찮아……."

토해내는 가쁜 숨 사이로 힘없이 그렇게 말하고, 다카하라는 눈을 감은 채로 소파에 푹 몸을 맡겼다. 얼굴이 새하얘진 나나미를 달래려 했으나, 그녀는 내 손을 뿌리쳤다.

"구급차! 구급차 불러야지."

나나미는 울면서 그렇게 말하고 일어섰다. 전화가 놓여 있는 위치도 잊어버릴 정도로 정신이 없었는지 "전화, 구급차"라는 말만 반복했다.

"나나미."

천천히 올라온 다카하라의 손이 나나미의 팔, 손목 부근을 힘없이 붙잡았다.

"괜찮아. 구급차를 부를 정도는 아냐."

나나미는 움직임을 멈추고 한 호흡 기다렸다가 와아 하고 소리 내어 울음을 터뜨렸다.

"심장이 멎는 줄 알았다고요……! 선생님 얼굴이 창백해서, 나."

"최근에 잠이 부족했거든. 좀 피곤해서 그런 것뿐이야."

"손도 굉장히 차갑고……."

"빈혈인가? 철분 먹어야겠네."

"죽는 줄 알았다고요……. 우욱."

"미안."

다카하라는 힘없이 웃었다.

바닥에 주저앉아 엉엉 울며 어깨를 들썩이던 나나미가 겨우 조금 수그러졌다. 나나미는 흐느끼며 울다가 "나도 죽을 거야" 하고 갈라진 목소리로 말했다.

"선생님이 죽으면 나도 죽을 거야!"

그녀의 눈은 너무 울어서 새빨개졌고 눈 주위에는 마스카라가 시커멓게 번졌다. 얼굴이 온통 눈물에 젖어서 엉망진창이었다. 나나미의 말이 빈말이 아니란 것은, 나도, 아마 다카하라도 알았다. 나나미에게는 그런 위험한 구석이 있었다.

"그런 말 하면 안 돼요."

다카하라는 힘없이 웃으며 그녀의 머리를 쓰다듬었다.

*

점심식사 준비가 됐다고 알리기 위해 다카하라의 침실

로 가서 문을 노크하려다가 손을 멈췄다. 누군가와 이야기하고 있는 다카하라의 목소리가 새어 나왔기 때문이다.

다카하라의 방에는 전화기가 없었다. 손님이 온 건 아닌 것 같고, 아마도 휴대전화로 누군가와 통화하고 있는 모양이었다. 딱히 얇다고 할 수 없는 문이라서 방 안에서 들려오는 말소리의 내용을 추측하기는 어려웠지만, 딱 한마디, 전에 들어본 적이 있어 귀에 들어오는 말이 있었다.

기다리고 있습니다, 기억술사님.

기억술사님?

다카하라는 상대를 그렇게 불렀다.

(지워버리고 싶은 기억을 지워준다.)

어디에 있는지 알 수 없는, 있다는 확증 같은 것도 없는, 하지만 어딘가에 있을지도 모른다는 풍문 속의 존재.

다카하라가 그런 이름의 상대와 대화를 하고 있는 건가?

전화를 끊는 기척이 들려서 나는 서둘러 노크를 했다. "들어와" 하는 대답을 듣고 식사 준비가 됐다고 말하자 다카하라는 바로 나왔다.

"고마워. 점심은 뭐지?"

"샌드위치예요. 오이랑 블루치즈, 연어, 새우랑 아보카도, 이렇게 세 종류. 그리고 감자 샐러드."

"와아, 맛있겠는데."

메뉴가 다카하라의 마음에 든 모양이었다.

나나미는 오늘 오지 않았다. 혹시 몰라서 그녀 몫도 만들어뒀는데. 이건 오늘 밤 내 야식으로 하자.

"오늘, 밥 먹고 나서 외출할 거야. 도노 군도 자유롭게 지내도록 해."

"언제쯤 돌아오시는데요?"

"저녁식사 때까지는 돌아올게. 사람을 좀 만나는 것뿐이니까."

"알겠습니다."

"일 때문에 만나는 겁니까?" 하고 물어보니, 다카하라는 "그런 셈이지" 하고 모호하게 대답했다. 평소라면 일 때문에 손님과 만날 때는 사무실을 이용한다. 밖에서 사람을 만나 일 얘기를 하는 경우는 좀처럼 드물었다.

점심식사를 마치고, 다카하라는 얇은 서류가방만 들고 문을 나섰다.

자유롭게 지내라고 했으니까, 하고 나 자신에게 핑계를 대며 몰래 다카하라의 뒤를 쫓아가보기로 했다. 다카하라는 걸음이 빠른 편이 아니어서 곧 따라붙을 수 있었다. 거리를 두고 따라갔다.

다카하라는 길에 면한 두 면이 유리로 된 커다란 커피숍으로 들어갔다. 유리 너머로 보니 관엽식물로 칸막이된 맨 안쪽 자리에 그가 앉는 것이 보였다. 만나기로 한 상대는 아직 오지 않은 모양이었다.

가게 안까지 따라 들어가면 아무래도 들키겠지. 어떻게 할까 망설이다가 차도를 건너가 길가에 위치한 패스트푸드점의 바깥 화단 가장자리에 걸터앉았다. 다카하라의 자리가 잘 보이는 위치였다. 여기서 사람을 기다리는 척하고 있으면 아무도 이상하게 생각하지 않을 거야.

평일 낮 시간이어선지 길 건너편의 커피숍은 한산했다. 새로운 손님이 커피숍 문 앞을 지날 때마다 저 사람이 다카하라가 기다리는 사람일까 하고 긴장했다. 잠시 시간이 흐르고 나서 드디어 다카하라의 앞자리에 한 사람이 와서 앉았다. '기억술사'가 왔다. 그의 모습은 예상했던 것과는 달리 아주 평범했다. '기억술사'가 개인이 아니라 조직이라면, 사람들의 눈길을 끌지 않도록 그럴듯하지 않은 인물을 내보낸 것일 수도 있다.

'기억술사'와 대화하는 다카하라의 얼굴은 진지했다. 비

즈니스에 관한 이야기를 하고 있을 때 늘 보던 다카하라의
얼굴 그대로였다.

　지금 이야기하고 있는 상대가 '기억술사'라면 그는 사람
의 기억을 지우는 능력이 정말 있는 게 분명할 거라는 생
각이 들었다. 다카하라는 신뢰할 수 없는 상대와는 거래를
하지 않았다. 기억술사에게 뭔가를 의뢰할 작정이었다면
그 능력의 진위는 확인했을 것이다.

　여기서 도로와 유리창 한 장을 사이에 둔 곳에 기억을
없앨 수 있는 인간이 나타나 다카하라와 이야기를 나누고
있다는 게 믿어지지 않았다.

　다카하라가 '기억술사'를 왜 만나고 있는지 어느 정도는
알 것 같았다.

　나는 꼼짝 않고 두 사람의 대화가 끝나기를 기다렸다.

　한 시간쯤 지나서 다카하라 쪽이 먼저 자리에서 일어섰
다. 서류가방의 내용물을 테이블에 올려놓고 대신 계산서
를 집어 들고 가게에서 나왔다. 그가 나가고 나서 얼마 지
나지 않아 '기억술사' 쪽도 일어섰다.

　다카하라가 모퉁이를 돌아간 것을 확인한 후 나는 길 건

기억을 지우는 사람　153

너편으로 건너갔다.

천천히 걸어가는 '기억술사'는 바로 따라붙을 수 있었다.

뭐라고 말을 걸면 좋을지 한순간 주저하다가 결심하고 입을 열었다.

"……기억술사 선생님!"

'기억술사'는 발길을 멈췄다.

"잠깐만 시간 좀."

그가 천천히 돌아봤다.

눈이 마주쳤다.

순간 진짜라는 직감이 왔다.

"나는 다카하라 변호사 사무소에서 일하는 도노무라라고 합니다. 다카하라 선생님이 뭔가 의뢰를 하셨나요?"

'기억술사'는 끄덕였다.

"……무엇을?"

"그건 말할 수 없습니다."

예상했던 대답이었기 때문에 그 이상은 묻지 않았다. 다카하라는 기억술사를 찾고 있다는 것을 나에게도 말하지 않았다. 그것은 다카하라가 기억술사에게 의뢰한 것이 내가 알면 곤란한 일이라는 것을 의미한다.

"그럼……. 제 의뢰도 들어주실 수 있습니까?"

"의뢰의 내용에 따라 다릅니다만."

나는 심장이 빠르게 뛰는데도 목소리가 침착하게 나오는 것이 신기했다.

"나의 기억이 아니라 다른 사람의 기억도 지워주실 수 있습니까?"

"……그것도 경우에 따라 다릅니다."

'기억술사'는 담담히 대답했다.

"악용하려 들면 한없이 악용할 수 있으니까요. ……그런 의뢰를 받아들일지 말지는 조사해본 다음 결정합니다."

'기억술사'의 재촉하는 듯한 시선을 느끼고 숨을 한 번 깊이 들이쉬었다. '기억술사'에 대해 알게 되면서부터 생각했던 거였다. 가능할 리 없다고 생각하면서도 그래도 혹시 가능하기만 하다면.

입을 떼려는데 나도 모르게 다리가 떨렸다.

"……불치병에 걸린 사람에게 자신이 이제 곧 죽는다는 사실을 잊게 해주는 것이 가능할까요?"

나에게 이런 것을 바랄 권리 같은 게 있을 리 없었다.

하지만 그 가능성을 알게 된 이상 멈출 수 없었다.

……다카하라가 알면 분명 화를 낼 것이다. 하지만 이건 동정이 아니었다. 그가 불쌍해서가 아니라 그를 지켜봐야

하는 나 자신이 견딜 수 없어서였다.

다카하라는 자신이 죽는다는 것을 알고 있다. 알면서도 아무렇지도 않다는 듯이 행동하고 있다. 나 자신이 가끔 깜빡할 정도로.

그런 모습을 보고 있는 것이 때때로 몹시 괴로웠다.

그럴 때마다 일부러 아닌 것처럼 보이기 위해 노력하지 말라고 불쑥 말하고 싶어졌다.

다카하라가 그토록 죽음을 잊고자 노력하는데, 내가 자칫 그런 어리석은 소리를 할 것만 같았다. 그렇게 하여 다카하라가 유지하기 바라는, 죽음의 그림자가 없는 일상을 망가뜨릴 것만 같아서 두려웠다. 지금 누구보다도 괴로울 다카하라에게, 그날이 오는 것이 두렵다고 내 멋대로 고백해버릴 것 같았다.

그래서 다카하라가 자신이 곧 죽어야 한다는 사실을 완전히 잊어서 정말로 밝고 평온하게 남은 생애를 보낼 수 있으면 얼마나 좋을까 하고 몇 번이나 생각했다.

그러면 나 또한 마지막까지 그가 바랐던 부자연스러우리만치 자연스러운 일상을 연출할 수 있을 것이다. 마지막 순간까지 그가 알아차리지 못하게.

'기억술사'는 잠시 침묵한 후 입을 열었다.

"……할 수 있습니다. 하지만."

거기서 한 번 입을 다물었다.

"이 경우는 아마…… 문제가 있을 겁니다."

'기억술사'의 시선이 내 어깨 너머 뒤편을 향했다.

"당사자인 내가 기억술사의 존재를 알고 있고, 싫다고 말할 거거든."

심장이 뛰었다.

돌아보니 목소리의 주인이 거기 서 있었다. 멀리 간 줄 알았는데.

"선생님……."

"들켰군. 뭐 어쩔 수 없네. 도노 군은 제법 날카롭다니까."

체념한 듯한 쓴웃음. 그러고는 '기억술사'에게 "죄송합니다" 하고 고개를 숙였다. '기억술사'가 흘깃 나를 본다.

"……똑 닮았네요. 고용주와 고용인이."

"오래 함께 지내서요. ……이럴 때는 곤란합니다만."

다카하라는 '기억술사'와 몇 마디 주고받은 뒤에 내게로 돌아섰다.

"나는 동의하지 않을 거야. 기억술사 선생님은 원하지 않는 상대의 기억을 억지로 지우는 일은 없다는군. 그러니까 도노 군의 의뢰는 무효야."

시한부라는 사실을 잊어서 시간을 낭비하게 되는 거, 난 못 참아. 다카하라는 그렇게 평상시처럼 가벼운 말투로 말하면서, 아스팔트에 그려놓은 인도와 차도를 구분 짓는 하얀 선 주위를 바라보았다. 그 시선이 잠시 떨렸다. 그러다 눈을 가늘게 떴다.

그렇다면 역시.

다카하라는 자기 자신의 기억이 아니라 다른 누군가의 기억을 지워달라고 '기억술사'에게 의뢰한 것이다. '기억술사'는 그것을 받아들였을까? 다카하라는 누구의 기억을 지우려는 걸까?

"걱정 마, 도노 군은 아니야."

나의 속마음을 간파한 것처럼 다카하라가 말했다.

다카하라는 "그런 얼굴 하지 마" 하고 내게 아이를 달래듯이 말하고는 웃었다.

"집에 가자, 도노 군."

'기억술사'는 잠자코 있었다.

나는 '기억술사'에게 머리를 숙이고 다카하라 쪽으로 돌아섰다.

"네. 선생님."

울고 싶었다.

*

　나는 다카하라로부터 병에 대한 얘기를 듣기 전부터 그
가 현기증을 일으키는 것을 몇 번 보았다. 그때마다 다카
하라는 "잠이 부족해서"라고 말하곤 했다. 그게 불치병 때
문이라는 건 나중에 알았다. 그가 불치병이라는 것을 알게
된 직후, 그가 눈앞에서 졸도하는 바람에 죽을 만큼 놀란
적이 있었다.

　장신의 다카하라를 고생 끝에 침실까지 옮기고, 막 구
급차를 부르려는데 다카하라가 눈을 떴다. 물과 와인과 우
유, 레몬꿀차에 달걀술(달걀에 설탕과 데운 청주를 넣고 잘 섞
은 음료. 감기에 걸렸을 때 땀을 내는 약으로 쓴다－옮긴이)까지
준비해서, "어느 것이 좋으세요?"라고 묻는 나에게, 다카하
라는 "감기 걸린 것도 아닌데"라며 웃었다.

　그때 처음으로 다카하라와 죽음에 대해서 이야기를 나
눴다. 그는 달걀술을 한 모금 마시고 "맛없어" 하고 혀를
내밀더니, 결국 철분, 철분 하면서 우유를 마셨다.

　"나 말이지, 일하면서 고맙다는 말도 들었고 원망하는
말도 들었어. 일하면서 꽤 여러 가지 일들이 있었는데."

　온화한 목소리와 표정으로 다카하라는 이야기를 시작

했다.

"나 자신은 누가 특별히 좋아해주지는 않더라도, 뭐 좀 재미있는 녀석이었지 하고 기억되는 사람으로 남으면 좋겠어. 죽었다는 소식을 듣고 울어줄 정도는 아니지만, 장례식 정도는 가줄까 하는 생각이 드는 사람."

다카하라는 소중한 거라도 되는 듯이 컵을 손바닥으로 감싸 들고 후후 불면서 말을 이었다.

"그러면 내 장례식도 굉장히 깔끔하게 끝날 것 같지 않아? 엉엉 우는 사람도 없고, 하품이 나오는 것을 억지로 참는 사람도 없어. 나를 알지도 못하는 사람은 초대하지 않을 거니까, 의리상 어쩔 수 없이 와서 재미없다는 표정을 짓는 사람은 하나도 없는 장례식이야."

스마트하고 스타일리시하지. 내 인생의 마무리는 그렇게 되면 좋겠어.

달짝지근하게 만든 뜨거운 우유를 홀짝이면서 그런 말을 하고는 입술 가장자리를 살짝 올리며 웃었다.

"병에 걸린 걸 알고부터는 더 그렇게 생각하게 됐어."

다카하라는 눈을 감고 천천히 우유를 음미하듯이 마시며 잠시 침묵했다.

자신의 장례식 장면을 떠올리고 있는 걸까.

말이 없다기보다 말주변이 없는 나는 이럴 때 무슨 말을 해야 좋을지 몰라서 난처했다.

"……나나미는 울 겁니다."

나나미를 언급하자, 다카하라는 컵에서 얼굴을 들고 힘없이 웃었다.

"그렇겠지. 실패네."

그는 유일하게 자신의 병에 대해 알고 있는 나에게도 결코 우는소리를 하지 않았다. 가끔 자신의 죽음에 대해 이야기할 때도 대개는 일주일 뒤의 스케줄에 대해 얘기하듯이 담담하게 말했다. 마음의 평정을 잃는 모습을 보여준 적이 없었다. 어쨌든 조금의 흐트러짐도 빈틈도, 그 표정에서는 읽어낼 수 없었다. 아무도 그의 겉모습을 보고 그가 곧 죽을 운명이라는 걸 알 수 없었다.

나는 늘 그렇듯 그가 웃는 얼굴을 하고 일하러 나간 후, 혼자 남아서 문득 그가 불치병에 걸린 병자란 사실을 떠올리고 이제 얼마 안 있어 그가 없는 세상을 살아야 한다는 사실 앞에서 어쩔 줄 몰라 했다. 그만큼 그가 내 인생에서 중요한 위치를 차지하고 있었던 것이다. 그의 병에 대해서 알고서야 비로소 그걸 깨달았다.

"도노 군, 커피 타줘."

다카하라가 부르는 소리에 정신이 들었다. "네" 하면서 주방에서 얼굴을 내미니, 다카하라는 책상 의자에 앉은 채 기지개를 켜고 있었다.

"피곤해, 휴식. 어깨가 결리네."

"쉬실 거면 차로 할까요? 마침 차에 곁들여 먹을 만한 것도 있어서요……. 커피가 좋으시면 물론 바로 준비해드리고요."

"응, 그럼 차로. 도노 군 또 뭐 만들었어?"

"대단한 건 아닌데요. 녹차 괜찮죠?"

"응."

일 인용의 작은 찻주전자에 녹차를 넣고, 경단을 접시에 올려 가져갔다. 다카하라는 노트북 컴퓨터를 옆으로 치워 책상에 접시 놓을 자리를 만들어놓았다. 오늘은 책상에 앉아 먹을 생각인가 보았다.

"와, 경단이다. 이거 만들었어? 언제나 굉장하네."

"만드는 거 간단해요."

"그래도 경단을 직접 만드는 사람은 요즘 드물걸. 그렇구나, 벌써 오히간(일 년에 두 차례 춘분과 추분을 중심으로 앞뒤 3일을 더해 총 7일간을 이르는 말로, 일본에서는 이때 성묘를

간다 – 옮긴이)이구나."

금속으로 된 가는 포크로 부드러운 경단을 자르면서, 다카하라는 탁상용 캘린더를 봤다.

"그러고 보니 나나미가 어제도 안 왔네. 오늘도 아직 안 왔고. 금토는 거의 매주 왔는데."

"가족과 함께 온천 여행을 간다고, 지난주……."

"그랬나? 잊고 있었어."

뜨거운 녹차를 한 모금 홀짝였다.

"나나미 말이야, 친구나 남자친구는 제대로 있을까? 참, 친구는 있었지. 요전번에 스티커 사진 보여줬어."

"안도 씨가 선생님 덕분이라고 고마워하셨어요."

"내가 한 건 없어. 어쩌다 여기 드나들기 시작한 시기랑 학교로 돌아간 시기가 같았을 뿐이야."

"……안도 씨는 그렇게 생각하지 않는 것 같던데요."

"뭐 고객이 나를 좋다고 하면 나야 최고지."

다카하라가 어떻게 생각하든, 나나미는 다카하라를 만나고부터 손목 긋기를 그만두기로 했다. 나나미 본인에게서 들은 말이다. 다카하라가 그녀에게 준 영향이 그것만이 아니라는 것을 둘을 보고 있으면 알 수 있었다. 다카하라가 그걸 눈치채지 못할 리 없었다.

"나나미 때문입니까?"

나도 모르게 입 밖으로 말이 나왔다.

맥락도 없이 돌연 던진 질문에, 다카하라는 포크를 움직이던 손을 멈추고 아주 조금 고개를 갸우뚱하며 나를 봤다. 그러고 나서 바로 "아아" 하고 알아들었다는 듯이 끄덕였다.

"응, 그런 셈이지. 확실하게 지워줄지 어떨지는 모르겠지만……. 너무 날 좋아하지 않게 하려고 마음을 썼는데. 이대로 두면 정말 뒤따라올 것만 같아서 말이야."

그는 내가 뭘 물어본 건지 바로 알았다.

"기억술사한테 풍문대로 능력이 있다는 건, 조사를 해서 확인했어. 경찰서나 신문사 같은 데도 가서 알아봤느냐고? 이봐, 꼼꼼한 조사는 나의 직업병이라고. 내 기억 중 별것 아닌 것을 기억술사에게 지워달라고 해서 그 능력이 진짜인지 아닌지 확인했지. 미리 증거사진이랑 메모를 준비해두고 그것과 대조했어. 단순한 확인 방법이긴 해도 말이야. 그러니까 기억술사한테 기억을 지우는 능력이 있다는 건 확인한 셈인데……. 의뢰자 본인의 기억이 아니라 타인의 기억을 지워달라는 의뢰는 수락하기 전에 여러 가지 조사를 해야 한다는 거야. 의뢰인이 거짓말을 하는 건 아닌지,

동기나 상황 같은 것들을 기억술사가 실제로 체크해서 의뢰를 받아들일지를 결정한다고……. 그래서 해줄지 어떨지는 아직 몰라."

다카하라는 경단 조각에 팥소를 묻혀서 입에 넣고 찻잔을 입으로 가져갔다.

"언제 결과를 알 수 있나요?"

"내가 죽은 후겠지."

"……."

"괜찮아, 확인할 길은 없지만, 안 됐을 때를 대비한 보험을 들어놨으니까."

"보험이라고요……?"

다카하라는 거기에는 대답하지 않고, 속눈썹을 내려뜨리면서 눈을 조금 가늘게 떴다.

그가 처한 상태를 생각하면 당연한 일일지 모르지만, 그는 이따금 이렇게 나이에 어울리지 않게 체념하는 표정을 짓곤 했다. 그러더니 문득 얼굴을 들고 싱긋 웃으며 말했다.

"이 경단 맛있군."

이제 추궁은 그만하라고 은연중에 말하는 것이었다. 나는 한숨을 쉬고 뻣뻣해지기 시작한 어깨의 힘을 뺐다. 다카하라가 나에게까지 기억술사가 필요하다고 생각하게 하고 싶지 않았다.

"경단 더 있어요."

"그럼 하나 더 먹을까."

빈 접시를 들고 주방으로 향했다.

"오히간에는 죽은 사람의 혼이 돌아온다고 했나?"

등 뒤에서 들린 목소리에 발이 멎었다.

"아아, 아니지. 그건 오봉(양력 8월 15일을 전후로 조상의 혼령에 제사 지내는 일련의 행사 – 옮긴이)이지. 오히간에는 산 사람이 조상을 찾아가는 거고."

늘 그렇듯 온화한 말투로 다카하라는 계속했다.

"난 가족하고는 사이가 안 좋아서 말이지. 그러니 도노 군, 오봉에 내 혼이 도노 군한테 돌아오면 쫓아내지는 말아줘."

'네'라고도 뭐라고도 대답할 수 없었다. 다카하라에게 등을 돌리고 있어서 다행이라고 생각했다.

"경단 가져올게요."

감정을 감춘 채 그렇게만 말하고 주방으로 들어갔다. 도망치듯이.

최근에 다카하라는 시력이 많이 나빠졌고 펜이나 젓가

락을 들 때면 손을 떨었다.

일할 때만 끼던 안경을 평소에도 끼고 있어야 하는 것 같았다. 나는 다카하라에게는 아무 말 하지 않고, 젓가락보다 포크나 숟가락으로 먹을 수 있는 요리를 많이 만들기로 했다. 슬프지만 겉으로 드러내지 않기로 했다. 그렇게 한다고 해서 사실이 바뀌는 것은 아니었기 때문이다.

다카하라는 내 마음을 알고 있었다. 그래서 이렇게 때때로 '앞날'을 암시하는 말을 했다. 마치 연습을 하듯이. 조금씩 나를 익숙하게 만들려는 것처럼.

나는 식기장을 당겨 쓰러뜨리고 큰 소리로 울고 싶었다.

"미안해, 도노 군."

두 번째 경단을 천천히 시간을 들여 먹으면서 다카하라는 입을 열었다.

내가 무슨 의미의 '미안'인지 알 수 없어서 대답할 말을 못 찾고 있자, 다카하라는 "나 스스로도 내가 꽤 독한 놈이라고 생각해"라며 쓴웃음을 지었다.

"그래도 도노 군은 기억해줘. 나나미가 나를 잊어도, 내가 없어져도 말이야."

눈을 가늘게 뜨고 웃음 띤 얼굴로 말한다.

"내가 살아 있는 것도, 죽는 것도 도노 군은 다 지켜봐 줘. 그리고 잊지 말아줘."

도노 군이 어떤 마음일지 잘 알아, 잘 알면서도 이러는 거야. 이 말은 뒤에 숨기고……

그제야 '미안'이라는 말의 의미를 알 것 같았다.

눈물이 날 것 같았다. 이 사람 앞에서 울다니, 그건 절대로 해서는 안 된다고 나 자신에게 다짐을 받아놓은 터였다. 내가 꽤나 처량한 얼굴을 하고 있었는지 다카하라는 다시 조금 웃었다.

"울 만큼 나를 아껴주는 사람을 만든 건 확실히 실패지만. 그보다 더 중대한 실패는 웃으며 안녕을 말하는 게 어려울 정도로 '내가' 좋아하는 사람들을 만든 걸 거야."

이번에야말로 시계가 뿌옇게 흐려졌다. 나는 입술을 깨물었다.

*

다카하라가 책상 의자에 앉아 졸고 있다. 날이 개어서 오전 특유의 희뿌연 햇살이 방으로 비쳐 들어왔다.

직사광선을 쬐면 몸에 해로울 텐데 하고 생각하다가, 아니 아침 해라면 괜찮을지도 몰라, 오히려 해를 전혀 쬐지 않는 게 더 안 좋을지도 몰라 하고 생각을 고쳐먹었다.

깨울까 말까 망설였다.

더우면 알아서 깨겠지. 다카하라가 어린애도 아니고, 게다가 나는 단지 고용된 사람이니까. 그렇게 생각하면서도 마음에 걸려 그만 쳐다보게 된다.

어느 틈에 이렇게 생기가 없어졌을까. 다카하라의 뺨은 몹시 창백했다.

다카하라의 윤곽이 아침 햇살에 녹아들듯 뿌옇게 되어 그대로 사라져 없어져버릴 것 같았다. 갑자기 무서워졌다.

"……선생님."

사라질 리 없었다.

그럴 일은 없다고 생각하면서도 무서웠다. 내가 높아진 톤의 목소리로 이름을 부르자 다카하라가 천천히 눈을 떴다.

숨을 쉰다. 나는 안도했다.

당연한 것을 가지고 이렇게나 안심하는 나 자신이 이상했다.

"일하러 가실 거죠? 일어나세요. 잠 깨시게 차 타놓을 테니까요."

"……응."

다카하라는 앉은 채 기지개를 켜며 우두둑 목에서 소리를 냈다.

"……차는 됐어. 얼른 가봐야 해서."

어렵잖게 의자에 손을 짚고 일어나서 걷기 시작했다.

"선생님?"

"다녀올게."

살짝 한쪽 손을 흔들고 문을 열고 밖으로 나갔다. 양복 상의가 걸려 있는 것을 보고 황급히 행거에서 벗겨내어 뒤를 따랐다.

"선생님, 웃옷요."

하얀 복도를 따라 몇 걸음 앞서서 걸어가는 등을 향해 불렀다. 달려 다가가려 하자 다카하라가 돌아보고 웃었다. 소리 없이, 어쩔 수 없다고 말하려는 듯이.

그것은 꿈이었다.

*

다카하라는 생전에 자신의 물건들을 거의 다 처분했기

때문에 유품을 정리하는 일은 전혀 어려울 게 없었다. 다카하라는 하던 일도 조금씩 줄여서 하나하나 정리하고 있었던 것 같았다.

그는 이미 오래전부터 죽을 준비를 하고 있었던 것이다.

하지만 나는 아직 그의 죽음이 실감나지 않았다. 이따금 아무도 앉아 있지 않은 의자나 조금의 흐트러짐도 없이 정돈된 책상이 눈에 들어올 때, 나는 목구멍에 돌이 차 있는 것처럼 고통스러워지곤 했다. 다카하라가 간 뒤로 나나미도 보이지 않았다. 조용한 방 안에서 나 홀로 담담히 마지막 정리를 계속했다.

정리가 끝나면 여기서 걸어 나가야 한다.

하지만 나는 조금만 더 다카하라와 함께했던 공간에 머물러 있고 싶었다.

내 책상 서랍에서 두툼한 누런 봉투를 발견한 것은 사무소 정리가 거의 완료된 저녁 무렵이었다.

열쇠 달린 서랍의 세 번째 칸에는 그 봉투만 들어 있었다. 깨끗이 잊고 있었다. 지금까지 잊고 있었다는 게 믿어지지 않았지만, 정말로 그 기억은 내 머리에서 완전히 빠

저나가 있었다.

'러브레터.'

다카하라가 그렇게 말하면서 자기가 죽으면 열어보라고 건네준 봉투였다.

나는 단단히 봉인돼 있는 묵직한 그 봉투를 다카하라의 책상으로 가져가서 열었다.

안에는 몇 종류쯤 되는 서류가 들어 있었다. 권리서라든가, 유언장 같은 것이라든가, 아는 변호사 연락처라든가. 문서만이 아니라 USB 메모리나 시디도 있었다. 거기에는 일의 뒤처리에 대한 세세한 지시와 함께 일처리에 필요한 내용들이 남김없이 들어 있었다.

그리고…….

편지가 두 통.

있었다.

한 통에는 받는 이의 이름과 주소가 쓰여 있었고 우표도 붙어 있었다. 나나미에게 보내는 편지였다. 편지봉투에 붙여놓은 포스트잇에 '보험'이라고 흘려 쓴 글씨가 보였다.

다른 한 통에는 아무것도 쓰여 있지 않았다. 봉해놓지도 않았다. 보내는 이의 이름은 없었는데, 그래서 더 분명히 다카하라가 쓴 편지라는 것을 알 수 있었다.

나는 잠시 아무런 꾸밈도 없는 봉투를 바라보고 나서 뒤집어서 열어봤다. 바스락, 종이 스치는 소리.

줄도 그어져 있지 않은 심플한 편지지에 다카하라의 글씨가 있었다.

고마워. 뒷일을 부탁해. 또 만나. 그때까지 잘 살아줘.

글씨를 본 순간 다카하라의 목소리가 들린 것 같았다.

나는 조금 무서웠다. 매끄러운 언변으로 공포심조차도 휘감아서 현혹시키고 청산유수로 떠들던 그의 목소리가 나는 왠지 늘 편안했고, 그래서 늘 속곤 했다. 그 목소리가 그대로 들린 것 같았다. 그는 중요한 문제에 대해 말할 때는 늘 이런 식으로 말수가 적었다. 스스로 알아들으라고.

그때까지 잘 살아줘.

나는 짧은 글을 몇 번이나 되읽었다.

공포와 불안을 누르고, 울고 싶은 것을 참고 늘 웃어 보였던 사람은 이제 없다. 나와 나나미까지 걱정해준, 사람 좋은 그 사람은 이제 가고 없다.

그는 너무 가까워지지 않으려 조심했지만 결국 실패했다면서 나나미와 나를 놓지 않았다. 그것은 나와 나나미가 그에게 그만큼 의미 있는 존재였기 때문이라고 믿고 싶다.

이제 그를 위해 내가 할 수 있는 일은 아무것도 없지만, 적어도 기억은 하도록 하자. 억지로 잊는 일 같은 건 없을 것이다. 생각날 때는 생각하고 그리워하고 고마워하며 울면 된다. 그렇게 하면 그는 사라진 게 아니게 되니까. 두 번 다시 손이 많이 가는 요리를 해달라고 조르는 일은 없다 하더라도.

(잘 살아줘.)

네, 선생님. 이제 나도 이곳에서 나가렵니다.

그래.

나는 눈을 감았다. 숨을 들이쉬니까 목구멍이 떨렸다.

나가려는 순간, '고맙습니다'라는 말을 아직 하지 않았다는 걸 깨달았다.

(말이 부족한 것은 나도 마찬가지네요, 선생님.)

눈앞에 아직 선명하게 떠오르는 그에게 말했다.

잘 아니까 됐어, 다카하라가 웃었다. 그런 것 같았다.

*

새하얀 봉투가 다이렉트메일에 섞여서 우편함에 들어

있었다.

받는 이는 '안도 나나미'. 학교에서 돌아오는 길에 그것을 발견한 나나미는 봉투를 뒤집어 보낸 이의 이름이 없는 것을 확인하고 고개를 갸우뚱했다.

짐작이 가는 사람이 없었다. 흔들어봤지만 특별히 뭐가 들어 있는 것 같지는 않았다. 그 자리에서 열어봤다.

봉투와 같은 새하얀 편지지에는, 겨우 몇 줄이 깔끔한 글씨로 쓰여 있을 뿐이었다.

"……뭐지?"

의미를 알 수 없었다.

아마도, 장난편지일 것이다.

나나미는 하얀 봉투와 몇 통쯤 되는 다이렉트메일을 손에 들고 현관문 안으로 들어갔다.

현재 이야기 2

다카하라가 죽었다는 소식을 들은 것은 그를 마지막으로 본 지 이 주 정도 지난 어느 날이었다.

　그날 나는 기억술사와 접촉했을지도 모른다는 미사오라는 이름의 소녀를 찾아서, 니시우라 고등학교를 방문했다. 전에도 와보긴 했지만 교내로 들어갈 수 없어서 교문 밖을 어슬렁거리다가 낯익은 소녀와 마주쳤다.

　전에 다카하라 변호사 사무소에서 본 소녀였다. 반가웠다. 그녀가 니시우라 고등학교의 학생이라면 미사오라는 이름의 친구가 있을지도 모른다. 그게 아니더라도 뭔가 실마리를 얻을 수 있을지 모른다.

　소녀에게 말을 걸었다.

"실례합니다. 우리, 다카하라 씨 사무소에서 한 번 만났지요?"

소녀는 "네?" 하며 돌아보고 미심쩍은 시선으로 나를 쳐다봤다. 생각해보니 그녀와는 딱 한 번 얼굴을 마주쳤을 뿐이니 나를 기억하지 못할 수도 있겠다 싶었다.

"저어."

"난 요시모리 료이치라고 하는데 다카하라 씨하고 아는 사이입니다. 우리 지난달에 다카하라 씨 사무소에서 만나지 않았나요?"

"……사무소라고요."

거기까지 말해도 소녀의 얼굴에서는 미심쩍은 표정이 사라지지 않았다. 다시 생각해보면 내 몰골이 변호사 사무소에 드나들 만한 사람으로는 보이지 않을 테니 그것도 어쩔 수 없는 일인 것 같았다.

"으음……. 저, 입구에서 스쳐 지나쳤을 뿐이긴 하지만, 그래도 기억 안 나세요? 그때, 다카하라 씨의 의뢰인 가운데 한 분의 따님이란 말을 들었는데."

열심히 설명했더니 수상쩍은 사람이 아니라는 것만큼은 이해해준 것 같았다. 경계심은 풀린 것 같았지만, 그녀는 여전히 곤혹스러운 표정을 감추지 않았다.

"사람을 착각한 것 아니에요? 그러니까, 저어."

왠지 죄송스럽다는 듯이 고개를 갸우뚱하며 말했다.

"다카하라 씨? 그분이…… 누구인가요?"

철썩, 찬물을 뒤집어쓴 것 같은 충격이 있었지만.

나로서는 그 감각이 처음이 아니었다. 아아, 또.

다카하라는 기억술사에 대해 흥미를 보인 적이 있고, 그 다카하라와 가까운 사이였던 이 소녀의 기억이 사라졌다.

나는 가슴이 두근거려서 그녀에게 설명도 사과도 하는 둥 마는 둥, 다카하라에게 연락을 해보기 위해서 그 자리를 떴다. 다카하라의 휴대전화는 연결이 되지 않았다. 어쩔 수 없이 사무소로 전화를 걸었더니, 전화를 받기는 했으나 전화를 받은 것은 그가 아니었다.

전화를 받은 이는 그가 더 이상 이 세상에 없다고 했다.

*

그 길로 사무소로 가서 도노무라 아쓰시와 만났다.

사무소로 다카하라를 만나러 갔을 때 그가 커피를 내준 적은 있지만, 그와 이야기를 하는 것은 처음이었다. 그는 다카하라의 사후에도 이것저것 처리하기 위해서 한동안 사무소에 남아 있기로 한 모양이었다.

도노무라는 그때처럼 커피를 내려 가지고 와서 내 앞에 놓고는 나를 마주 보고 앉았다. 늘 서서 일하는 것밖에 본 적이 없던 상대와 마주하고 앉아 있으니 왠지 낯선 기분이 들었다. 평소라면 이렇게 내 앞에 앉아 있는 것은 다카하라였을 것이다.

나는 다카하라가 더 이상 이 세상에 없다는 사실이 믿어지지 않았다. 애도를 표하자 도노무라는 묵례로 받고 "기다리고 있었습니다"라고 말했다.

"선생님이 남긴 노트에 요시모리 씨가 방문하실지도 모른다고 쓰여 있었거든요. ……선생님은 자신이 떠난 뒤의 일을 세세히 지시하셨어요."

어느 정도 '세세히 지시'했는지가 문제였다. 나는 기억술사에 대한 이야기를 꺼내도 될지 판단이 서지 않아 살피듯이 말을 골랐다.

"나에 대해서 다카하라 씨는 뭐라고?"

"기억술사 이야기를 물으러 올 거라고. ……그렇긴 해도 말씀드릴 수 있는 것은 별로 없지만요."

상대의 입에서 선선히 기억술사라는 말이 나오자 나는

그만 맥이 빠졌다. 담담히 얘기하는 도노무라의 말투에서는 기억술사에 대한 어떤 감정도 읽어낼 수 없었다. 그가 의도적으로 그렇게 보이기 위해 애쓰는 것이 아닐까 하는 생각이 들었다. 만약에 그렇다면 그건 그가 뭔가 알고 있기 때문일 수도 있었다.

"왜, 그 여학생…… 전에 이 사무소에서 잠깐 본, 의뢰인의 따님이라고 다카하라 씨가 말한……."

"나나미 말이군요."

"오늘 그 학생을 만났습니다……. 그런데 다카하라 씨를 모른다고."

"……그렇습니까."

도노무라는 짧게 대답하고 조금 눈을 내리깔았다. 역시 뭔가 알고 있구나. 보통의 건실한 어른이라면 기억술사를 찾고 있다는 사실을 타인에게 알리고 싶지 않을 것이다. 그런데 다카하라가 도노무라에게 기억술사에 대해 이야기를 했다면, 그를 상당히 신뢰하고 있었거나, 아니면 뭔가 얘기할 수밖에 없는 사정이 있었을 것이다.

"다카하라 씨는 기억술사를 찾고 있었나요?"

"네."

"찾아냈군요? ……그, 나나미란 아이의 기억은 기억술사가 지운 거죠?"

"아마도. ……그녀가 선생님을 기억하지 못한다면."

도노무라는 생각한 것 이상으로 많은 것을 아는 것 같았지만 입은 가벼워 보이지 않았다. 예의를 갖춘 대응이긴 하지만 선을 긋고 있는 것 같았다. 얘기하지 않기로 정한 것은 얘기하지 않을 것 같았다.

그러나 아무것도 물어보지 않고 돌아올 수는 없었다. 다카하라는 인터넷 밖에서 만날 수 있었던 몇 안 되는 정보원 가운데 한 명이었다. 다카하라는 자신이 모르는 뭔가를 손에 넣고 그것을 나에게는 가르쳐주지 않은 채 가버렸다. 지금은 그가 남긴 정보의 조각에라도 매달릴 수밖에 없었다.

이제 더 이상 다카하라 도모아키와 토론을 벌일 수는 없더라도 그가 어떤 생각을 했는지는 알고 싶었다.

"다카하라 씨가 의뢰해서 그녀의 기억을 '지웠다'는 건가요?"

"……."

긍정의 답 같았다. 그렇다면 당사자 자신의 기억이 아니라 타인의 기억을 지워달라는 의뢰도 가능하다는 얘기다. 의뢰만 있으면 기억술사는 누구의 기억이라도 지운다. 의뢰 유무와 무관하게 지울지도 모르지만, 여하튼 중요한 것은 당사자의 의사를 무시하고 기억을 지우는 경우가 있다는 거다.

"기억술사는…… 기억이 지워지는 것에 동의하지 않은 사람의 기억이라도 지우는 일이 있다는 거네요."

풍문 속의 기억술사는 '의뢰를 받고 기억을 지우는' 존재로 되어 있었지만, 나는 나의 지워진 기억이 내가 바라서 지워진 것이 아니라는 것을 직감으로 알고 있었다. 억지로 지워진 건 아닐까 하는 생각을 늘 하고 있었다.

기억술사가 다카하라의 의뢰를 받고 나나미라는 소녀의 기억을 지웠다는 사실이 그것을 입증한다.

"타인의 기억을 지워달라는 의뢰를 받아들이는 일은 좀처럼 없다고 합니다. ……뭔가 그럴 만한 충분한 사정이 있어서 그랬던 게 아닐까요?"

포커페이스는 자신의 고용주로부터 배운 것인지, 도노무라는 표정도 목소리 톤도 전혀 바뀌지 않았다. 그러나 도노무라가 기억술사에 대해 부정적인 감정을 갖고 있지 않다는 것만은 느껴졌다. 어쩌면 도노무라는 단지 다카하라로부터 이야기를 전해 들은 것만이 아닐지도 몰랐다. 도노무라도 기억술사와 접촉한 걸까.

"······선생님은 살날이 얼마 남지 않았다는 것을 꽤 오래전부터 알고 계셨습니다. 내가 알게 된 것은 우연이었는데······ 선생님은 아마 아무에게도 가르쳐주지 않을 작정이었을 겁니다. 자신의 죽음과 삶의 흔적이 누군가에게 좋지 않은 영향을 미치는 것이 싫었던 것 같습니다."

"좋지 않은 영향이라니요······?"

"누군가가 자신이 없어진 뒤에 자신을 그리워하며 괴로워하거나 슬픈 나머지 무너져버리는 것이 싫었던 모양입니다. ······타인을 배려하는 마음이 넘치는 사람이라서."

어시스턴트로서 직무에 익숙해져서일까, 도노무라가 가져온 음료는 손님용 한 잔뿐이었다.

도노무라가 눈빛으로 차를 마시라고 재촉하여, 나는 가볍게 고개를 숙이고 컵에 입을 갖다 댔다.

"마음을 쓰셨던 것 같습니다. 집착하지 않게 하려고. 그래도 나나미는······ 선생님께 빠졌다고 해도 좋을 정도로 열렬한 마음을 품고 있었지요······. 선생님도 그걸 알아차리고 걱정하셨습니다."

"······그래서 기억술사를?"

도노무라는 말없이 고개를 끄덕였다.

전에도 이곳에서 향이 좋은 커피를 마셨던 기억이 났다.

여기서 커피를 마시는 것도 이것이 마지막이겠지.

"……어떤 사람이 기억을 잃어버림으로써 그 사람에게 소중했던 마음도 같이 사라지게 하는 것이 옳은 거냐고 다카하라 씨한테 물은 적이 있어요. 아무것도 모른 채."

그때 다카하라는 말했다, 죽어버리는 것보다는 낫잖아. 소중한 사람이 죽어버리는 것보다는 자신을 잊더라도 그 사람이 살아 있기를 바란다고.

"어떤 사람의 기억에서 사라지는 것은 괴롭겠지요. 하지만 선생님은."

흔들림 없는 조용한 눈동자와 목소리로 도노무라는 말을 이어갔다.

"더 소중한 것을 위해서, 자신이 어떤 이의 기억에서 사라지는 것을 선택했을 거라고 생각합니다."

다카하라는 신념이 있는 강한 사람이에요. 눈앞에 있는 도노무라가 그렇게 생각한다는 것을 알 수 있었다. 하지만 내 안에도 물러설 수 없는 이유가 있었다.

나는 컵을 내려놓고 숨을 고른 다음 입을 열었다.

"……다카하라 씨는 대단한 사람이라고 생각합니다. 강하고, 사려 깊은 사람이고…… 존경도 합니다. 그를 비난할 마음은 없습니다. 하지만 나는…… 기억술사에게 타인의 기억을 지워달라고 의뢰한 것에 대해서는, 그게 정당한 것인지 의문이 있습니다."

도노무라와는 눈을 마주치지 않고 말했다. 똑바로 눈을 쳐다볼 수 없는 것은 내게 그만큼의 자신감이 없어서였을까.

"자신을 소중하게 생각하는 사람의 기억 속에서 자신에 대한 기억을 지워버리는 것을, 나는 옳다고 생각할 수 없습니다."

그 소녀는 스스로 다카하라를 잊고 싶어 하지 않았을 것이다. 다카하라를 마음에 두었다면 더더욱. 그렇다면 그녀의 기억은 그녀 자신의 의사에 반하여 지워진 것이다. 그것은 비난받아 마땅한 일이다.

"……만난 적조차 없었던 것으로 해버리기보다는, 누군가에 대한 기억 때문에 마음이 괴롭더라도 스스로 극복해야 했던 것 아닐까요? 그녀를 위해 뭔가를 할 거라면 그럴 수 있도록 도움을 주면 좋지 않았을까요? 아예 기억을 전부 지워버릴 게 아니라."

그녀가 다카하라와 보낸 시간과 그의 죽음을 모두 기억하면서도 잘 극복할 수 있게, 그가 없어도 잘 살아갈 수 있게 도와줘야 했던 건 아닐까. 그것이 그녀를 위한 길이 아니었을까.

말은 이렇게 하면서도, 두 사람의 문제에 직접 관여한 바가 없는 내가 이런 말을 할 자격이 있는지에 대해서는 자신이 없었다.

거기까지 말하고 고개를 드니, 도노무라는 예상과 달리 조용한 표정 그대로 듣고 있었다. 내가 말을 다 끝내기를 기다렸다가, 천천히, 방금 전에 그랬던 것처럼 담담한 톤으로 말했다.

"그게 가장 좋다는 것은 알고 있습니다. 하지만 그럴 수 없는 사람도 있어요."

도노무라는 처음부터 끝까지 말투도 표정도 거의 바뀌지 않았다. 하지만……

"그녀는 앞으로 강해질지도 모르지요. 선생님이 기회를 줬으니까."

그렇게 말할 때에는 눈매가 아주 조금, 부드러워진 것 같았다.

도노무라는 기억술사의 얼굴도 목소리도 기억나지 않는다고 했다. 이야기한 내용은 기억하지만 기억술사 본인에 관한 정보는 무엇 하나 남아 있지 않다고 했다. 그것도 기억술사의 힘일지 몰랐다. 그렇지 않다 하더라도 도노무라가 그렇게 단언하듯이 말한 것은, 결국 그에 대해 더 이상 이야기할 마음이 없다는 뜻일 것이다. 나는 그로부터 그 이상의 이야기를 듣는 것을 포기하고 고맙다는 인사를 하고 나왔다.

개운치 않은 마음으로 집으로 돌아와 애용하는 맥을 켜서 북마크 해둔 도시전설 사이트의 채팅방에 들어가자, 이코와 DD가 들어와 있었다.

나는 도노무라의 말을 듣고 기억술사에 대한 인식이 바뀌었다고까지는 말할 수 없었지만 다소 흔들린 것은 부정할 수 없었다. 내 생각을 정리하기 위해서라도 누군가와 기억술사에 대한 이야기를 더 나누고 싶었다. 그리고 만나지 못하고 돌아온 미사오라는 소녀에 대한 정보도 더 얻고 싶었다.

막 채팅방에 들어갔을 때, 콩콩 계단을 올라오는 소리가 나고 노크도 없이 문이 열렸다.

"료 오빠! 집에 왔네."

"……어?"

스낵과자 봉지와 페트병을 든 마키가 방으로 들어왔다.

나는 거의 반사적으로 몸을 돌려 모니터를 가렸다.

"왜 네가 우리 집에 있어?"

"료 오빠가 집에 오기 훨씬 전부터 있었어! 지금 아줌마랑 얘기했어. 집에 왔으면서 거실에 얼굴도 안 내밀다니 불효라고. '다녀왔습니다' 정도는 하는 게 좋잖아."

"……현관문 열었을 때 했어. 여하튼 그건 네가 왜 여기 있느냐에 대한 이유가 안 되는데."

"나 아줌마랑 친해."

"내 방에 있는 이유."

"……료 오빠랑도 사이가 좋잖아?"

"집에 가."

"이번 주 《소년 점프》(일본의 주간 만화잡지 – 옮긴이) 다 읽을 때까지 기다려!"

"빌려줄게."

"집에서 읽으면 엄마가 잔소리한단 말이야. 제발 부탁해!"

"……."

나는 마키와 말다툼하는 시간이 아까워서 잡지 선반에서 만화잡지를 골라서 가져다주었다. 마키는 와아 하며 받아 들고는 바닥에 앉아서 읽기 시작했다. 마키가 정신없이 만화 페이지를 넘기는 걸 보고 나는 다시 모니터를 향해 돌아앉았다. 그녀가 있는 방에서 기억술사 관련 사이트

를 보는 것이 좀 꺼림칙하긴 했지만, 마키가 있는 곳에서
는 내 몸에 가려서 모니터가 보이지 않을 터였다.

    RYO : 안녕하세요.
    DD : RYO 씨, 오래간만! 5일 만인가?
    이코 : 그저께도 왔어요. DD가 없었던 거죠.
    DD : 어긋났었나^^.

  나는 곁눈으로 마키의 모습을 확인하면서 키보드를 두
드렸다.

    RYO : 새로운 정보가 들어와서 진위를 확인하느라 바빴습
    니다.
    DD : 새로운 정보!
    RYO : 어떤 사람에게서 실제로 기억술사와 접촉했을 가능
    성이 있는 사람을 안다는 말을 들었어요. 그래서 만나보려
    고 했어요.
    DD : 정말요!
    이코 : 믿을 만한 정보인가요?

'정보원은 믿을 수 있어요'라고 쓰고 엔터를 눌렀다. 그러고 나서 그래도 어디까지나 가능성이라서 기억술사와 접촉한 것이 확실한지는 아직 모른다고 덧붙였다.

> 이코: 그 사람이 정말로 기억술사와 접촉한 적이 있다면 기억술사 이야기는 도시전설이 아니라 실화가 되는 거네요.
> DD: 그 사람을 이 채팅방으로 부를 수는 없나요? 나도 만나고 싶어요.

"그게 가능하다면 이 고생 안 하지"라고 혼자 중얼거리자, 만화를 보고 있던 마키가 "뭐?" 하며 얼굴을 들었다.
"아무것도 아냐. 어서 읽고 집에 가."
"아직 반도 못 읽었어."

> RYO: 하지만 아직은 정보가 부족해서 어떻게 접촉해야 좋을지 모르겠어요. K 대학병원 뇌신경외과에 다녔던 모양인데요.

성은 모르지만 이름과 학교, 그리고 학년을 알고 있었다. 그럴 맘만 먹으면 만나는 게 불가능하지는 않을 테지만 적절한 방법이 생각나지 않았다. 섣불리 덤볐다간 스토커 취급을 당할 테고……. 그래서 이 채팅방에서 뭔가 조언을 들을 수 있을까 하는 기대가 있었다.

> DD: 정말요! K 대학병원이라면 내가 잘 알아요! 거기 일층 꽃집에서 아르바이트하고 있어요!

"……정말?"

나도 모르게 중얼거리고 나서 퍼뜩 놀라 마키를 돌아봤지만, 만화에 열중해서 눈치를 못 챈 것 같았다. 한숨 돌리고 '정말요?' 하고 키보드를 두드렸다.

> RYO: 여고생인데요, 조금 더 자세한 정보를 보내면 전체 이름을 알 수 있을까요?
>
> DD: 간호사들한테 잘 물어보면 알 수 있을지도 몰라요.

이건 생각지도 못한 수확이었다. 허공에 주먹을 휘두르고 싶을 정도였다. 서둘러서 DD에게 '미사오'라는 소녀의 정보를 보냈다.

검은 쇼트커트 머리, 키는 160센티미터 정도에 마른 체형, 니시우라 고등학교 이학년. 뇌신경외과에서 후쿠오카 선생님의 진료를 받고 있다. 이 정도 정보밖에 없지만 잘 활용하면 그녀를 아는 간호사로부터 성씨 정도는 의심받지 않고 알아낼 수 있을 것이다. 성씨와 이름을 함께 알면 어디 사는 누구인지 찾기가 쉬워진다.

이코: 정보 수집이라면, 아마 나도 도울 수 있을 거예요. 실은 여기저기 연줄이 많아요.

DD: 오! 뭔가 팀이 만들어진 것 같네요. 기억술사 추적 프로젝트 같은데! ^^

이코: 이처럼 구체적으로 기억술사에게 접근할 수 있는 정보는 좀처럼 안 나오니까요. 그런 중요한 실마리는 놓치면 안 돼요. 꽉 잡아당겨야지요.

RYO: 네, 도와주시면 큰 힘이 될 겁니다.

DD: 아, 그럼 아예 이번에 번개를 합시다! 기억술사 추적 프로젝트 본격 시동이라는 의미로 닥터나 이노키치 씨에게도 제안합시다!

이코: 좋지요.

DD 등은 단지 흥미 차원에서 접근하고 있는 것일 뿐이지만 나로서는 그렇게 즐길 입장이 아니다. 하지만 그래도 이것으로 뭔가 단서를 잡을 수 있을지도 모른다고 생각하니 힘이 났다.

뭔가 진전이 있다, 다가가고 있다, 하는 느낌이 들어서 나 역시 좋다고 답을 보냈다.

그다음에는 만날 장소와 날짜를 어떻게 할 거냐를 놓고 말들이 이어졌다.

"아, 맞다. 료 오빠."

만화를 읽던 마키가 갑자기 생각났다는 듯이 말했다.

"있지, 토요일에 료 오빠 한가하면……."

"한가하지 않아."

돌아보지도 않고 대답하자, "뭐야" 하는 불만스러운 목소리와 함께 마키의 뿌루퉁한 기색이 뒤통수에 와 닿는 것 같았다.

책상 의자를 돌려서 수첩을 집어 들고 달력 페이지를 펼쳤다.

"……방금 약속이 잡혔어."

나는 토요일 칸에 '번개'라고 약속을 적었다.

*

　토요일, 번개 당일. 마키는 약속 장소인 시부야 역까지 나를 따라왔다. 그녀도 시부야에 볼일이 있는 모양이었다. 어차피 역에서 헤어질 거니까 따라오는 건 상관없었지만, 오는 내내 지겹도록 누구랑 만나느냐며 귀찮게 굴어서 두 손을 들 정도였다.

　"데이트야?"

　"아니라잖아."

　"그럼 뭐냐고!"

　"······그냥 아는 사람들 만나."

　기억술사 관련 번개라는 말은 절대 입에 올리지 않았다.

　"사람들이라니 누구?" 하고 물고 늘어지는 마키를 한 손으로 밀어내며 약속 장소로 향했다. 아무리 생각해도 DD와 채팅방 사람들에게 마키를 소개할 수는 없었다. 십 년이나 지난 일이지만, 마키도 '기억술사와 접촉했을 가능성이 있는 사람'이다. 그러고 보면 나 자신도 그중 하나다. 하지만 나는 물론 그 사실을 그들에게 밝힐 생각이 없었다.

　"야, 쇼핑인지 뭔지 볼일이 있다고 했잖아. 어서 가."

　"뭐야 이 불량한 취급은!"

약속 장소의 표지인 모아이 석상을 가리키자, 마키가 샐쭉한 얼굴을 하고 그쪽을 봤다.

노트북 컴퓨터를 왼팔에 안고 있는 젊은 남자가 이쪽을 봤는지 얼굴을 들었다. 표식으로 빨간 캡을 쓰고 오겠다고 했으니 저 사람이 DD일 것이다. 내가 살짝 고개를 숙이자 만면에 웃음을 짓고 고개 숙여 인사했다.

"봤지? 저 사람이 약속 상대야. ……나 간다."

"으음……. 알았어. 뭐야, 어떤 여자인가 보고 아줌마한테 일러줘야지 했는데."

나는 사귀는 상대를 일일이 부모에게 보고해야 할 나이는 아니라고 생각하지만, 마키는 종종 이렇게 어머니와 결탁해서 묘한 탐색을 해온다. 어머니는 마키가 자기 오빠를 빼앗기는 것 같아서 그러는 거라고 하시지만, 나로서는 마키의 그런 행위가 그저 짓궂은 장난으로 보일 뿐이었다.

마키가 역 빌딩 방향으로 걸어가는 것을 확인하고 후유 한숨을 돌리는데, DD(인 듯한 인물)가 달려왔다.

"저, RYO 씨죠?"

"아, 네."

"이거, 처음 뵙겠습니다! DD입니다!"

밝은 갈색 머리가 목 부분에서 바깥으로 뻗쳤다. 캡으로

덮긴 했지만, 이런 머리 색깔인데도 용케 병원에서 아르바이트 일자리를 얻었구나 싶었다.

그가 DD라고 크게 소리 내어 이름을 말하는 바람에 주변 사람들이 인터넷 닉네임이라는 것을 알아버릴 것 같아서 왠지 부끄럽다는 생각을 하고 있자니까, 흥미로운 듯이 이쪽을 보고 있는 또 한 사람이 눈에 들어왔다.

검은 긴 머리가 어깨까지 쭉 뻗은, 나보다 몇 살쯤 위로 보이는 여성. 눈이 마주치자 생긋 입술을 벌리고 웃었다. 누군지 알 것 같았다.

"이코 씨인가요?"

"잘 부탁해요, RYO 씨. 오늘은 젊은 남자 둘이랑 데이트네요, 신나라."

힐 탓도 있겠지만, 이코는 DD와 키가 비슷했다. 정장 아래 와인색 셔츠를 입은, 참으로 일을 똑 부러지게 할 것 같아 보이는 어른 여성이었다. 마키가 그녀를 못 봐서 다행이라고 생각했다. 처음 인사한 상대가 DD가 아니라 이코였다면 연상의 여자랑 만나는 걸 봤다고 오늘 밤 어머니한테 거침없이 일러바쳤을 것이다.

셋은 이코가 추천한 카페 레스토랑으로 향했다. 나란히 걸어가면서 서로 간단히 자기소개를 했다. DD는 채팅방에서 들었던 대로 꽃집에서 아르바이트를 하는 프리터(일정한 직업 없이 아르바이트 등을 해서 생계를 꾸리는 사람 – 옮긴이)이고, 이코는 기자라고 했다. 초현실적인 현상이나 오컬트 관련 기사를 자주 쓰며, 기억술사의 풍문에 흥미를 가진 것도 기사로 쓸 수 있을까 생각해서였다고 했다.

"이노키치 씨는 사정이 있다니 아쉽네. 닥터는?"

"아, 닥터는 오프 모임에는 참가하지 않는 주의라고…… 불참한다고 메일이 왔어요."

"그 사람, 자기 가치를 높이기 위해서 오프 모임에는 일절 얼굴을 안 내밀어. 셀프 프로듀스의 일환이지. 인터넷상에서만 접촉 가능한 도시전설 박사란 포지션을 목표로 하는 것 같아."

이코가 추천한 레스토랑에 도착해서 맨 안쪽에 있는 자리에 앉았다. 역에서 많이 떨어져 있는 게 흠이었지만 조용하고 마음이 편안해지는 레스토랑이었다. 선반에는 해외 잡지 여러 권이 세워져 있었고 음악이 조용히 흐르고 있었다. 번개의 취지를 생각하면 시끌벅적한 가게보다 훨씬 나았다.

"아까 같이 있던 사람, 귀엽네요. 애인이에요?"

"무슨 말씀을. 이웃집 꼬맹이예요."

실없는 대화를 주고받으며 메뉴를 봤다. 오프 모임에 참가하는 것이 처음이었던 나는 어느 타이밍에 본격적인 이야기를 꺼내야 좋을지 몰랐다. 나의 목적은 둘에게서 기억술사를 찾는 데에 도움이 될 만한 정보를 듣는 것뿐이었지만, 그것이 번개 본래의 취지는 아닐 것이고, 게다가 그것만 캐내려 들다가는 경계 대상이 돼서 역효과가 날 수도 있었다.

그래서 이코나 DD가 자연스레 물어볼 때까지 입을 다물고 있자고 결정했다. 점원을 불러 각자 주문을 끝낸 다음 다시 두 사람을 향해서 잘 부탁드린다고 머리를 숙였다.

"거참, 몇 번이나 자기소개만 하고 있네요" 하고 DD가 멋쩍은 듯이 웃었다.

"이거, 도시전설 번개, 혹은 기억술사 번개죠? 그런데 사실 난 그런 거 얘기할 만한 정보라든가 아는 게 없어요."

"일방적으로 강의를 할 수 있을 만큼 기억술사에 대해 많은 정보를 가진 사람은 아무도 없을걸. 워낙에 도시전설이고요. 나는 이 일을 시작한 지 오래됐으니까, 소재로서는 재미있다고 생각했지만, 기억술사가 실제로 있을 거라고 생각한 적은 없어요. 채팅방에서 RYO 군이랑 얘기하기까지는요."

드디어 이야기에 끼어들 틈을 발견한 나는 짐짓 자연스럽게 이야기를 이어받는다는 듯이 말을 꺼냈다.

"나도 처음에는, 풍문이 전달되는 커뮤니케이션 방식에 흥미가 있어서 도시전설에 관심을 갖게 됐어요. 그런데 도시전설에는 대개 그 근원이 되는 소재가 있잖아요? 그래서 기억술사에도 뭔가 근원이 된 사건이 있지 않을까 생각했어요. 그러던 중에 좀 아는 사람한테서 그럴듯한 얘기를 들어서……."

기억술사라는 도시전설이 나 자신과 직접 관계되는 일이라서 필사적으로 조사하고 있다고는 물론 말할 수 없었다. 그렇게 말할 마음도 없었다. 그래서 너무 열의에 차서 말하는 것처럼 들리지 않게 주의하면서 말을 마치고 물을 한 모금 마셨다.

"어, 그래요? 입 찢어진 여자도?"

"예로부터 전해 내려오는 민담 중에 그런 이야기가 있어요. 입 찢어진 여자에 대해서는 기사를 쓴 적이 있어서 잘 알아요."

몸을 앞으로 내민 DD에게, 이코가 그렇게 알려줬다.

"전해 내려오는 이야기라든가 해외에서 일어난 사건이라든가, 여하튼 도시전설에는 그 뿌리를 이루는 소재가 있는 경우가 많아요. 개중에는 실제로 일어난 사건이 소재가 된 것도 있죠."

"호오……. 아, 그래서 기억술사 이야기에도 근원이 되었을 성싶은 사건이 있다는 건가요?"

"나도 그건 처음 듣는 소린데요……. DD 군이 아르바이트하는 곳이잖아요?"

완전히 듣는 자세가 되어 있던 DD는, 갑자기 이야기의 화살이 자신에게 돌아오자 당황한 듯이 노트북 컴퓨터를 테이블에 올려놨다.

"아, 나는 그럴듯한 사건이 있었는지에 대해서는 전혀 들은 게 없지만, RYO 씨한테서 메일을 받고 그 여학생에 대해서는 조금 알게 됐어요. 으음…… 잠깐만요."

DD는 물컵을 옆으로 치워 공간을 확보하고 나서 노트북을 켰다. 의자를 벽 쪽으로 끌어서 공간을 만들고 옆에 앉은 나에게도 잘 보이게 화면을 옆으로 돌렸다.

"이것은 그냥 메모장이라서 봐도 별 의미는 없을 테지만. 간호사한테서 들은 건데, 아마도 그 미사오란 아이는 사사 미사오란 환자일 거예요."

화면의 노트패드에는 '사사 미사오, 니시우라 고등학교 이학년'이라고, 고딕체로 쓰여 있었다. 그 옆에 화질이 좋

다고는 할 수 없지만, 얼굴을 알아볼 수 있을 정도의 사진
도 첨부되어 있었다. 건강하게 햇볕에 탄, 쇼트커트 소녀
였다. 이것이 사사 미사오구나. 나는 속으로 그 아이의 이
름을 되풀이해서 말해봤다.

"이 사진은 인터넷에서 풀네임으로 검색해서, 니시우라
고등학교 육상부 홈페이지에서 발견한 거예요. 육상부원
모두가 찍힌 작은 사진을 확대한 거라서 화질이 좀 안 좋
아졌어요."

"풀네임을 잘도 알아냈네요. 병원은 환자에 대한 정보
관리가 엄격하잖아요?"

"누나 손수건을 빌려서 간호사들을 상대로 한바탕 연극
을 했지요. 오 층 대기실에 있던 여학생한테서 빌린 손수
건인데 고맙다는 인사를 하고 싶다고. 미사오란 이름밖에
못 들었는데, 혹시 아시냐고."

"대담한데요."

"너스센터에서 차 마시던 간호사들한테 그렇게 물어봤
지요. 환자의 정보는 그냥 물어본다고 가르쳐주지 않는다
는 걸 알고 있었기 때문에 머리를 좀 쓴 거죠. 물론 주소랑
전화번호까지는 알아낼 수 없었지만. 하여튼 그랬더니 그
중 한 간호사가 툭 '미사오, 사사 미사오 말인가?' 하더라

고요."

청찬을 받아 신이 났는지 DD는 의미도 없이 스크롤을 반복했다. 버릇인 모양이었다.

"'머리가 짧고 날씬한 여학생이죠?' 하기에, '아, 맞아요' 했지요. '니시우라 고등학교에 다닌다고 들었어요' 했더니, '틀림없어, 사사 미사오야' 하잖아요. 그렇게 이름 전체를 알아냈어요."

그런 얘기를 주고받는 사이에 주문한 음식이 나왔다. DD는 "나중에 사진 보낼게요" 하고 컴퓨터를 닫아 테이블 아래로 내려놓았다.

"큰 공을 세웠네."

"너무 깊이 들어가면 의심할까 봐 그 정도밖에 못 알아냈어요."

"아니, 충분해요."

풀네임을 알면 조사하기가 훨씬 쉬워진다. 비록 주소와 전화번호는 알아내지 못했지만 얼굴을 아니까 어떻게든 할 수 있을 것이다. 정말 의미 있는 번개였다.

이코가 런치 파스타를 한 입 먹고 "맛있어"라고 했다. 그러자 생각났다는 듯이 DD도 요리에 손을 댔다.

"손수건을 돌려주고 싶다고 했지만, 역시 환자의 주소

까지 알려줄 수는 없나 보더라고요. 그게 당연하겠지만요. ……아, 그리고 그 아이, 뇌신경외과에는 더 이상 진료받으러 안 온다나 봐요. '다음번에 언제 오나요?' 하고 물었더니 그렇게 말하더라고요."

"뇌신경외과에 다닌 이유는……?"

"그것도 역시 프라이버시라서 못 물어봤어요. 하지만 뇌신경이라니까 뭔가 기억술사하고 연관이 있을 것 같지 않나요?"

"그러고 보면 기억술사는 무면허 뇌 외과의사가 아닐까 하는 설도 있었어요" 하고 DD가 흥분해서 말하기에, 나도 "그런 말을 들은 것도 같아요" 하고 적당히 맞장구쳐줬다.

교코와 마키는 전날까지 아무런 변화도 감지하지 못했는데, 단 하루 만에 기억을 잃었고 외상도 없었다. 그런 점을 보면, '기억술사＝외과의사' 설은 불가능하다. 그러나 기억술사에 의해 기억을 잃은 사람이 자신이 왜 기억을 잃었는지 몰랐을 때 뇌신경외과를 방문하는 것은 있을 법한 일이다.

"그 아이가 기억술사와 접촉했을지도 모른다는 정보는 도대체 어디서 나온 건가요? 접촉했다고 추정하는 이유나…… 근거는 있는 거죠?"

익숙한 손놀림으로 파스타를 포크로 말면서 이코가 끼어들었다. 정보원의 신뢰성은 그대로 정보의 신빙성과 연결되는 것이라서 기자로서 당연히 확인하고 싶은 것이겠지만, 모든 것을 솔직하게 이야기할 수는 없었다.

하지만 섣부른 거짓말을 하다가는 들킬 위험이 있어서, 정보원을 밝힐 수 없다고 솔직하게 대답했다.

"이름은 말할 수 없지만, 사회적으로도 확실한 지위에 있고 그 사람 자체로도 신뢰할 수 있는 사람입니다. 그 사람에게 얻은 정보라는 것만으로도 조사할 가치가 있다고 생각할 만한 그런 사람입니다. 하지만 그가 어떤 경로로 그 사사 미사오와 기억술사를 관련지었는지에 대해서는 못 들었습니다."

아마도 병원에서 그녀나 그녀의 가족과 만나 이야기를 나눈 거겠지. 그녀의 병증을 듣고 기억술사가 한 짓이라고 직감한 것은 아닐까. 사실 다카하라는 그 후 기억술사와의 접촉에 성공했다.

이해할 만한 설명을 했다고는 할 수 없었지만, 이코는 "어쨌든 유용한 정보일 가능성은 충분하단 얘기네" 하고 끄덕였다.

"그럼, 거기서부터는 내가 조사해줄게요. 주소라든가

그녀에게 접근하는 데 필요한 구체적인 정보를 말이죠. DD 군, 나한테도 그녀의 사진을 보내줘요."

"넵! 물론입니다. 뭔가, 본격적으로 기억술사 찾기가 시작되는 것 같네요."

신이 나서 내 쪽을 보는 DD에게 "그러네요" 하고 장단을 맞춰줬다.

나에게는 기억술사 찾기가 단지 흥미 차원의 일이 아니었다. 그러므로 DD같이 들뜰 수는 없었지만, 조사를 도와줄 사람이 생긴 것은 마음 든든했다.

"그런데 그 미사오란 여학생이 기억술사를 만났다 하더라도 그 사실 자체를 잊었을 가능성이 있지 않나요? 기억술사와 접촉했다는 건 그런 거잖아요!"

"아, 정말 그러네요. 그럼 만나서 대화를 해봐도 별 정보가 안 나올 수도?"

물론 그렇다.

사사 미사오 안에 기억술사에 관한 정보가 남아 있을 가능성은 매우 낮았다. 마키나 교코, 무엇보다 나 자신의 사례만 봐도 그건 명확했다.

"그녀가 직접 기억술사에게 의뢰한 거라면, 그녀 본인으로부터는 기억술사에 관한 정보를 얻을 수 없겠지요. 그래도 그녀를 만나는 건 무의미한 일이 아니라고 봅니다. 기억이 지워진 후 의뢰인의 상태는 어떤가를 볼 수 있다는 게 하나, 그리고 만약 그녀의 가족 중 누군가의 이야기를 들을 수 있다면 최고지요."

"역시" 하고 DD가 진지하게 고개를 끄덕였다.

사사 미사오의 가족을 만나서 기억을 잃기 전의 그녀가 어땠는지에 대해서 들을 수 있다면, 뭔가 단서가 나올지도 몰랐다. 어쩌면 그녀가 누군가와 만나는 것을 목격한 사람이 있을지도⋯⋯. 그리고 무엇보다 그녀가 잃어버린 기억이 어떤 것이었는지 알고 싶었다. 가족이 병원에 데리고 갔다는 것은 주위 사람들이 보기에도 그녀가 기억을 잃은 것이 확실했다는 얘기다. 기억술사가 지운 것은 어떤 기억인지, 우선 그것을 확인하고 싶었다.

(그리고 가능하다면.)

냉정하게 정보를 수집하려는 머리와는 어딘가 다른 부분으로, 생각하고 있는 것이 있다. 그건 나 자신의 감정을 위한 것이다, 그 사실을 자각하고 있다.

그녀가 잃어버린 그 기억 속에 있었던 사람을 만나서 이야기하고 싶었다.

*

　반복해서 같은 꿈을 꾼다. 꿈의 내용이 무엇을 의미하는
지도 모르는 채 두려움에 몸이 뻣뻣해진다.

　남자와 아이가 마주 보고 서 있고, 나는 그것을 보고 있
다. 왜 그런지 모르지만, '안 돼' 하고 생각한다. 봐서는 안
되는 것을 보고 있다. 해서는 안 되는 것을 하고 있는 것을
내가 보고 있는 것이다. '멈춰야 해' 하고 생각하는데도 몸
이 움직이지 않는다. '도망쳐'라고 외치고 싶은데도 목소리
가 나오지 않는다.

　영상이 끊긴다.

　나를 향해서 뻗은 팔, 뺨에 닿는 손가락의 감촉과 혼란.

　왜, 왜, 왜?

　보이는 영상은 늘 같다. 몇 번을 반복해도 같은 지점에
서 영상이 끊긴다.

　검은 가죽의 광택, 경적 소리, 그리고 잠에서 깨어난다.

　번개가 있은 지 일주일이 지난 토요일 아침. 내가 일어
나기도 전에 마키가 먼저 집에 와 있었다. 마키는 아침밥

을 먹는 내게 "그 사람 누구야?" 하고 집요하게 물었다. 그 약속 장소에서 이코까지 본 모양이었다.

"너는 왜 이 시간에 우리 집에 와 있는 건데?"

"아줌마가 외출한다고 집 좀 봐달라고 하셨어. 료 오빠가 좀체 일어나질 않는다고. 그보다 말 돌리지 말고, 뭐냐고 요전번에! 그 연상의 여자, 징그러워."

"단둘이 만난 것도 아닌데……."

두통이 살짝 있었다. 얼굴을 찡그리며 커피를 마시는데 그때까지 시끄럽게 굴던 마키가 갑자기 입을 다물었다. 흘긋 보니 걱정스러운 얼굴이다.

"……왜 그래?"

"오빠, 뭐 기분 안 좋은 일이라도 있었어?"

"……꿈이 안 좋았어."

최근에 그 꿈을 꾸는 횟수가 잦아졌다. 하지만 그 꿈이 어떻게 이어지는지를 볼 수가 없다. 언제나 같은 장면, 시선의 높이도 각도도 전부 같다. 의미가 있는 꿈인지조차 알 수 없었지만 마음에 걸렸다.

다시 옆에 앉아 있는 마키를 곁눈으로 봤다.

계속해서 걱정스러운 얼굴인 그녀에게 "괜찮아" 하고 짧게 말하고 토스트를 깨물었다. 건조한 빵의 표면이 목에 걸리는 것을 커피로 넘겼다. 맛이 전혀 느껴지지 않았다. 오늘은 사사 미사오를 만나러 갈 예정이다. 얘기가 복잡해지면 점심을 거르게 될지도 모른다. 그런 생각을 하면서 억지로 토스트를 입으로 쑤셔 넣었다.

일주일 전 번개 이후로 채팅방에는 참가하지 않았다. 거기서 이미 지겹도록 얘기했으니 새로운 정보가 들어올 것 같지도 않은 데다가, 미사오와 만나는 게 먼저라고 생각했다. 이코로부터는 그 뒤에 바로 사사 미사오의 주소를 알리는 메일이 왔는데, 이코는 자기도 만나볼 작정이라고 메일에 썼다. 기자로서 호기심이 발동했을 테지.

메일이 오고 사흘이 지났다. 가능하다면 이코보다 먼저 만나보고 싶었다.

"편할 대로 하고 있어. 난 곧 나갈 거니까."

"어디 가는데?"

"사적인 일."

커피를 다 마시고 자리에서 일어섰다.

"……또 그 사람 만나는 거야?"

"그 사람?"

"그, 연상의…….."

"오늘은 다른 상대."

마키는 복잡한 표정을 지었다.

설마 싶었지만, 어머니가 말하는 대로 오빠를 빼앗기는 여동생 같은 기분인 걸까? 장난을 치고 싶은 마음이 발동해서 일부러 씨익 웃으며 말해줬다.

"여고생."

"뭐야 그게!"

웃으며 식기를 싱크대로 나르고, 달라붙는 마키를 적당히 밀쳐내면서 겉옷을 집어 들고 집을 나섰다. 현관까지 쫓아온 마키에게 "집 잘 봐" 하자, 뿌루퉁한 얼굴로 고개를 끄덕였다.

뿌루퉁한 얼굴은 어렸을 때랑 똑같았다. 마키가 애인을 데려오면 나 역시 다소 복잡한 심정이 될지도 모르겠다. 걸어가면서 문득 그런 생각이 들었다.

나는 지금 기억술사에게 다가가고 있는 거다. 아주 희미한 흔적을 더듬어가면서. 반복되는 그 꿈은 어쩌면 사라진 기억과 관련이 있을지도 모른다.

그 꿈속의 아이는 어쩌면 마키가 아닐까 하는 생각이 문득 들었다.

이코가 보내준 주소를 따라가니 '사사'라는 문패를 바로 찾을 수 있었다.

망설이지 않고 벨을 누를 만큼은 마음의 준비가 되어 있지 않았다. 몇 미터 거리를 두고 잠시 서서 숨을 고르고 있자니까 고등학생인 듯한 남녀가 걸어오는 것이 보였다.

가만히 서 있으면 의심받을 것 같아 그들을 마주 보고 걸어갔다. 소녀 쪽은 딱 봤을 때 머리가 짧았기 때문에 지나칠 때 주의해서 얼굴을 확인했다.

(역시.)

틀림없었다. DD가 보여준 사진과 같은 얼굴, 사사 미사오였다. 여기서 말을 거는 편이 나중에 벨을 누르는 것보다 간단하다. 그러나 친구인지 애인인지 모르지만 타인이 함께 있는 곳에서 말을 거는 것이 적절한지 어떤지 바로 판단이 서지 않았다.

발걸음을 멈추고 돌아서서 걸어가는 두 사람의 등을 바라봤다.

틀림없이 '사사'라는 문패가 달린 집으로 들어갈 거라고 생각했던 두 사람은 그 집을 지나쳐서 옆집으로 갔다. 사람을 잘못 본 건가 하고 잠시 생각했지만, 소녀는 분명 사진 속의 그녀였다.

소년 쪽이 열쇠를 꺼내 문에 꽂았다. 여기서 말을 걸지 않는다면 문 앞에 서서 한동안 고민에 빠지게 될 것 같았다.

결심하고 뛰어갔다.

"……저!"

문이 열리기를 기다리던 소녀…… 사사 미사오가 돌아봤다. 이어서 소년이 천천히 얼굴을 들었다. 호의적이라고는 하기 힘든 차가운 시선에 순간 멈칫했지만 소녀를 향해 물었다.

"……혹시 사사 미사오?"

"네?"

소녀가 순순히 대답했다.

"저인데요, 누구시죠?"

"……미사오."

그녀를 보호하듯이 소년이 한 발 앞으로 나섰다.

"무슨 용건이시죠?"

"……갑자기 찾아와 미안한데, 난 요시모리 료이치라고 해요. 잠깐이면 되니까 얘기를 좀 했으면 해서. ……최근에

K 대학병원에 다녔죠?"

실룩, 소년의 어깨가 들썩였다. 미사오는 곤혹스러운 표정을 지었지만, 거절이라고 할 만큼 강한 반응은 아니었다. 이야기를 들어줄지도 몰랐다.

"학생하고 같은 병을 앓고 있는 사람을 알고 있어요. 이야기를……."

"미사오, 집에 들어가 있어. 금방 들어갈 테니까."

"……하지만."

"어서."

미사오는 내 쪽을 신경 쓰면서도 소년이 연 문에 손을 갖다 댔다.

"잠깐. ……기억술사라는 단어를 들어본 적 없나요?"

집에 들어가려는 미사오에게도 들리게 큰 소리로 말했다. 미사오의 어리둥절해하는 얼굴이 보였지만, 그보다도 소년의 표정이 또렷이 변했다.

"……미사오, 들어가 있어. 괜찮으니까."

소년이 조용하지만 단호한 목소리로 말했다.

소년은 미사오가 집 안으로 사라진 문을 막고 서서 말했다.

"어떻게 기억술사를 알고 있는 거죠? 돌아가세요. 할 얘기 없습니다."

"……잠깐만!"

어떻게 아느냐는 건 이쪽이 물을 말이었다.

아무래도 이 소년은 기억술사라는 말이 무엇을 의미하는지 알고 있다. 그뿐만 아니라, 이 반응으로 보자면…….
아마 그도 미사오와 기억술사를 연결시켜서 생각하고 있음이 분명하다. 생각 이상의 수확을 얻을 것 같았다.

"안다면 가르쳐줘요. 기억술사가 저 여학생의 기억을 지운 건가요? 그리고 학생은 어떻게 그걸 알게 된 거죠?"

"무슨 얘긴지 모르겠어요."

"그렇다면 내 얘기라도 들어줘요. 부탁이에요. 중요한 일입니다."

"뭡니까, 도대체. 요전번에도 잡지 기자라는 여자가 찾아오고…… 유행인가요, 그런 게? 민폐라고요."

이코가 벌써 찾아왔다니, 한 발 늦었다. 하지만 여기서 물러설 수는 없었다.

"흥미 삼아서 이러는 거 아니에요. 아무한테도 말 안 할 테니까, 부탁입니다."

"돌아가세요."

소년은 고집스럽게 말하고 돌아섰다. 그 뒷모습에 태연

한 척하던 가면을 벗어던지고 외쳤다.

"내가 좋아했던 사람도 기억술사를 만나서 나에 대한 것을 모두 잊어버렸어!"

문을 닫으려던 손이 멈췄다.

소년은 반쯤 집 안으로 들어갔던 몸을 도로 반걸음 뒤로 빼서 문을 닫고 천천히 돌아봤다.

조용한 시선이 새삼스레 섬뜩했다.

교코에 대한 얘기는, 내가 단순한 호사가가 아니라 기억술사 사건의 '관계자'라는 얘기는, 지금까지 아무에게도 말하지 않은 사실이었다. 소년을 멈춰 세우려고 엉겁결에 외쳤지만 그러지 말았어야 했다. 만약 이 소년이 나와 같은 처지가 아니라면 낭패였다.

나는 초조한 마음으로 소년을 바라보았다.

다시, 소년의 손이 천천히 문을 열었다.

"……들어오시겠어요?"

문을 한 손으로 밀며 소년이 말했다.

세 번째 에피소드

활동 중지 선언

나를 고독으로부터 구한 것도, 다시 나를 고독하게 만든 것도, 다름 아닌 한 명의 소녀였다.

초등학교 이학년 때, 이웃에 새로 집이 지어졌다. 거기로 사사 씨네 가족이 이사 왔다. 미사오는 사사 씨네 외동딸이었다. 나는 옆집에 동갑내기 친구가 있으니까 하며 부모가 이끌어서 미사오와 같이 놀게 되었다.

"세키야 가나메 군이라고? 그럼 가나라고 불러도 돼?"

"……응. 뭐, 그래."

아마도 그것이 처음으로 우리가 주고받은 대화였을 것이다. '가나메'라는 이름은 드문 이름이라서 미사오에게 매우 특이한 인상을 준 모양이었다. 내 쪽은 어땠느냐 하면, '사사'라는 성만 인상에 남아서 꽤 오랫동안 '미사오'라는 이름을 외우지 못했다.

초등학교 이학년인 미사오는 몸은 말랐고 머리는 짧았고 햇볕에 탄 다리에다가 팔에는 생긴 지 얼마 안 된 딱지가 앉아 있었다. 그에 비해 나는 밖에서 노는 것보다 집 안에서 책을 읽는 것을 좋아했기 때문에 미사오보다 피부가 희고 키도 작았다. 나중에 서로의 첫인상을 얘기했는데, 나는 "네가 여자아이로 안 보였어"라고 했고, 미사오는 "'쟤는 왜 안 웃는 거지?' 하고 생각했어"라고 했다.

나는 잘 웃지 않는 아이였다. 그것은 지금도 마찬가지다. 사소한 일로도 웃거나 화내거나 하는 미사오와는 대조적이다.

말을 걸어도 제대로 대답을 하지 않던 나의 어떤 면이 미사오의 마음에 들었는지 알 수 없지만 미사오는 매일매일 놀자고 나를 부르러 왔다. 나도 미사오가 부르면 밖으로 나갔다. 정반대처럼 보이는 우리 둘이 같이 어울리는 것을 어른들은 신기해했다.

지금 생각하면 근본적인 부분에서 우리 둘의 파장이 맞았던 것 같다. 미사오가 얘기하면 나는 듣는다. 내가 책을 읽으면 미사오가 들여다본다. 우리는 그런 식으로 어울렸다. 함께 논다고 할 만한 것은 아니었을지 모르지만 그런 것이 서로 싫지 않았다.

공원에서 놀다가 해가 저물어 어두워졌을 때, 당시 우리 집에 하숙하던 고등학생 삼촌 다다시가 데리러 와준 적이 있다. 전혀 낯을 가리지 않는 미사오는 다다시 삼촌도 잘 따라서, 그때는 둘이 다다시 삼촌의 양쪽에서 삼촌의 손을 잡고 집으로 왔다.

집에 도착하여 문 앞에서 미사오와 헤어진 후 삼촌은 나를 내려다보며 물었다.

"재미있었니?"

질문이라기보다는 재미있게 놀았구나 하고 확인하는 것이었다.

"……뭐가?"

"너 아까 웃었잖아."

질문에 질문으로 대답하는 귀염성 없는 조카였지만, 삼촌은 좋은 친구를 만나서 잘됐구나 하고 웃으며 내 머리를 쓰다듬어줬다.

나의 어머니는 내가 초등학교에 입학하고 바로 집을 나가버려서 그 후로는 일 년에 한두 번밖에 만나지 않았다.

어머니는 만날 때마다 나를 꼭 안아주었고 머리도 쓰다듬어줬지만 아버지는 나의 머리를 쓰다듬거나 하지 않은 지 오래였다.

그래서 어머니의 손과는 전혀 다른, 삼촌의 큼지막한 손의 감촉이 내 안에 깊은 인상을 남겼다.

나는 미사오와 삼촌과 함께 있을 때만 아주 조금 웃었다.

내가 미사오와 같이 지낸 건 삼 년 정도였다. 미사오는 전근 가는 아버지를 따라 가버렸다. "집은 여기 있으니까 다시 돌아올게"라고 약속하고.

그로부터 사 년이 지났다.

나는 중학교 삼학년이 되었다. 어머니는 집을 나가 돌아오지 않았다.

다다시 삼촌은 취직이 되자 더 이상 신세 질 수 없다며 자전거로 오갈 수 있는 거리에 아파트를 빌려서 나가 살았다. 회사가 집세의 반을 부담해줘서 신입사원치고는 우아한 생활을 하는 듯했다. 그리고 지금까지도 때때로 집에 와서 함께 식사를 한다.

＊

　나는 쉬는 시간에는 대체로 도서관이나 교실에서 책을 읽었다. 초등 사학년 때부터 끼게 된 안경을 밀어 올리며 페이지를 넘겼다. 그 이외의 동작은 없기 때문에 로봇 같다고 반 친구들이 놀리곤 했다.

　나는 반에서 혼자만 붕 떠 있다는 것을 알았지만 괘념하지 않았다. 반 아이들도 '조용하고 착실하고 좀 겉도는 녀석'이라는 캐릭터로 나를 인식해줬기 때문에, 특별히 부당한 취급을 당하는 일도 없었고 독서를 방해받는 일도 없었다.

　생각해보면 미사오는 나의 첫 친구였고 어딘가 특별했다. 그리고 마지막 친구가 될지도 모른다고 오랫동안 생각했다.

　그날도 다 읽은 책을 안고 도서실로 향했다.

　신간 코너에 있는 논픽션을 한 권 골라 창가 자리에 앉았다.

　창문으로 들어온 빛이 종이에 반사되어 책을 읽기 힘들어서 한 자리 비켜 앉았다. 점심시간이 시작된 지 얼마 안 된 무렵이라 도서실에는 사람이 거의 없었다.

그때 드르륵 문이 열리고 누군가 들어왔다. 뜻밖에도 그건 미사오였다.

"가나, 점심! 옥상에서 먹자."

옛날과 같은 짧은 머리에 남색 세일러복. 지금은 어쩐지 여자로 보였다.

자리에서 일어나 대출대에서 책을 대출받아 도서실을 나왔다.

중학생이 되어 돌아온 미사오는 처음 만났을 때와 마찬가지로 내 옆자리에 스윽 앉았다. 그런 재회였다. 계속 함께 있었던 소꿉친구처럼 지극히 자연스럽게 그녀는 그 자리를 차지했고 나도 그것을 뭐라고 하지 않았다.

"가나, 문어 모양 비엔나소시지 좋아했지? 난 게 모양으로 자른 쪽이 좋은데."

미사오에게는 내가 초등학생 시절의 '가나' 그대로인 모양이었다.

"게 모양이면 너무 많이 잘라놔서 맛없어."

"난 그래도 그게 더 좋은데."

"문어 정도가 딱 좋아."

"뭐 그렇게 진지하게 나와. 알았어. 그럼 자, 문어 줄게."

미사오는 화장을 하지 않았다. 달콤한 냄새도 나지 않았다. 말투도 끈적거리지 않았다. 그래서 안심이 되었다.

도시락 뚜껑에 올려 내민 비엔나소시지를 할 수 없이 손으로 집어서 먹었다(나의 점심은 빵이었다).

"⋯⋯짜."

솔직한 느낌을 말하자, "내가 만든 거야" 하며 미사오가 웃었다.

*

"미사오가 돌아왔구나. 잘됐네, 너희 둘 정말 사이좋았잖니."

부엌에서 음식을 접시에 담으면서 다다시 삼촌이 그리운 듯이 말했다.

아버지는 귀가가 늦었다. 혼자 있을 때가 많은 나를 위해서 다다시 삼촌은 때때로 이렇게 와서 음식을 만들어주었다. "뭐, 같이 살던 때의 은혜를 갚는 셈이지" 하며 웃었다. 오늘도 솜씨 좋게 채소볶음이며 중화 수프를 만들어줬다.

"역시 인연이 있긴 있는가 보다. 같은 초등학교에 같은 중학교⋯⋯."

"집이 옆인데 학교가 같은 건 당연하지."

"같은 반?"

"아니, 미사오는 사반."

잘 먹겠습니다, 하고 두 손을 모으고 젓가락을 집었다. 삼촌의 요리는 그야말로 남자의 요리. 냄비 안에 고기며 채소며 한꺼번에 다 넣고 볶아서 만드는 것이지만, 그래도 독신생활을 하며 익숙해진 만큼 미사오보다는 솜씨가 꽤 좋은 듯했다.

"가나메, 소스 집어줄래? ⋯⋯미사오는 예뻐졌겠네. 벌써 열다섯 살이니까."

나는 삼촌에게 소스를 건네주며 대답했다.

"그대로야."

*

미사오는 정말로 변한 게 없었다.

점심을 같이 먹자며 두 반 건너 있는 나의 교실까지 부르러 오는 모습은, 같이 놀자며 억지로 나를 밖으로 끌어내던 어린 시절 모습을 생각나게 했다.

사귀는 사이냐며 반 친구들이 곧잘 물었다. 놀리는 말투로 물어보는 남자아이도 있었고 묘한 표정으로 보며 심각하게 물어보는 여자아이도 있었다. 반의 누구와도 필요 이상으로 말을 섞지 않는 나를 다른 반으로 전학 온 여학생이 매일 점심시간마다 부르러 왔으니 당연하다면 당연한 반응이었다.

물어볼 때마다 일일이 아니라고 설명하는 것도 성가셨고 묘한 눈빛으로 탐색당하는 것도 불쾌했다.

그래도 미사오가 부르러 오면 나는 늘 따라나섰다.

"나 말이지, 이번 주에 두 번이나 다른 여자아이한테서 가나랑 사귀냐는 말을 들었어. 인기 많은가 봐, 가나."

"정말? 야아 대단한데, 가나메."

"……."

중학생 여자아이와 똑같은 수준에서 신이 나서 떠드는 걸 보면, 어떤 의미에서 다다시 삼촌은 굉장하다. 반론할 마음도 들지 않았다. 어차피 소용없어. 나는 아무 말 않고 내가 만든 녹차를 마셨다.

설마 녹차에 취한 것은 아닐 테지만, 오랜만의 재회를 기뻐하는 다다시 삼촌과 미사오의 목소리는 무척 들떠 있었다.

"이 녀석은 늘 말없이 책만 읽는다니까. 그런데도 의외로 신비롭다느니 어른스럽다느니 하는 숨은 팬이 있어요. 말이 없어서 더 멋있다나 뭐라나. 사실은 아무 생각 없이 멍 때리고 있는 것뿐인데 말이야."

"그거 편리하네. 잠자코 있으면 멋대로 저쪽에서 좋을 대로 해석해주니까."

다다시 삼촌이 그 완고하고 재미라곤 하나도 없는 아버지의 친동생이며 나와 같은 핏줄이라는 게 믿어지지 않았다.

"······미사오 너, 숙제 때문에 온 거 아니었어?"

"아, 맞다. 그랬지. 가나 너는 수학도 잘하고 역사 성적도 좋더라. 전혀 다른 과목인데 양쪽 다 잘하는 건 왜지?"

"연호(年號) 외우는 걸 좋아해."

"욱. 난 그거 제일 못해."

"노트 꺼내봐."

식탁에서 둘이 공부를 시작하자, 다다시 삼촌은 "파이팅, 학생" 하고 웃더니, 우리 옆에서 신문을 펼치며 알은척했다.

"연호? 아, 나도 외웠지. 그건 말을 만들어가면서 외우

면 돼. 히토요히토요니히토미고로(一夜一夜に人見頃, '하룻밤 하룻밤 사람 구경하기 좋은 때'라는 뜻으로 루트 2가 1.41421356(히토=1, 욘=4, 니=2, 미=3, 고=5, 로쿠=6)이라는 것을 외울 때 이렇게 말을 만들어서 외움－옮긴이)."

"그거 아냐. 그건 숫자고."

"어라, 그랬나? 아, 맞다. 루트로구나. 그런 걸 만들어서 외우고 한 것도 벌써 먼 옛날이네. 좋겠구나, 너희들. 어릴 때 잘 배워둬. 학창 시절은 정말 소중하단다. 두 번 다시 돌아오지 않아."

"흐응, 그럼 나랑 바꿔요, 아저씨."

"현실 도피할 시간 있으면 연호 하나라도 더 외우는 게 좋을 텐데. 너희 반 화요일에 시험이지?"

"아, 맞다! 너희 반은 쪽지시험 안 봐?"

"벌써 끝났어."

녹차를 홀짝이면서 내가 대답하자, 미사오는 역사 교과서를 무릎 위에 펼치고 "하나도 머리에 안 들어와" 하고 천장을 바라보며 한탄조로 말했다.

"넌 어떻게 외우는데? 역시 말 만들기?"

"나는 암기하는 게 싫지 않기 때문에 그냥 숫자를 조합해서 외워. 그다음은 대략적인 역사의 흐름을 파악해두는 거야. 그렇게 하면 외우기 쉬워."

"⋯⋯난 말 만들기가 좋아. 지금 필요한 것은 응급처치 니까. 다다시 아저씨, 가르쳐줘요."

"난 지금부터 이나가와 준지(일본의 탤런트이자 유명 괴담 수집가-옮긴이)의 실화 괴담을 비디오로 볼 거라서 안 돼."

"괴다암? 다다시 아저씨 그런 거 좋아했어요? 요전번에 시청자 체험을 재현하는, 굉장히 무서운 비디오를 빌려놓 은 게 있는데."

"아아, 시청자들한테서 모집한 괴담 말이구나. 그러고 보니까 옛날엔 입 찢어진 여자 같은 괴담이 유행했는데. 그런데 그런 건 별로 안 무서워."

"하지만 이야기로서는 재미있지 않나요? 최근에 우리 반에서는 '기억술사' 얘기가 유행이에요⋯⋯."

"⋯⋯미사오, 너 시험공부 안 해?"

"가나메는 무서운 이야기는 영 안 좋아해! 내가 비디오 빌려 와도 안 봐."

"어머, 가나, 너 무서운 거 못 봐? 좋은 걸 알았네."

"⋯⋯미사오."

아니나 다를까, 공부 모임은 휴식시간을 핑계로 옆길로 빠져 괴담 비디오 감상 모임으로 급격히 기울었다. 미사오는 수학숙제 하나만 간신히 끝냈을 뿐, 역사 교과서와 노트는 손도 못 댄 채 그대로 안고 집으로 돌아갔다.

며칠 후 쪽지시험지를 돌려받았다.

점심시간에 미사오를 만났을 때, 미사오가 내 점수를 물어서 솔직히 말해줬더니 입술을 삐죽거렸다.

그녀의 점수는 묻지 않기로 했다.

*

청소를 마치고 났더니 나를 기다리고 있던 삼인조 여자아이들이 편지를 건넸다.

복잡하게 접힌 편지지를 펼쳐보니, 형광펜으로 쓴 둥근 글자가 늘어서 있었다. 방과 후 삼 층의 서쪽 계단까지 와달라는 내용이었다.

용건이 뭔지 예상이 되었기 때문에 내키지 않았지만 무시하면 나중에 더 성가셔질 터였다. 편지를 보낸 당사자보다도 그것을 전달하러 온 친구들의 반응이 더 시끄러울 것 같았다.

"도서실에서 계속 봐왔어요. 좋아해요."

인적이 별로 없는 삼 층 서쪽 계단에서 소녀가 제법 긴

시간을 주저하다가 내게 고백의 말을 해왔다. 얼굴도 모르는 이학년이었다.

"……미안하지만."

처음부터 준비해둔 대답을 들려주자 모르는 소녀의 얼굴이 일그러졌다. 그녀는 귀까지 빨개져서 몸이 굳어버린 듯 가만히 서 있었다.

차가운 얼굴로 그녀를 바라보고 있자니 위 언저리에 불쾌감이 뭉쳐오는 것이 느껴졌다.

울 거면 나중에 울어. 볼일 끝났으면 해방시켜줘.

"이제 가도 될까?"

소녀는 부자연스럽게 펄이 반짝이는 입술을 깨물고 고개를 숙였다. 그리고 등을 보이려는 나에게 매달리듯이 얼굴을 들고 물었다.

"쇼트커트의 그 애인가요? 사귀나요? 그래서 안 되는 건가요?"

"미사오는 관계없어."

짜증이 났다.

이유가 필요해? 내가 왜 그걸 설명해야 하는데?

"나는 미사오랑 사귀지도 않지만, 그거랑 내가 너랑 안 사귀겠다는 거랑은 아무 상관 없어. 나는 너를 모르고 너와 연애할 마음도 없어. ……이제 됐니?"

돌아서서 걷기 시작했다. 소녀는 계속 움직이지 않았다.

조금 후 반대 방향에서 달려오는 여러 명의 발소리가 들렸다. 이제 소녀의 친구들이 소녀를 위로할 것이다.

그리고 분명 내일이면 나는 그들의 반에서 극악무도한 나쁜 놈 취급을 당할 것이다.

기분이 나빴다.

나를 놔두고 집을 나간 어머니와는 일 년에 한두 번 밖에서 만나 식사를 했다.

속이 뻔히 들여다보이는 웃음소리, 꼼꼼하게 매니큐어를 바른 손가락, 안 웃는구나 하고 슬픔에 잠겨 눈썹을 찌푸리다가 떠날 때에는 반드시 나를 꼭 끌어안는 그녀.

만날 때마다 그녀의 화장은 짙어져갔다. 그리고 늘 진한 향수 냄새가 났다.

그녀가 집에 있으면서 나와 아버지를 위해 식사를 만들어주던 것은 이제 먼 옛날 일이 되었다. 그 시절의 그녀에게서는 나지 않던 향기였다.

나를 두고 집을 나간 어머니를 원망하지는 않았다. 지금

은 그녀에게도 그녀만의 사정이 있었을 거라 받아들이고
있으며, 홀로 먹는 식사에도 이미 익숙해졌다.

하지만 그녀와 만난 후에는 늘 두통이 왔다.

어째서 왜 왜 그런.

관자놀이를 누르며 눈을 감았다.

좋아한다는 말을 잘도 하네. 나에 대해서 뭘 안다고. 어
떻게 그런 식으로 쉽게 그런 말을.

"……성가셔……."

머리가 아프다. 아프다.

눈꺼풀 속이 콕콕 쑤셔서 눈을 감아본다.

그래도 기분이 나빴다.

"가나?"

눈을 떴다. 내 이름을 부르는 목소리. 이 목소리는 나를
상처 입히지 않는다.

가방을 교실에 놔둔 채로 나왔으니 아마도 교실에 들렀
다가 날 찾으러 온 거겠지.

"……미사오."

괜찮다. 평정을 가장하는 것은 내 특기였다. 아무 일 없
었던 척하니까 정말로 기분이 풀어지는 것 같았다.

교실로 가서 가방을 가져와야지. 너무 꾸물대다가는 최악의 경우 조금 전의 이학년들이 내려와서 마주칠 수도 있었다.

아무렇지도 않은 척 목소리와 표정을 꾸몄는데 눈치를 챈 것인지, 미사오는 말없이 나를 쳐다봤다. 먼저 교실에 들렀다면 내가 이학년 소녀들에게서 편지를 받았다는 것도 알았을지 모른다. 그렇다면 내가 여기 있는 이유도 알 것이다.

조금 전 일을 생각하니까 또 기분이 나빠질 것 같았다.

"가방 가져올게."

그렇게 말하고 걷기 시작했는데 미사오가 나를 불러 세웠다. "기다려" 하고 보기 드물게 심각한 목소리로.

나는 멈춰 서서 미사오를 봤다. 미사오가 말을 꺼내기를 기다렸다.

"……미사오?"

하교를 재촉하는 교내방송이 흐르고 있었다.

+ + +

가나메가 웃지 않는다.

내가 그걸 알아챈 것은 가나메와 미사오를 데리고 몇 번쯤 식사를 하고 난 뒤였다. 정확히는 마지막으로 함께 식사를 하고 일주일쯤 지나서였다.

미사오가 사 년 만에 돌아와서 반년쯤 지나는 동안 가나메의 표정이 부드럽게 변하는 걸 알 수 있었다. 나는 학교에서 가나메가 어떻게 지내는지 몰랐지만, 적어도 내 눈에는 그렇게 보였다. 가나메는 소리 내어 웃는 일은 없어도, 웃고 떠드는 미사오나 나를 바라볼 때 얼핏 입술이 느슨해진다거나, 때로는 농담에 농담으로 대답한다거나 했다.

가나메는 여전히 미사오처럼 밝게 웃거나 떠들지는 않았다. 하지만 타인의 접근을 거부하는 분위기는 훨씬 옅어졌다. 적어도 얼어붙은 듯한 무표정은 아니게 되었다.

나는 그것이 무척 기뻤는데……. 일주일 만에 만난 가나메는 외부 세계를 셧아웃한 것 같은 표정으로 돌아가 있었다.

나와 마주 앉아 볶음밥을 먹고 있는 동안에도 거의 입을 열지 않았다.

묻는 말에 짧게 대답만 할 뿐 눈도 마주치려 하지 않았다. 말수가 적은 것은 늘 그래왔던 거지만 분위기가 달랐다.

무슨 일이 있었던 걸까. 물어보지 않았다. 어차피 대답하지 않을 거니까.

숟가락을 내려놨다.

"잘 먹었습니다."

그릇을 겹쳐서 싱크대로 날랐다. 딱딱한 옆얼굴. 설거지를 할 때 나는 늘 씻는 담당이고 가나메는 행주질 담당이다. 가나메는 소매를 걷어붙이고 행주를 손에 들었다.

싱크대 앞에 나란히 서서 설거지를 하면서, 나는 미간에 주름을 잡고 있는 가나메를 봤다.

"무슨 생각을 하는 거니? 까다로운 얼굴을 하고."

가나메는 접시 닦던 손을 멈췄다.

"……생각 같은 거 안 하는데."

두 명이 먹은 그릇은 금방 설거지가 끝났다.

가나메는 그릇을 식기장에 치우고는 "공부하고 올게" 하고 나가려고 했다.

"그러고 보니, 미사오는?"

내가 무심코 던진 질문에 문을 닫으려던 가나메가 순간적으로 동작을 멈추었다.

"글쎄, 반도 다르고. 오늘은 못 만났어."

철벽의 무표정과 마음속을 읽을 수 없는 무조(無調)의 목소리로 그렇게 대답하고 가나메는 문을 닫았다.

이상하다고 생각한 것은 그것이 처음이었다.

그로부터 이틀쯤 뒤에, 길에서 우연히 하굣길의 미사오와 마주쳤다.

미사오는 나를 보고 웃으며 인사를 했지만 평소의 미사오답지 않은 억지웃음이었다. 어딘가 아픈 것을 감춘 듯한 웃음이었다.

"무슨 일 있었니?"

미사오는 얼굴이 굳은 채 대답하지 않았다.

미사오는 성적이 이러쿵, 학교가 저러쿵 하며 세세한 일들까지 내게 조잘대곤 했다. 얘기 좀 들어달라고 해서 상담에 응해준 일도 적지 않았다. 그러나 그날의 미사오는 아무 말도 하고 싶지 않은 것 같았다.

말할 생각이 없는 아이한테 억지로 물어볼 수는 없는 일이었다.

"……뭐, 아무 일 아니면 됐어. 가나메도 왠지 기운이 없고 말이야."

내가 그렇게 말하자 미사오는 입가를 일그러뜨렸다. 웃는 모양을 만들고 있던 입술 끝이 떨렸다.

"그건 아마도 내 탓일 거예요."

미사오는 그 말만 하고 더 이상 아무 말도 하지 않았다. 더 이상 묻지 말아달라는 게 그 아이의 마음이라는 것을 안 이상 나 역시 입을 다물 수밖에 없었다.

가나메도 미사오도 요즘 중학생이다. 고민이 하나둘쯤 있는 건 당연하겠지. 그렇게 생각하고 넘어가자.

다음에 만났을 때는 둘 다 활기를 되찾으면 좋겠다고 생각하며 미사오와 헤어졌다.

"아, 다다시 아저씨! 안녕하세요!"

"······미사오. 지금 집에 오는 거니?"

"반 친구랑 수다 떨다가 늦었어요."

사사 씨네 집 문 앞에서 마주친 미사오가 나에게 환하게 웃으며 말했다. 밝은 목소리도 억지로 내는 목소리가 아니었다. 고민이 해결됐나 보구나, 잘됐어. 나는 진심으로 반기면서 웃음으로 대답했다.

"다행이네, 기운차 보여서."

"아하하, 무슨 말씀을. 전 언제나 기운이 넘치잖아요?"

"아니, 정말이야. 차라도 마시고 갈래? 가나메는 아직 집에 안 온 모양이지만, 나한테 이 집 열쇠가 있거든."

"가나메라고요? ······으음."

짤랑 소리를 내며 가나메네 집 열쇠를 눈앞에 들어 올려 보이는 나에게 미사오는 얼굴에 웃음을 띤 채로 고개를 갸우뚱했다.

"걔가 나랑 만난 적이 있어요?"

순간적으로 무슨 소린지 알아들을 수가 없었다.

"······미안, 어, 뭐?"

잘못 들었나 싶어 되묻자, 미사오가 다시 고개를 갸우뚱 했다. 나는 다시 말했다.

"가나메 몰라? 내 조카."

의사소통이 매끄럽게 되지 않았을 뿐이라고 생각하면서 도 묘한 불안감이 엄습했다.

(뭐지 이건?)

미사오의 어깨 너머로 다가오는 교복 차림의 가나메가 보였다. 안심하는 마음과 '오지 마!' 하는 마음이 동시에 일었다.

가나메는 미사오와 나를 보고서도 표정 하나 안 바꾸고 다가왔다. 미사오가 알아차리고 뒤를 돌아봤다.

"삼촌, 뭐 해요?"

"가나메······."

"열쇠가 없어요?"

가나메는 주머니에서 열쇠고리가 없는 맨 열쇠를 꺼내서 집 문을 열었다.

"……가나메 군인가?"

미사오는 열쇠를 뽑고 집 안으로 들어가려는 가나메에게 달려가서 붙임성 있게 웃었다.

"안녕."

가나메는 돌아서서 미사오를 가만히 봤다.

뭔가 이상했다.

'가나메 군'이라고?

가나메도 눈치를 챈 모양이었다.

가나메의 두 눈이 천천히 커졌다.

+ + +

미사오는 가나메를 깨끗이 잊어버렸다.

초등학생 때 옆집에 산 것도, 중학생이 되고 나서 재회한 것도. 단지 가나메만이 생각나지 않는 것 같았다.

이유는 알 수 없었다.

미사오의 부모님에게 얘기했지만 그들도 짐작 가는 바

가 없다고 했다. 머리를 부딪친 기억이 없다는 미사오를, 혹시 몰라서 병원에도 데려갔는데 검사 결과 뇌에는 아무 이상이 없었다.

원인을 모르니 누구도 어떻게 할 수가 없었다.

"미안하구나" 하고 난처한 얼굴로 사과하는 사사 부인에게 가나메는 짧게 "아뇨" 하고 대답했을 뿐이다. 가나메가 억지로 참는 거라고 생각했는지 사사 부인은 괜히 더 미안해했다.

가나메가 무슨 생각을 하는지 알 수 없었다. 아무렇지 않을 리 없는데도 가나메는 평소처럼 냉정해 보였다.

"너는 짐작 가는 게 없니?"

내가 물어도, 가나메는 "글쎄요" 하고 시선을 피할 뿐이었다. 그러더니 읽던 책을 덮고 자리에서 일어나 퉁명스레 "미안, 숙제가 있어서요"라고 말하고 나가버렸다.

왜 미사오가 가나메만을 잊은 건지, 어떻게 하면 기억이 돌아올지, 우리가 고민하거나 소란을 떤다고 알아낼 수 있을 리 없었다. 그렇게 해서 사태가 호전될 리도 없고. 당사자인 가나메가 아무렇지도 않다면 아무 문제 없는 게 아닌가. 그래도 슬프다.

닫힌 문을 바라보며 나는 긴 한숨을 쉬었다.

(알고 있니? 미사오는 널 좋아했어.)

가나메.

너도 미사오의 기억에서 네가 사라져서 서운하지? 안 그렇다면 미사오가 불쌍하잖니. 미사오도 너를 잊고 싶지는 않았을 텐데.

두 달쯤 전, 미사오는 나에게 가나메를 소꿉친구로서가 아니라 이성으로서 좋아한다고 털어놓았다. 늘 지나치게 활기가 넘치던 미사오가 부끄러운 듯이 웃으며 그렇게 말하던 것이 지금도 또렷이 기억난다.

"하지만 가나는 나를 그런 눈으로 보지 않는다는 걸 잘 알고 있어요."

"앞으로도 계속 그럴 거라고 단정하지 마."

나는 그렇게 격려해주었다. 가나메한테 고백할 마음은 없느냐고 묻자, 미사오는 "그러고 싶긴 해요" 하면서 어떻게 해야 좋을지 모르겠다는 듯 말끝을 흐렸다.

초등학생 때 어머니가 집을 나가버린 뒤로 가나메는 웃지 않게 되었다.

나의 형이기도 한 가나메의 아버지는 성실하고 완고하

고 융통성 없는 타입의 사람이었다. 가나메의 어머니는 집을 나가서 연하의 남자와 살기 시작한 모양인데 지금도 호적만은 세키야 집안의 사람으로 남아 있다.

그녀가 집을 나간 뒤로 딱 한 번 얼굴을 마주한 적이 있는데, 그때 몹시 화려해진 그녀의 모습을 보고 놀랐다. 도로 젊어진 것처럼 보였다. 새 연인의 취미인지 요염한 향수 냄새가 났다.

가나메는 일 년에 몇 번쯤 그녀를 만나는 모양이었다. 그녀 쪽에서 연락해서 불러내는 것 같은데, 만나고 돌아오면 가나메는 언제나 평소 이상으로 완벽하게 자신의 얼굴에서 표정을 지웠다.

그 탓일지도 몰랐다. 가나메가 여성이나 여성과의 연애에 대해서 일종의 혐오라고 할 만한 감정을 품고 있는 것은. 나는 가나메의 그러한 상태를 눈치채고 있었지만, 아마 미사오도 그것을 느끼고 있었을 것이다.

그래도 미사오에 대해서만큼은 가나메도 어깨의 힘을 뺄 수 있는 것 같았기 때문에 '그녀라면 어쩌면' 하고 생각했다.

"……내가 좋아한다고 고백하면 가나가 힘들어할까요?"

부끄러운 듯 웃으며 뺨에 손을 대고 말하던 미사오. 그랬는데 지금은 가나메를 좋아했다는 사실조차 기억하지 못한다니.

미사오라면 가나메가 빙 둘러친 벽을 넘어서 가나메에게 다가갈 수 있을 거라고 생각했는데.

(그럴 줄 알았는데…….)

나는 자기 방에 틀어박힌 가나메에게 커피밀크를 가져다주고 밖으로 나왔다.

바로 옆, 미사오네 집 이 층 창문을 올려다봤다. 미사오의 방에 불이 켜져 있었다.

교복 차림의 소녀가 모퉁이를 돌아서 걸어가는 것이 보였다. 미사오의 친구가 놀러 왔다가 가는 건지도 몰랐다.

미사오는 붙임성 있고 밝은 소녀라서 친구가 많을 것이다. 그중에서도 가나메는 분명 미사오에게 특별한 남자아이였을 테지만 그의 존재를 통째로 잊어버린 지금, 미사오는 이미 말이 없고 무뚝뚝한 옆집 소년 같은 건 눈에도 들어오지 않을 것이다.

가나메를 그렇게 잊어버리다니, '어떻게 이런 이상한 일이 일어날 수 있지' 하고 고개를 꼬고 넘어가면 그만이란 말인가?

(넌 그래도 좋니?)

잊힌 채로.

(그래도 돼? 가나메?)

그날 이후 나는 그 질문을 하지 못하고 있다. 물어도 될지 판단이 서지 않았다.

오늘도 못 물어봤다.

나는 두 집의 두 창에 등을 돌리고 걷기 시작했다.

+ + +

차갑게 구는 모습이 오히려 위험해 보여서 시간이 날 때마다 가나메를 보러 집으로 찾아갔다.

나 이외에 유일하게 가나메를 웃게 할 수 있었던 미사오는 가나메를 잊어버렸다. 그러니 나라도 가나메 가까이에 있어줘야 할 것 같았다.

미사오가 가나메와의 관계를 영원히 기억해내지 못한다면 가나메의 얼굴에도 영원히 웃음이 돌아오지 않게 될까?

식사 준비를 하고 있는데 벨이 울렸다.

인터폰으로 "미사오예요" 하는 목소리가 들렸다.

"지금 열어줄게."

가나메는 미사오가 온 것을 알자 갑자기 표정이 굳었다.

내가 현관까지 달려가서 문을 열자 미사오가 랩을 씌운 접시를 들고 서 있었다.

"안녕하세요, 다다시 아저씨 와 계셨네요. ……이거, 엄마가 가나메 군 영양 보충하라고."

연근이랑 톳이랑 토란 조린 것을 건넸다. 아직 따뜻했다. 고맙다고 하고 받아 들었다.

"맛있겠다. 좋은 이웃이네……. 들어와서 차라도 마시고 갈래?"

"으음, 집에 가서 밥 먹어야 해요. 언제 가나메 군에 대해서 얘기 좀 해주세요."

"가나메에 대해서?"

"네. 내가 알던 가나메 군 말이에요. 어렸을 때 일도. 얘기 듣다 보면 생각이 날지도 모르니까요."

식당에서 가나메가 나왔다. 미사오가 "조림 가져왔으니까 먹어" 하고 웃자, "고마워"라고만 대답했다.

"미안, 아직 생각이 나질 않아……."

"네 탓이 아니잖아."

가나메는 퉁명스레 말하고 나에게서 접시를 받아 들었다.

"아줌마한테도 고맙다고 전해줘."

가나메는 인사치레로 그렇게 말하고 바로 등을 돌려버렸다.

미사오와 얼굴을 마주하고 기억하지 못한다는 말을 듣는 게 괴로운가 보았다.

"아, 응" 하고 대답하며 가나메의 뒷모습을 바라보던 미사오는 "쿨하네요" 하고 싱겁게 웃었다.

"나랑 가나메 군은 초등학생 때부터 같이 잘 놀고 친하게 지냈다고 엄마한테 들었어요. 그런데 나는 전혀 기억이 안 나요. 가나메 군은 그 점에 대해 별달리 말이 없지만, 그래도…… 그렇게 친했다면 역시 미안하다는 생각이……."

가나메를 잊었어도 미사오는 역시 미사오였다. 미사오의 얘기를 듣고 그나마 마음이 놓였지만 한편으로는 가슴이 아파왔다.

미사오가 가나메를 남자로서 좋아하게 되었다는 사실은 아마도 나밖에 모를 것이다. 미사오는 그 마음을 잊어버렸지만 그 마음은 분명히 존재했다.

"있잖아요, 다다시 아저씨, 나랑 가나메 군이 그렇게 사이가 좋았나요? 가나메 군은 학교에서 봐도 조용하고 뭔가 좀 가까이 다가가기 어려운 느낌인데."

"……응, 그랬어."

굉장히 사이가 좋았단다. 가나메는 별로 웃지 않는 녀석인데, 미사오 너랑 있을 때는 어깨 힘을 조금 빼는 것 같아서 안심이 됐어.

내가 그렇게 말해주자, 미사오는 "기억나지 않는 게 아까워요" 하고 웃었다.

"열심히 노력해서 기억해낼게요. 가나메 군이 웃는 걸 보고 싶은걸요."

정말로 그렇게 되면 얼마나 좋을까. 간절히 바라는 나의 마음을 알아챌까 봐 미사오를 보고 싱겁게 웃으며 "그래" 하고 대답했다.

"……넌, 이대로 좋니?"

일요일 오후.

도서관에 간다는 가나메를 배웅하러 밖으로 따라 나왔다가 문득 그동안 생각했던 말이 입 밖으로 새어 나왔다.

"뭐가?"

"잊힌 채로 있는 것 말이야."

가나메는 어디까지나 냉정하게 대답했다.

"좋다 나쁘다, 내가 말한다고 어떻게 되는 것도 아니잖아."

무심하게 숄더백의 어깨끈을 고치며 말을 이었다.

"원인이 뭔지도 모르니 대처할 방법도 없고."

"그래도 뭔가 원인이 있을 것 아냐? 머리를 부딪쳤다든가…… 우리가 모르는 곳에서 말이야. 미사오의 친구들한테도 짐작 가는 게 없는지 물어볼 수 있잖아……."

"그런 거, 미사오가 이미 물어보고 다니겠지."

마치 남의 일 이야기하듯이 아무런 감정 표현도 없이 무뚝뚝하게 그렇게 말했지만 가나메라고 아무런 느낌이 없을 리 없었다. 상처 입지 않았을 리 없었다. 십사 년이나 가나메를 보아온 내가 그것을 모를 수 없었다.

(네가 그러고 있으면 미사오가 네 마음을 알 길이 없잖니.)

그건 가나메의 나쁜 습관이었다. 먼저 마음의 문을 열려고 하지 않는 것.

먼저 말하지 않으면 상대에게 다다를 수 없다. 하물며 지금의 미사오는 가나메가 아무 말 하지 않아도 이해해주던 예전의 미사오가 아니다. 포기하지 말라고 말하고 싶었지만, 가나메의 얼굴을 보고는 결국 입을 다물고 말았다.

"기억술사예요."

갑자기 알토 목소리가 매끄럽게 끼어들었다.

"기억술사가 사사 미사오의 기억을 지웠어요. 그녀가 그걸 원했기 때문이에요."

목소리의 주인공은 어느 틈엔가 우리 둘 바로 옆에 서 있었다.

걷기 시작하던 가나메가 발걸음을 멈추고 냉정한 목소리로 대꾸했다.

"그건 그냥 도시전설이야."

그녀가 한 말이 무슨 뜻인지 나는 통 알 수가 없었다. 가나메는 알고 있는 걸까. 기억술사? 그러고 보니 미사오가 언젠가 그런 얘기를 한 것 같기도 했다.

"후회해요? 그녀를 찬 거?"

그녀는 상대방의 기분 같은 건 무시한 채 오로지 자신의 페이스로 이야기했다. 가나메의 미간에 힘이 들어가는 것이 보였다.

미사오를 찼다고, 가나메가? 처음 듣는 소리였다.

가나메는 천천히 눈을 깜빡이고, 손가락 끝을 미간에 가져다 댔다. 뭔가 짜증이 나는 것을 가라앉히려는 몸짓.

그리고 냉정한 목소리로 말했다.

"지금 미사오가 또다시 같은 고백을 해온다 해도 내 대답은 똑같을 거야. 나는 미사오를 연애 대상으로 본 적도 없고 보고 싶지도 않아."

보고 싶지 않다고 했다. 안 본다도 아니고, 보고 싶지 않다고.

놀랍게도 그녀도 그 의미를 정확하게 이해한 듯했다.

"그렇군요."

나지막한 목소리로 말하고 그녀는 눈을 내리떴다.

"미사오도 그걸 알고 있었나 봐요."

그녀는 펄럭 스커트를 날리며 걷기 시작했다. 내가 "잠깐" 하고 불렀지만 아무 반응도 없이 등을 보인 채 길모퉁이를 돌아서 가버렸다.

나는 어정쩡하게 올렸던 손을 내리고 옆에 서 있는 가나메를 봤다.

가나메는 입술을 꽉 물고 표정을 감추려는 듯이 뺨에 손을 대고 있었다.

미사오가 기억을 지웠다니, 미사오가 스스로 그것을 바랐다니. 그녀가 무슨 말을 하는 건지 거의 알아들을 수 없었지만 또렷이 내 귀에 남아 있는 말이 있었다.

미사오를 찬 것을 후회하고 있느냐고, 그녀는 가나메에게 그렇게 물었다.

"……가나메."

등을 돌리고 걸어가려던 가나메의 팔을 잡았다.

가나메는 억지로 뿌리치려고 하지는 않았지만, 돌아보
지도 않았다.

"정말이니? 지금 얘기?"

진지하게 물었다. 손에 힘을 주고.

"네가 미사오를 찼니?"

"……."

고개를 숙이고 있는 탓에 앞머리에 가려서 가나메의 표
정을 볼 수 없었다.

입을 다물고 있던 가나메가 말했다.

"손, 놔줘. ……도망 안 갈 거니까."

내가 손을 놓자 가나메의 팔이 힘없이 늘어졌다.

+ + +

고백을 받았어, 미사오한테서.

가나메는 내가 내민 티백으로 우린 홍차 컵을 받아 들고
내가 앞에 앉기를 기다렸다가 입을 열었다.

방과 후 학교에서 고백을 받았다고 했다. 가나메는 그
직전에 다른 누군가의 고백을 듣고 신경이 곤두섰다가 미

사오를 보고 마음이 다시 편해졌다고 했다. 내가 물어보지도 않았는데 가나메는 담담히 얘기했다.

"그런데 설마 그 자리에서 미사오한테서도 고백의 말을 들을 줄은 몰랐어."

배신당한 기분이었어.

그렇게 말했다.

미사오가 여기 없어서 잘됐다고 생각했다. 고백을 배신이라고 말하는 걸 들었다면, 마음 전체를 부정당하는 기분이 들었을 것이다.

"너…… 설마 미사오한테 그런 식으로 말했니?"

"물론 배신당했다고까지는 말하지 않았어. ……그래도 냉정하게 찼어. 다시는 말도 못 붙일 정도로 명확히……. '성가셔'라고 말했어."

차갑게 뿌리치면서.

그 말을 하는 가나메의 목소리는 냉정했다. 그 메마른 말투가 뼈아팠다.

그런 목소리로 미사오에게 '성가셔'라고 말했다니, 정말 할 말이 없었다.

"왜……?"

아마도 미사오는 물어보지 못했을 질문을 내가 대신

해보았다.

미사오는 가나메에게 특별한 존재라고 생각했다. 그녀가 가나메를 생각하는 것만큼 가나메가 그녀를 각별하게 생각하지는 않았다 하더라도, 미사오랑 있을 때 가나메가 보여준 분위기는 분명 다른 사람과 있을 때와는 달랐기 때문이다.

"미사오에게 상처 주지 않는 다른 거절 방법은 없었니?"

"희망을 갖게 하는 말은 할 수 없었어."

"그래도! ……거절한다 해도 달리 말할 수도 있었잖아? 네가 연애를 거북해한다는 건 알아. 그래도."

가나메는 미사오를 싫어하지 않았다. 연애 감정은 없었더라도 소중히 여겼을 거다. 적어도 상처 입히고 싶은 마음은 없었을 것이다.

그런데 왜 그렇게 차갑게 거절해야만 했던 걸까.

"……너한테 미사오는 특별한 아이일 거라고 생각했어."

나는 그 이상 무슨 말을 해야 좋을지 몰라서 한숨을 내쉬었다.

가나메는 양손으로 감싸 들고 있던 컵을 내려다보며 말했다.

"특별했어."

툭 던지듯이 그렇게 말했다.

나와 눈이 마주치는 것을 피하듯이 고개를 숙이고.

"특별했어. 소중했어. 삼촌이랑 미사오랑 있을 때는 내 마음이 따뜻했어. 잃고 싶지 않았다고."

"······가나메."

"지금까지 어느 누구한테 고백을 받더라도 거절한 후의 일 따위 생각하지 않았어. 상대가 어떻게 생각하든 말하든 상관없었다고. 귀찮고 거추장스럽고, 그 이상의 감정 같은 건 없었기 때문에 냉정하게 대처할 수 있었고 전혀 동요하지 않았어. 그런데 미사오의 고백을 들었을 때는 어떻게 해야 좋을지 모를 정도로 동요했어. 그토록 차갑게 심한 말을 한 것은 미사오였기 때문이야."

내가 말할 틈이 없을 정도로 빠르게, 뭔가에 부딪치듯이 말하는 가나메의 목소리에 점점 더 힘이 들어갔다. 어느새, 냉정하고 무심하던 목소리가 아니게 되었다.

"미사오하고만은 계속, 지금까지처럼······ 그대로 그런 관계를 계속할 수 있을 거라고 생각했어. 무슨 일이 있어도 미사오랑 삼촌만큼은······ 거기에 늘 있어줄 거니까, 괜찮다고. 아무 근거도 없이 믿었어. 내가 멋대로 믿었던 거야. 그런데······."

그런데 미사오는.

손끝이 떨릴 정도로 컵을 꽉 쥐고서, 가나메는 뭔가를 꾹 누르고 있는 듯이 입을 다물었다.

길게 자란 앞머리 사이로 들여다보이는 얼굴은 몹시 힘들어 보였다.

"……그만해. 부탁이니까 그만해……. 미사오의 얼굴도 안 보고 말했어. 그게 내 진심이었어. 미사오랑 어떤 다른 관계로도 되고 싶지 않다는, 그 생각만 있었어."

말하면서, 한 손을 컵에서 떼어 얼굴을 덮었다.

"가장 잃고 싶지 않은 것이 이렇게 쉽게 사라지는구나 하고. 그렇게 생각하니까 왜 그래야 하나, 화나고 배신당한 것 같고……."

오른손 밑에서, 짜내듯이 목소리가 흘러나왔다.

"미사오의 좋아한다는 한마디가, 나한테서 모든 것을 빼앗아 가는 것 같았어."

부탁이니까 그만해.

성가셔.

괴로운 듯이, 극심한 아픔을 견뎌내듯이 얼굴을 일그러뜨리고, 미사오에게도 지금처럼 이렇게 힘들어하는 표정을 지으며 그 말을 했겠구나.

밀어내는 말, 냉정한 말. 하지만 오로지 그것만은 아니었던 거다.

미사오도 그 표정을 보고 뭔가를 알았겠지.

침묵하는 가나메를, 나는 한동안 말없이 보고 있었다.

홍차는 입도 대지 않은 채 완전히 식었다. 가나메가 들고 있는 컵에서도 더 이상 김이 나지 않았다.

"……상처 입히려던 건 아니었어."

드디어 툭 말했다.

"하지만 상처를 입혔어. ……나를 완전히 잊어버리고 싶어 할 정도로."

얼굴을 숙인 채로, 힘없이.

그렇게 말한 가나메 자신도 미사오와 마찬가지로 상처 입었을 것이다.

미사오는 가나메에게 소중한 존재였다. 특별했다. 연애 감정이 없었을 뿐이었다.

가나메가 미사오에게 연애 감정을 갖지 않았던 것도, 미사오가 가나메에게 연애 감정을 가진 것도, 모두 어쩔 수 없는 일이었다. 누구도 어떻게 할 수 없는 일이었다.

"미사오가 나를 친구 이상으로 좋아하지 않았더라면 계속 함께할 수 있었는데…… 나를 향한 미사오의 마음이 나에게서 미사오를 빼앗아 갔다고 생각했어. 그래서 화가 났어. 미사오를 상처 입혀봤자 원래 상태로 돌아갈 수는 없는 건데."

가나메는 숙인 얼굴을 들지 않았다.

네 탓이 아니라는 말을 해봤자 아무 의미가 없을 것이다.

할 말이 찾아지지 않았다. 하지만 꼭 해야 할 말이 있었다. 미사오는 이미 가나메를 잊었기 때문에, 가나메에게 이 말을 전할 수 있는 사람은 나밖에 없었다.

"가나메."

얼굴을 숨기려는 듯 가나메는 고개를 들지 않았다. 컵을 무릎 위에 내려놓고, 나는 말을 계속했다.

"미사오는 네가 자기를 밀어낸 것이 슬퍼서 기억을 지운 게 아닐 거야."

알아봤자 변할 건 없었다. 사라진 기억이 원래 상태로 돌아올지 어떨지도 알 수 없었다. 그래도…….

"미사오는 네가 어떤 마음으로 그렇게 말했는지 알 거야. 네가 미사오를 얼마만큼 특별하게 생각하고 있는지."

얼굴을 숙인 채로 있는 가나메에게, 한마디, 한마디, 신중하게 말했다. 미사오의 마음이 전달되도록.

"자신의 마음이 너를 외롭게 한다는 걸 알아버렸기 때문에…… 그래도 말하지 않을 수 없었던 미사오의 마음을 너는 이해해야 하는 건데……. 어쨌든 미사오는 어떻게 하면 너에게 '소중한 친구 사사 미사오'를 돌려줄 수 있을까 하고 생각했을 거야."

움찔, 가나메의 어깨가 움직였다.

"미사오가 노력해서 예전과 다름없이 행동한다 하더라도, 너는 그 애가 너를 이성으로서 좋아한다는 것을 이미 알아버렸잖니. 그러니 미사오 혼자 고백한 것을 없었던 일로 한다 한들, 이미 어색해진 관계를 되돌릴 수 없는 일이지."

가나메는 얼굴을 들지 않았지만 내 말을 듣고 있었다. 나는 천천히 신중하게 말을 고르며 계속했다.

"게다가 아마…… 미사오 자신도 이미 생겨버린 너에 대한 여자로서의 애정을 완전히 버리고 앞으로 언제까지나 그냥 친구로 지내는 것은 괴로웠을 테고 말이야. 하지만 만약에 미사오가 너를 깨끗이 잊어버린다면."

한 번 말을 끊고 숨을 들이쉬었다 내쉬었다.

"그렇게 한다면 자신의 속에 생겨났던 연애 감정도 당연히 사라져버리겠지. 그러면 너를 옭아매던 것도 없어질 것이고. ……그것밖에 방법이 생각나지 않았던 거야."

자신의 의지로 기억을 지우다니, 꿈같은 얘기지만 만약

그런 일이 가능하다면, 미사오가 기억을 지우려 한 것은 분명 가나메를 위해서였을 것이다.

그것이 가나메와 '친구'로 돌아가기 위한 유일한 방법이었으므로.

"미사오는 연애 감정만이 전부가 아니었어. 네가 미사오를 생각했던 것과 똑같이 미사오 또한 친구로서의 너도 좋아했던 거야. 가나메."

"그러니까 넌 배신당한 게 아니야."

가나메는 느릿느릿 얼굴을 덮고 있던 손을 떼었다. 그리고 아주 조금 얼굴을 들고…… 그러고 나서 이번에는 눈을 덮었다.

참회하듯이 고개를 숙이고 한동안 그렇게 있었다.

소리 없이 흐느끼며.

*

조용한 복도에 나 혼자 서 있었다.

다다시 삼촌과 이야기를 나눈 다음 날, 잠을 못 잤지만 머리는 상쾌했다. 그래서 보통 때보다 이른 시간에 등교해 봤다.

학교 안에 사람은 거의 없었다. 조용했다. 운동부만이 운동장에서 아침 연습을 하고 있었다.

멍하니 복도에 서서 창밖을 보고 있자니까, 드문드문 등 교하는 학생들이 보였다. 그중에 미사오도 있었다. 미사오 는 내가 창문으로 자신을 보고 있다는 것을 알지 못했다.

기억을 잃기 전 미사오는 매일 아침 집으로 나를 부르러 왔다. 따로 볼일이 없으면 함께 등하교하는 것이 당연한 일이었다.

"……잊히고 싶었던 게 아니야."

중얼거렸다.

후회해도 늦었지만.

미사오에게 다시 한 번 웃는 얼굴을 보여주고 싶었다. 미사오가 나에게 연애 감정을 품기 전의 관계로 돌아가고 싶었다. 그 마음뿐이었다.

친구로서의 미사오를 잃고 싶지 않다는 나의 바람이 미 사오로 하여금 슬픈 선택을 하게 만들었다.

되돌릴 수 없다.

"이미 늦었어요."

나는 천천히 고개를 돌려 뒤를 봤다.

알토 목소리.

그녀를 기억했다.

"한번 지우면 다시 되돌릴 수 없어요. 하지만 이건 그녀가 바란 거예요."

"알고 있어."

가나메는 돌아봤을 때와 같은 느린 동작으로 다시 창문 쪽으로 돌아섰다. 미사오는 학교 건물로 들어서고 있었다.

"그녀가 당신을 기억하는 일은 없을 거예요. 앞으로 어떻게 될지는 모르죠. 이대로 평범한 이웃으로 지내게 될지도 모르고, 당신이 원했듯이 친구로서의 관계를 다시 쌓아갈지도 몰라요. 다시 시도해봐요."

"……"

"새로운 기회가 주어진 거니까. 이번에는 연애 같은 거 빼고 좋은 친구가 될지도 모르잖아요?"

유리창에 비친 그녀가 뭔가 생각하듯이 둥글게 구부린 손가락을 턱에 갖다 댔다.

"아니면, 그래요, 그녀는 다시 당신을 사랑하게 될지도 몰라요. 무슨 일이 있었는지 모르니까."

손톱 끝으로, 웃는 모양을 짓던 입술을 더듬듯 만지작거리며 그녀는 말했다.

"……그러면 또, 지워버리면 되죠."

유리창에 알토 목소리의 그녀가 등을 돌리는 모습이 비쳤지만 돌아보지 않았다.

아이들의 발소리와 말소리가 차차 늘어났다.

몇 명쯤이 내 뒤를 지나쳐서 교실로 들어갔다.

사반 교실로 걸어가던 미사오가 나를 알아보고 멈춰 섰다.

"아……. 안녕! 가나메 너 일찍 왔구나."

내가 돌아보자 변함없이 웃는 얼굴이 거기 있었다.

늘 나에게로 향하고 있던 웃는 그 얼굴이었다.

갑자기 가슴이 미어지는 듯한 행복감과 통증이 지나갔다.

"안녕."

나는 입술에 힘을 줘서 웃는 얼굴을 만들어 보였다. 어색했는지 모르겠다. 하지만 그것은 생각했던 것만큼 어려운 일은 아니었다.

미사오는 기쁜 듯이 내게 웃음을 되돌려줬다.

현재 이야기 3

내가 원래 만나고자 했던 사사 미사오가 다른 방에 가 있는 동안, 세키야 가나메라는 친구와 먼저 이야기를 나눴다.

나는 가나메에게 먼저 내 주변에서 일어났던 일을 들려주었다. 가나메는 잠자코 들었다. 듣는 동안 내내 표정도 거의 바뀌지 않았기 때문에 내 말을 안 믿는 것이 아닌가 하고 불안했는데, 그렇지는 않은 모양이었다. 내가 이야기를 마치자, "사정은 잘 알겠습니다" 하고 가나메는 말했다.

"내가 아는 거라면 얘기해드릴 수 있습니다. 미사오랑 얘기하고 싶다면 나한테 그것을 못 하게 할 권리는 없지만, 다만 그녀가 왜, 어떤 기억을 잃었는지에 대해서는 말하지 않았으면 합니다."

가나메는 그렇게 전제해놓고 미사오에게 일어난 일을 내게 들려줬다. 자신과 비슷한 일을 당한 나를 동정한 것인지도 몰랐다.

이야기를 들은 후, 나는 가나메가 나보다도 더 심하게 '잊힌 사람'이라는 것을 알았다. 미사오는 가나메를 잊기 위해서 기억술사에게 자신의 기억을 지워달라고 의뢰했다. 미사오는 스스로 자신의 기억 속에서 가나메의 존재를 지워버리는 길을 선택했다.

미사오에 대해서, 그리고 기억술사에 대해서 가나메는 분노를 느끼지 않을까. 그런 의문을 말하자 가나메는 천천히 고개를 옆으로 저었다.

"친구 관계로 되돌아가기 위해서는 달리 방법이 없었다는 것을 아니까요. 나를 위해서 한 일이라는 것도."

테이블 위에서 깍지 낀 자신의 손을 바라보며 가나메는 그렇게 말했다.

"그런 식으로 되길 바랐던 것은 아니지만…… 나에게는 화낼 자격 같은 건 없지 않을까요? 없었던 일로 하고 싶다고 먼저 원한 것은 내 쪽이었으니까요."

미사오가 기억을 잃게 된 사연을 얘기하는 가나메의 얼

굴은 괴로워 보였다. 그러나 그의 말대로 그에게서 기억술사에 대한 분노는 느껴지지 않았다.

이제 미사오 본인에게서 이야기를 듣고 싶다고 하자 가나메는 앞서 말한 전제를 지켜달라고 다짐을 받았다.

미사오는 자신이 가나메와 소꿉친구였다는 것, 그리고 자신이 가나메를 잊어버렸다는 것을 주변 사람들에게 들어서 알고 있었다. 하지만 왜 잊었는지는 몰랐다. 기억술사를 만난 사실도, 자신이 가나메에게 연애 감정을 품은 적이 있다는 사실도 그녀에게 말해준 사람이 없었다.

내가 가나메와 이야기하는 동안 이 층에 있던 미사오는 가나메가 부르자 기다렸다는 듯이 바로 내려왔다.

내가 소파에서 일어나 살짝 고개를 숙이자 그녀도 힘차게 머리를 숙여 인사했다.

가나메는 내가 기억술사에 관한 풍문을 조사하고 있는 대학생이라고만 소개했다.

"기억술사란 건 도시전설의 하나죠?"

미사오는 자리에 앉으면서 고개를 갸우뚱했다.

"제법 유명한 이야기라서 저도 알긴 아는데요……. 하지만 정말로 얼핏 들은 게 다예요."

"아뇨, 기억술사에 대해서가 아니라 미사오 씨 자신의

얘기를 듣고 싶어요."

내 말에 미사오는 의아해하는 표정을 지었다.

"……내 얘기요?"

"원인 불명으로 기억상실이 된 분이라고 얘기를 들었어요. 저의 방문이 뜬금없다고 생각될지 모르겠지만 시간을 좀 내주세요."

"도움이 될지 모르겠네요……."

가나메가 말한 대로 미사오는 기억술사를 만난 사실을 전혀 기억하지 못했다. 자신이 기억술사를 찾아다녔다는 사실조차 기억하지 못하는 것 같았다. 구멍이 뚫린 것처럼 가나메에 대한 기억만이 빠져 있는 것에 의문을 느끼고는 있지만, 그 의문과 도시전설의 괴인을 연결시키지 못하는 모양이었다.

"별나게 소란 떠는 게 싫어서, 내가 기억을 잃었다는 사실을 사람들한테 굳이 얘기하지 않아요. 그래도 가까운 친구들에게 그런 말을 했을 때…… '기억술사가 다녀간 것 아냐?' 하는 식의 말을 들은 적은 있어요. 하지만 나는 애초에 그런 도시전설 같은 거, 그다지 믿는 편이 아니라서."

기억술사에 대해서 조사하고 있다고 소개받은 상대에게, 도시전설을 믿지 않는다고 말하기가 좀 망설여졌는지 말끝을 흐렸다.

도시전설을 진지하게 조사하고 있는 대학생이라니, 여고생이 볼 때 좀 이상하게 보일 만도 할 텐데 그녀는 친절하고 정확하게 대답해줬다.

나는 가능한 한 사무적인 말투로 조용하게 물었다.

"기억을 잃은 것에 대해서는 어떻게 생각하나요?"

"글쎄요. 별 느낌이 없다고 할까, 실감이 없어서……. 가나메 군이랑 사이좋게 지내던 때의 추억을 잊어버린 것은 아쉽고, 가나메 군한테도 미안해요. 하지만 지금도 사이좋게 지내고 있어서 기억을 잃었다는 느낌은 별로 없다고나 할까……."

가나메에게 연정을 품었던 기억은 뿌리째 뽑혀 나가서 그녀 안에는 그 흔적도 남아 있지 않았다. 그러니까 기억을 잃어서 슬프다는 마음조차 있을 수 없었다.

미사오는 지금 자신이 불행하다고는 생각하지 않겠지. 그러나 그렇다고 하여 그녀가 행복하다고 할 수 있을까?

(그녀가 기억술사에게 기댄 것은 가나메 군을 괴롭히고 싶지 않은 마음 때문이었어.)

하지만 가나메는 미사오가 기억을 잃은 뒤에도 괴로워하는 것 같았다.

자신의 마음을 희생해서까지 지키고 싶었던 사람을 결국은 슬프게 만들었다면, 아무래도 옳은 선택이었다고는 생각할 수 없었다.

"왜 잊어버렸는지, 짐작 가는 원인이 아무것도 없어요. 검사를 해봐도 머리를 부딪쳤던 흔적도 없고, 정말 몰라요……. 기억술사 같은 것이 혹시 정말 있다 하더라도 나하고는 아무 상관 없을 거예요."

그렇게 말하고 나서, 미사오는 "하지만……" 하고 뭔가 말을 꺼내려다 잠시 망설였다. 가공의 존재에 대해서 진지하게 의견을 말하는 것이 쑥스러웠는지, 유리 테이블의 표면을 잠시 바라보다가 다시 입을 열었다.

"……그래도 혹시라도 만났다고 한다면 그것은 내가 부탁한 거겠죠? 기억술사는 부탁을 받고 기억을 지우겠죠? 그렇다면 기억술사는 부탁한 사람한테는 은인이 되겠네요. 싫은 기억을 지우고 괴로움으로부터 해방시켜준 은인."

나와 가나메가 진지하게 듣고 있다는 걸 잘 안다는 듯이, 미사오는 얼굴을 들고 말을 계속했다.

"그렇다면 기억술사의 의뢰인은 설사 기억술사를 만났고, 만났던 사실을 기억하더라도, 그 사실을 아무한테도 말하지 않을 것 같은데요. ……아, 나는 정말로 기억이 안 나는 거예요."

다카하라 변호사의 사무소에서 만난 도노무라를 떠올렸다. 그러나 지금은 그 일이 문제가 아니었다.

"……기억은 안 나지만 안 만났을 거라고 지금 말했지요? 그렇게 생각하는 이유를 물어봐도 될까요?"

미사오는 눈을 똑바로 뜨고 허리를 꼿꼿이 펴 나를 정면으로 보면서 대답했다.

"그건, 나 개인의 성격을 봤을 때 그렇다는 거예요. 싫은 기억을 지워버리고 개운하게 산다니……. 그러면 사는 게 즐거울 수는 있겠지만, 난 그건 아니지 싶거든요. 어떻게 생각하든 그건 개인의 자유니까 비판할 거는 아니지만…… 나는 그런 생각에 별로 찬성하고 싶지 않아요. 그러니까 혹시 앞으로 뭔가 싫은 일이 있더라도 그 기억을 지우고 아무 일 없었다는 듯이 살려고 하지는 않을 거예요."

가나메는 의식적으로 그런 건지 어떤지는 모르겠지만, 얼른 미사오에게서 시선을 돌렸다.

그걸 눈치채지 못하고 미사오는 생긋 웃으며 말했다.

"그러니까 기억술사가 실재하는지 어떤지는 모르겠지만, 만약 실재한다고 해도…… 나의 기억이 사라진 것은 아마 기억술사 때문은 아닐 거예요."

"그렇군요."

달리 할 말이 없었다. 가나메 앞에서는 더더욱.

이야기를 끝내겠다는 뜻도 담아서 내가 고맙다는 인사를 하자, 미사오는 "아뇨" 하고 맑게 갠 웃는 얼굴로 대답했다.

"가나메 군이랑 조금 얘기를 하고 싶어서요. 죄송하지만 조금 더 기다려주시겠습니까?"

"네. ……그럼 나, 위에 있을게."

미사오는 나에게 까딱 머리를 숙이고 가나메를 보고 그렇게 말하고 나서, 거실 유리문을 열고 나갔다.

발소리가 멀어져 그녀가 완전히 목소리가 닿지 않는 거리까지 간 것을 확인하고 나서, 나는 가나메에게로 몸을 돌렸다.

"힘들었을 텐데…… 고마워요."

"아뇨……."

미사오의 말을 들으면서 가나메는 괴로웠을 것이다. 그러나 그는 괜찮다고 했다.

"조금만 더 이야기해도 괜찮을까요? 미사오에 관한 이야기는 더 이상 안 할 테니까."

"상관없습니다."

"나 말고도 미사오를 만나러 온 사람이 있었나요? 잡지 기자가 왔었다고 아까 말했는데."

아아, 하고 가나메는 숨을 내쉬고 소파에 기대면서 끄덕였다.

"돌려보냈어요. 돌아가달라는 말만 하고 무시했기 때문에 얼굴도 잘 기억나지 않아요. 여자였고…… 한동안 집 앞을 서성댔던 것 같은데 다시 내다봤을 때는 가고 없었어요."

언제였느냐고 묻자 이틀 전이라고 했다. 십중팔구 이코일 것이다. 이코는 나에게 메일을 보내고 나서 바로 미사오를 만나러 온 거다. 그 사실에 대해 이코로부터 연락은 없었지만, 결국 미사오를 못 만났기 때문에 알려주지 않았을 것이다. 그녀라면 포기하지 않을 테니 다음에 어떻게든 만나본 다음에 내게 연락을 취할 생각이겠지.

"누군지 짐작 가는 데가 있어요. 그녀한테 더 이상 찾아가지 말라고 말해놓죠. 내 말을 들어줄지는 모르겠지만."

"부탁합니다."

"……한 가지 더 확인하고 싶은 건, 기억술사에 대한 거예요."

가나메는 내 눈을 보더니 천천히 고개를 끄덕였다. 가나메로서는 미사오에 대해 말하는 것보다는 기억술사에 대해 말하는 쪽이 더 마음 편할 것이다.

"기억술사와 얘기한 사람이나 그를 기억하고 있는 사람은 거의 없어요. 뭐라도 좋으니까 아는 게 있으면 말해줄래요?"

"……기억이 또렷하진 않아요. 그런데 여자였던 것 같아요. 얼굴도 기억이 안 나는데 왜 그렇게 생각하는지 모르겠어요."

역시 기억이 지워져서겠지. 이야기 중에 나온 그의 삼촌에 대해서도 물어봤지만, 삼촌 역시 기억술사가 어떻게 생겼는지에 대해서는 아무것도 기억하지 못한다고 했다.

그러나 희미한 기억이긴 하지만, '아마도 여자'일 거라는 것은 의외의 새로운 정보였다.

"나는 기억술사는 남자일…… 거라고 생각했는데……."

내가 혼자 중얼거리자, 가나메가 얼굴을 들고 물었다.

"왜 그렇게 생각했죠?"

갑자기 대답할 말이 궁해졌다. 생각해보면 남자라고 말할 확실한 근거는 하나도 없었다. 그냥 멋대로 그렇게 짐작한 게 아닌가 하는 생각이 들었다.

꿈에 나타나는 장면도 마키의 기억이 지워졌을 때의 영

상이 아닐까 하고 막연히 생각했는데, 그렇다고 믿을 근거는 없었다. 오십 년 전 사건에서 회색 코트의 남자가 목격됐다는 다카하라의 말을 듣고 그런 이미지가 굳어졌는데, 생각해보면 그 남자가 기억술사였다는 증거도 없다.

"내 기억도 확실하다고는 할 수 없어요. 왠지 모르게 그랬던 것 같다는 것이고, 얼굴이 기억나는 것은 아니에요."

"아니, 그래도 실제로 기억술사와 만나서 얘기를 나눈 사람의 의견은 중요해요. 지금까지 목격에 대한 정보는 거의 없어서……."

"기억술사의 특성을 생각하면 무리도 아니지만" 하고 말하다가 하나의 가능성에 생각이 미쳤다.

"기억술사에게 기억을 조작당했다든가…… 했을 가능성은 없을까요?"

기억술사가 기억을 지울 뿐만 아니라, 사람의 기억을 조작하는 힘까지 갖고 있다는 얘기는 들어본 적이 없었다. 그러나 아니라고 단언할 수도 없었다.

"내가 말입니까?"

"……나일지도 모르고요."

어느 쪽이든 간에 기억이 조작당했을 가능성이 있다면, 기억술사의 모습에 관한 정보는 아무리 모아봤자 의미가 없다. 여자라고 단정하는 것도 성급한 일이겠지만 남자라는 선입견도 버리는 편이 좋을 것이다.

"그게 아니라면…… 기억술사는 한 명이 아니던가."

가나메가 중얼거린 말을 들으니 그럴 수도 있겠다는 생각에 머리가 복잡해졌다.

끝이 없었다.

기억을 지울 수 있다는 것만 해도 충분히 터무니없는 일인데, 생각하면 할수록 다양한 가능성이 떠올랐다. 이래서는 대처할 방도가 없다. 확실한 정보가 아무것도 없다는 것이 치명적이었다.

"……우선, 내가 찾고 있는 기억술사가 여러분들 앞에 나타난 기억술사와 동일하다고 가정하고요. 하지만 그렇다 쳐도 역시 석연치 않은 점은 있어요. 기억술사가 누군가와 접촉했을 때에는 상대방이 자신을 기억할 수 없게 자신에 관한 기억을 지운다고 알고 있어요. 사실 나한테는 기억술사에 관한 기억은 전혀 남아 있지 않아요. 완벽하게 사라졌어요. 그런데 가나메 군한테는 희미하게나마 기억술사에 관한 기억이 남아 있어요."

"……기억을 지우는 능력이 고르지 않은 게 아닐까요?"

"그럴지도 모르죠. 아니면 의도적으로 가나메 군의 경우만 허술하게 했든가, 혹은 내 경우만 제대로 했든가……."

"어째서 그렇게 생각하는 건가요?"

"내가 기억술사에 대해서 조사하고 있었기 때문에 경계했는지도 모르죠."

꽤 그럴싸한 가설이다.

도시전설로 구전되기 위해서는 어느 정도 소문거리는 남겨두는 편이 좋다. 그러기 위해서 기억술사를 분명하게 드러낼 수 있는 기억만 지우고, 기억술사의 존재를 넌지시 알리는 정보는 지우지 않고 놔두는 것이다. 그럴싸한 가설이다.

내가 기억술사와의 접촉을 완전히 잊은 것은, 기억술사는 기억을 남기는 상대와 남기지 않는 상대를 그저 랜덤하게 구별할 뿐인데 내가 우연히 후자에 속했기 때문일까. 아니면 내가 기억술사를 조사하는 것을 알고 기억술사가 위험하다고 생각해서 내 속의 기억을 완전히 지운 결과일까. 후자라면, 그럴 가능성이 높지만, 기억술사는 나를 기억하고 있을 것이므로, 내가 너무 요란하게 움직이는 것은 안 좋을 수도 있다.

내가 기억술사에 대해서 조사하는 것이 기억술사에게 거듭해서 알려지면, 기억의 일부를 지우는 것만으로는 넘어가지 않을 수도 있으니까. 그렇다고 조사하는 것을 그만 둘 수는 없다. 기억술사에 다다를 때까지 나아가야 한다.

호기심이나 기억이 지워진 것이 분해서만은 아니었다. 뭔가 나 자신도 확실히 알지 못하는 사명감이 나를 움직이고 있는 것 같았다.

되돌아갈 수는 없다.

*

집에 돌아오자, 어머니가 나를 보고 빙긋이 웃었다.

"마키가 삐쳤다. 너 요즘 바빠서 마키는 상대도 안 해준다며?"

"……그게 아니라, 왜 마키한테 집을 보게 했어?"

"아까 너의 연상의 여자친구가 널 만나러 왔나 보더라. 그런데 오늘은 그 여자 아닌 다른 아이를 만나러 갔다면서? 젊다고 너무 나부대는 것 아니니?"

"……여자친구?"

"집 앞 길을 서성대는 게 창문으로 보여서, 못 보던 사람이구나 하고 마키한테 말했더니 네 여자친구라고 하더라. 너도 제법이다, 야."

나를 찾아올 여자라면 이코밖에는 없을 것이다. 하지만 만날 약속을 한 기억도 없고 주소를 가르쳐준 일도 없다.

그리고 보니, 집에 오는 길에 비슷한 뒷모습을 본 것 같기도 하지만 분명치 않았다. 메일이 아니라 직접 만나서 얘기하고 싶은 일이라도 생겼나. 뭔가 정보를 잡은 걸까. 사사 미사오의 주소를 그토록 쉽게 알아낸 이코였다. 내 주소를 알아내서 뭔가 전하러 온 걸지도 몰랐다.

(그렇다 해도 사전 연락도 없이…… 좀 묘하네.)

어머니와 마키가 본 것이 꼭 이코라고 할 수는 없었다. 하지만 만약 이코가 맞는다면 뭔가 중요한 정보가 있어서 나를 만나러 왔거나, 혹은 그녀 나름으로 조사를 하다가 이 근처를 돌아다니게 된 것일 수도 있다.

이 주변 일대는 기억술사 관련 풍문의 중심이며 발신지가 되고 있으니 그럴 가능성도 충분히 있다. 이코가 정보를 제공해준다면 고맙지만, 그렇다고 이코가 직접 마키를 만나는 일은 없어야 한다. 그러다가 마키가 어린 시절 기억이 지워진 경험이 있다는 것을 알게 되면, 이코는 마키에게도 흥미를 가질 것이다. 그건 싫다.

"……아직 안 갔니, 너?"

"료 오빠가 여자 데리고 오지 못하게 감시하고 있었어."

마키는 조금 원망스러운 눈으로 나를 올려다보며 말했다.

"아까, 요전번의 그 여자가 왔었어. 집에 없다고 했더니 한참을 어슬렁거리다가 없어졌어."

"네가 응대했니?"

"내가 집을 보고 있었으니까. 그렇다고 내가 그 여자를 내쫓은 건 아니야."

"아무 말 안 했어?"

"특별한 말 없었어."

"넌 뭘로 그렇게 삐쳤니?"

"삐치지 않았어."

분명히 삐쳤다. 그 모습이 어린 시절을 생각나게 해서 마음이 괜히 흐뭇해졌다.

늘 그렇듯이 마키 앞을 지나쳐 책상 의자를 잡아당기자, 마키가 불쑥 중얼거렸다.

"……오늘은 다른 여자랑 만났다고 아줌마한테 이야기할 거야."

"그래봤자 내가 사귀는 사람도 아닌데."

"어느 쪽이?"

"양쪽 다."

마키는 겨우 얼굴을 들었다.

'그럼 뭐야?' 하는 눈빛이었다.

한순간 망설였지만, 이것저것 다 감추기만 해서는 나중에 일부라도 알려졌을 때 곤란하다는 생각이 들었다. 그럴 때에도 대충 넘어갈 수 있도록 조금은 말해주자 싶어 입을 열었다.

"……학교 과제로 기억술사에 대해 조사 중이라고 했잖아. 이번에도 그거야. 기억술사와 관련됐을지도 모를 사건 관계자를 만났어."

"어, 하지만 기억술사는 그저 도시전설일 뿐이잖아."

"도시전설에는 기원이 된 사건이 있는 경우가 있어. 거기서 말이 부풀어지면서 전달되어가는 과정에 괴담으로 발전하는 거지."

"도시전설은 출처를 알 수 없는 거라고 전에 말했잖아."

잘도 기억한다. 그 말을 기억하고 있다니. 나는 별것 아니라는 듯이 고개를 끄덕였다.

"기본적으로는 그렇지. 그런데 어쩌면 여기가 출처일지도 모른다는 식의 정보가 들어오는 일이 있거든. 드물긴 하지만."

"그럼 기억술사가 관련된 것으로 보이는 사건이 있었다

는 거야?"

"……뭐. 그곳이 풍문의 발신지라는 걸 알게 되면, 거기서부터 소문이 어떤 경위로 어떤 식으로 변화하면서 퍼져 나갔는지를 조사할 수 있잖아."

"그래서, 어떤 사건이었는데?"

마키는 손으로 바닥을 짚고 몸을 앞으로 내밀듯이 한 자세로 물었다. 할 수 없이 가나메와 미사오라는 이름은 숨기고 대충의 사연을 얘기해줬다. 다만 기억술사와 접촉했다는 가나메의 증언은 생략했다.

"그녀가 기억을 잃은 원인이 뭐였는지는 결국 알 수 없었어. 하지만 소꿉친구에게 고백하고 차인 뒤에 그 친구에 대해서만 완전히 잊어버렸다는 사실을 확인했지."

"흐응……."

굉장하다고 소란을 떨거나 못 믿겠다고 하거나, 둘 중하나의 반응을 보일 거라고 생각했다. 그런데 아니었다.

"똑같네."

마키는 불쑥 그렇게 말했다.

"그 소꿉친구. 나랑 료 오빠 같아."

"……."

동급생이고, 그로서는 그녀가 유일하게 마음을 연 친구

였다는 점은 달랐다. 그녀가 그에게 연애 감정을 품었다는 것도 결정적으로 달랐다. 그러나 가족처럼 곁에서 가까이 지내오던 상대와 지금까지처럼 편안한 관계로 지낼 수 없게 되면 얼마나 불안하고 후회될지는 상상이 됐다.

"그러네" 하고 내가 말하자, 마키는 무릎을 끌어안은 자세로 나를 올려다봤다.

"……난 알 것 같아. 그 아이의 기분."

"옳다고 생각해? ……가정이지만, 그 아이의 기억을 지운 것이 기억술사라고 한다면."

"그런 거 물어봐도 난 잘 모르겠어. 하지만…… 기억술사를 찾아서 기억을 지워달라고 한 사람은 스스로 그걸 선택한 거니까 기억술사에게 고마워하지 않을까?"

미사오와 똑같은 말을 한다. 그러나 미사오는 자기라면 기억술사에게 의뢰 같은 거 하지 않을 거라고 웃으며 말했다. 그런 건 좋아하지 않는다고. 그녀도 기억을 지우는 것이 옳은 일이라고는 생각하지 않았을 것이다.

"후회가 되는 일을 후회할 수도 없게 돼. 기억을 잃었으니까."

사선으로 곧장 쳐다보는 마키의 시선을 받아냈다.

"언젠가 후회한다 한들 그건 그 사람이 선택한 결과잖아."

"……그렇지."

그러나 후회하는 것도 후회하지 않는 것도 기억이 남아 있을 때 가능한 얘기다. 자신이 선택한 길이 옳았나, 틀렸나 하는 것은 그 사람이 결정하는 것. 그렇게 과거를 돌아보고 판단하고 미래를 살아가야 하는 것이다.

"그러니까 기억을 지우는 것이 가능하다는 게 문제라고, 난 생각해. 기억을 잃으면 후회할 기회조차 없어지는 거잖아?"

기억을 지우는 것은 그 사람이 지금까지 살아온 삶과 앞으로의 삶, 모두를 빼앗아버리는 것이다.

가만히 듣고 있던 마키는 뭔가를 생각하듯이 시선을 바닥으로 옮겼다. 무릎을 끌어안고 잠시 내가 한 말을 반추하는 표정을 지었다.

"별로 깊이 생각해본 적은 없지만……. 그러네, 그렇게 생각할 수도 있겠네."

마키가 그렇게 심각하게 반응하는 건 의외였다.

"그래도 나라면…… 지울 수 있다면 지우고 싶은데. 차인 게 괴롭기 때문이 아니라…… 좋아하는 사람하고 함께 있고 싶으니까. 좋아하는 사람과 함께 있을 수 없게 되는 게 싫으니까."

무릎을 안고 시선을 아래로 한 채 작은 목소리로 마키가 말했다.

마키의 말이 묘하게 마음에 걸렸다. 마키가 그런 말을 하는 게 단지 만약을 가정해서 하는 이야기기가 아니라, 언뜻 자신도 실제로 지워버리고 싶은 기억이 있다는 것처럼 들렸기 때문이다.

만약 마키가 지우고 싶은 기억을 끌어안고 있다면, 혹시라도 지금 끌어안고 있다면…….

그날 밤 마키가 돌아가고 나서, 이코와 DD에게 메일을 썼다. 정보를 제공해줬으니 미사오를 만난 일을 보고하는 게 도리였다.

미사오를 만났지만 그녀는 기억술사에 대해서 전혀 기억하지 못할 뿐 아니라 그 존재를 믿지도 않는 것 같다. 그녀로부터 얻을 수 있는 정보는 없는 것 같다. 그녀의 가족을 만나서 이야기를 했으며, 앞으로 더 이상 만나러 가지 않겠다고 약속했다. 그녀가 기억술사를 접촉했을지도 모른다는 이야기는 다른 곳에는 하지 말아달라고 적고, '그녀를 가만히 놔둬줬으면 해요'라고, 나 자신의 의견도 덧붙였다. 가나메에게 기억술사에 관한 기억이 희미하게나마 남아 있다는 사실도 말하지 않았다. 그것을 밝히면 이코는 틀림없이 가나메를 만나러 갈 것이기 때문이었다.

'몇 사람과 기억술사가 있나 없나를 놓고 대화할 기회가 있었습니다. 기억술사는 의뢰자의 요구에 응할 뿐이다, 기억을 지우는 행위의 옳고 그름은 의뢰자가 생각해야 할 문제가 아니냐 하는 의견들이었습니다. 의뢰자에게는 기억술사는 은인이라거나, 여러 가지 생각할 거리를 준다고들 말하더군요.'

가나메, 미사오, 마키. 제각각의 말을 떠올리면서 키보드를 두드렸다.

"그래도 난 역시 기억술사를 긍정할 수 없습니다. 여러 가지로 생각해봤는데 결론은 변함없었습니다."

줄 바꿔서 'RYO'라고 이름을 쳐 넣었다.

잠깐 생각하고, 이코에게 보내는 메일에만 추가했다.

'추신. 오늘 제가 사는 동네에 온 적 있나요?'

송신.

전원을 끄고 일어섰다.

그러고 보니 오늘은 하루 종일 기억술사에 대해서만 생각한 것 같았다. 기지개를 켜고 달라붙는 생각들을 떨쳐냈다.

오늘은 더 이상 채팅방도 게시판도 들여다보지 않고 자기로 했다.

이코에게서도 DD에게서도 메일 답신이 오지 않았다.

네 번째 에피소드

처음이자
마지막 접촉

대학 식당에 갔더니 교코가 친구들과 함께 있었다.

꽤 오랜만이었다. 헤어스타일이 조금 바뀌었다.

새 헤어스타일이 잘 어울렸다. 이쪽을 돌아보는 교코와 눈이 마주치나 했는데, 그녀의 시선은 나를 그냥 지나쳐 갔다.

그 순간 가슴에서 아픈 감정이 솟아나긴 했지만 이전만큼 세차지는 않았다.

그러나 아픔이 흐려졌다고 해서 없던 것으로 하고 잊을 수는 없었다.

사사 미사오 사건이 있은 이후 기억술사가 나타났다는

이야기는 더 이상 듣지 못했다. 적어도 내 귀에는 들어오지 않았다.

그러나 기억술사 괴담은 지금까지 풍문으로 떠돌던 것 이상으로 여고생들 사이에서 유행하는 모양이었다.

게시판의 글도 늘어났다. 다카하라와 같은 정보원이 없는 지금, 기억술사와 직접 접촉할 만한 이야기는 굴러 들어오지 않았지만, 그 대신 풍문의 범주를 벗어나지 않는 추상적인 정보라면 넘치리만치 들어왔다.

부탁하지 않아도 정보량이 마구 늘어나서 최근 나는 글을 올리거나 채팅에 참가하는 일 없이 보는 것 전문이 되었다.

이전부터 채팅방을 지키던 단골들의 글도 현저히 줄었다. DD는 차치하고라도, 자칭 본격파인 이노키치나 이코도 신참들의 잘난 척하는 글이 횡행하는 속에서 두 손 들었는지 모른다. 한 차례 붐이 가라앉을 때까지 기다리자는 생각이겠지.

나 또한 새로운 정보 없이는 움직일 수 없으니 뭔가를 알아낼 때까지 기다려야 했다.

기억술사와 관련하여 새로 올라온 일련의 정보들을 대충 훑어봤다.

'S라는 여자아이가 기억술사를 만났다는 소문.'

'기억술사의 휴대전화 번호. 입수해서 걸어봤지만 연결이 되지 않았다.'

'휴대전화 설은 가짜야. 가장 가능성이 높은 것은 역의 게시판과 초록 벤치!'

'역 게시판에 연락 기다린다는 기억술사의 메시지가 있었어요! 사진 첨부할게요.'

어느 것이나 다 조잡한 글들이었다. 그러나 소문 속에 진실의 파편이 섞여 있는 경우도 있다.

기억술사를 접촉하는 방법으로 자주 언급되는 것은, 우선 '찾는 사람 앞에 나타난다'고 하는 것. 그것은 사실일 것이다. 인터넷에 기억술사를 찾는다고 어필해놓으면 만날 가능성이 높아진다는 것도 그런 점에서 의미 있는 소문이라 할 수 있었다.

역 게시판에 메시지를 남겨두면 기억술사로부터 연락이 온다는 것도 확률은 낮겠지만, 운이 좋으면 기억술사의 눈에 띌 수도 있을 테니까 시도해볼 가치는 있을 것이다.

녹색 벤치에서 기다리면 기억술사가 나타난다고 하는 것도 제법 오래전부터 끈질기게 도는 소문 중 하나다. 녹색 벤치는 얼마든지 있다. 그중 어느 것이 기억술사의 눈에 띨 것인가. 이것도 복권에 당첨되는 것만큼이나 낮은 확률이지만, 기억술사를 찾는 사람들은 지푸라기에라도 매달리는 심정이다 보니 이런 소문이 도는가 보았다. 비교적 간단한 수단들이라서 시도해보는 사람들이 뒤를 잇는 것 같았다.

하지만 시도해봤다는 글만 계속 늘어나고 실제로 기억술사와 접촉했다는 글이 하나도 없는 것을 보면 신뢰성이 없는 방법이 아닐까. 나 역시 그런 접촉 방법을 시도해본 적은 없었다.

(……그러고 보니 여기 벤치도 초록색이야.)

근처 편의점에 갔다 오는 길에, 겸사겸사 산책이나 하자는 마음에 조금 먼 길을 돌아 가보기로 했다. 평소에 별로 지나다니지 않던 좁은 길가에 공원이 하나 있었다.

공원은 넓었지만 놀이기구는 미끄럼틀과 철봉밖에 없어서 아이들에게는 별로 인기가 없을 것 같았다. 수풀이 우거져 있어서 밖에서는 잘 보이지 않는 것도 근처 주부들이 아이들을 보내고 싶지 않게 만들었을 것이다. 지금도 개를 데리고 산책 나온 초로의 남자 한 명만이 나무 아래 벤치에 우두커니 앉아서 쉬고 있을 뿐이다.

남자가 벤치에서 일어나 개의 목줄을 잡아당기며 걸어

갔다. 엇갈려서 교복을 입은 소녀가 반대쪽 입구에서 공원으로 들어와 남성과 스쳐 지나치며 걸어갔다.

소녀가 벤치 앞에서 멈추는 것을 보고 가슴이 철렁했다. 가만히 보니 미끄럼틀과 벤치가 모두 거무스레한 초록색 페인트로 칠해져 있었기 때문이다.

시선을 느낀 건지, 소녀가 내 쪽을 돌아봤다. 나는 황급히 발길을 돌렸다.

두근두근 심장이 뛰었다. 걷는 사이에 두근거림은 가라앉았지만 왜 가슴이 뛰는 건지는 알 수 없었다.

그 소녀는 기억술사를 만나기 위해 공원에 온 것일까?

그 이후로 지금까지 다니던 큰길을 버리고 공원이 보이는 쪽 길로 지나다니는 게 습관처럼 됐다. 그리고 지나갈 때마다 공원을 들여다봤다.

공원 벤치에 앉아 있는 여중생, 여고생이 자주 눈에 들어왔다. 그렇게 생각을 해서인지 몰라도 하나같이 기억술사를 기다리고 있는 것처럼 보였다. 마키와 같은 학교의 교복을 입은 소녀를 볼 때도 있었다.

초록색 벤치에서 기다리면 기억술사가 온다는 소문이

얼마나 믿을 만한 정보인지는 모르겠다. 그러나 이처럼 연일 벤치에 앉아 있는 여고생을 본다는 것은 그녀들 사이에 그 소문이 그만큼 깊이 침투했다는 얘기다. 애초에는 그저 풍문에 불과했다 하더라도 기억술사를 찾는 사람이 많이 모이는 장소라는 걸 알면 기억술사가 정말로 나타나지 말란 법도 없었다.

공원 입구에 멈춰 섰다.

벤치에서 일어나 이쪽으로 걸어오던 소녀가 우두커니 서 있는 나의 시선을 느꼈는지 내 옆을 지날 때 다른 쪽으로 시선을 돌렸다.

"……실례합니다."

내가 말을 걸자 소녀가 흠칫했다. 그래도 일단 발걸음을 멈추고 나를 봤다.

"……네?"

"저기 벤치에 앉아 있었죠? 누군가를 기다렸나요?"

"아니, 뭐 별로, 그런 게 아니라……."

"난 기억술사에 대해 조사하고 있는 대학생인데요……."

소녀의 얼굴색이 변했다. 거북한 듯이 고개를 숙이고 얼굴이 빨개져서, "나랑은 관계없는 일인데" 하고 중얼거리며 재빨리 멀어져갔다. 나를 경계하는 것 같았다. 지금 당장 얘기를 들어야 하는 상황도 아니니 잡을 것은 없다고 생각했다.

지금까지 소녀들이 벤치에 앉아 있는 것은 봤지만, 그녀들이 기다리는 사람이 나타나는 것을 본 적은 없었다. 풍문은 풍문이다. 진짜 기억술사가 도시전설의 이론대로 움직일 것 같진 않았다.

설령 녹색 벤치 소문이 진짜라 하더라도 이 동네 이 공원 이 벤치에 기억술사가 나타날 확률은 거의 제로다.

하지만 불길한 예감이 드는 것은 왜일까.

공원을 들여다보는 것이 버릇이 된 지 일주일 정도 됐을 때였다.

평소처럼 시선을 준 벤치에 낯익은 교복의 소녀가 앉아 있었다. 자세히 보다가 철렁해서 걸음을 멈췄다.

(마키.)

벤치에 앉아 있는 것은 마키였다.

처음으로 이 벤치에 여고생이 앉아 있는 것을 봤을 때처럼, 그때 이상으로 가슴이 두근거리기 시작했다.

우연일지도 몰랐다. 마키는 하굣길에 무심코 공원에 들

렀다가 그냥 벤치에 앉아본 것일지도 모른다. 그렇게 생각하면서도 왠지 두려워져서 시선을 돌렸다.

누구랑 만나기로 한 걸까. 직접 물어보면 되는데 그럴 수가 없었다.

마키에게 등을 돌리고 걸음을 내디뎠다. 재빨리 걸어가면서 윗옷 목 부분을 꽉 붙잡았다.

*

메일 답이 오지 않았다. 이코에게서도, DD에게서도.

채팅방에 가봐도 두 사람의 이름을 볼 수 없었다.

나처럼 입실하지 않고 보고만 있는 건지도 모른다 싶어서 딱 한 번 입실해봤지만, 'RYO'라는 이름을 본 사이트 관리인인 닥터가 입실했을 뿐이었다.

두 사람에 대해 물어봤지만 닥터도 아는 게 없었다.

닥터: 최근에 잘 안 들어오네요. 보고만 있는 것 같지도 않고. 지금 기억술사 관련 채팅방이 너무 뜨거우니까 식을 때까지 기다릴 작정 아닐까요?

이코는 분명 그럴 타입일지도 모른다. 그러나 DD는 어느 쪽인가 하면, 떠들썩한 걸 좋아하고 남들보다 한 발 앞서 기억술사 관련 정보를 좇은 것을 자랑하며 채팅방에서 선배인 양 굴 타입이었다. 메일의 답이 오지 않는 것도 이상했다. 애당초 메일을 읽었는지도 알 수 없었다.

이코와 DD는 둘 다 메일 주소가 프리메일로 되어 있고, 송신자 이름도 'ICO', 'DD'로 되어 있다. 이런 종류의 프리메일은 방치해두면 한 달 전후로 지워져버리기 때문에, 만약 그렇게 되면 연락을 취할 수단이 없어진다.

오프 모임을 했을 때 휴대전화 번호 정도는 물어볼걸 그랬다고 이제 와서 후회했다.

설마 그럴 리는 없겠지만 혹시나 하는 마음도 있었다.

예를 들어, 예를 들어…… 이코와 DD도 그런 이름으로 채팅에 참가했던 사실을 잊어버렸다면. 전용 프리메일 주소와 패스워드도 잊었고 그래서 내가 보낸 메일도 안 본 거라면.

나에 대해서도, 기억술사에 대해서도 잊었다면?

(……지나친 생각이야.)

고개를 흔들었다.

가정해본 것뿐이다. 두 사람이 기억술사에 대해 흥미를

가졌다는 사실은 채팅방을 들여다보면 쉽게 알 수 있는 일이지만, 그것들은 모두 익명을 보장하는 인터넷상에서의 일이다. 오프라인에서의 접촉 방법을 모르는 것은 나만이 아니라 기억술사도 마찬가지일 것이다. 두 사람의 얼굴과 본명과 주소까지 밝혀내서 기억을 지운다는 게 가능할까?

지나친 생각이라고 넘겨버리고 싶었다. 이코나 DD가 짧은 메일 한 통만 보내오기라도 하면 마음이 놓일 텐데.

(인터넷상에서 접촉이 불가능하다면 직접 만나러 갈 수밖에 없어.)

그렇게 생각하고 일어섰다.

이코와는 어떻게 만나야 할지 몰랐지만, DD는 사사 미사오가 다녔다는 K 대학병원의 꽃집에서 아르바이트를 한다고 했다. 번개를 할 때는 분명 그곳에서 일하고 있었다. 지금도 그만두지 않았다면 분명 그곳에서 만날 수 있을 것이다.

재킷을 들고 그대로 방에서 나왔다.

전철과 버스를 갈아타고 병원 앞 버스 정류장에서 내려서 두근거리는 마음을 누르고 심호흡을 했다. 천천히 다가

가니 병원 입구 근처에 유리로 된 오두막 같은 꽃집이 보였다. 아직 영업 중이었다.

베이지색 앞치마를 두른 젊은 남자가 튤립 꽃다발을 만들고 있었다. 병원의 꽃집에는 좀 안 어울린다 싶은 밝은 머리 색깔이 눈에 익었다.

(DD.)

얼굴을 확인하고 나니까 안심이 됐다. 그러고 나서도 조금 가슴이 두근거렸지만, 한 번 더 심호흡을 하여 가라앉혔다.

"……안녕하세요."

말을 걸자, 가위로 튤립 줄기를 자르려던 DD가 얼굴을 들고 붙임성 좋게 "어서 오세요" 하고 말했다.

"병문안용 꽃이 필요하신가요?"

"아뇨……. 저, 나, RYO입니다. 기억나세요?"

"네?"

꽃집 로고가 들어간 앞치마 자락에 손을 닦으면서 DD가 자세를 바로 했다. 왠지, 다시 나의 심장 박동이 빨라졌다. ……딱 한 번 오프 모임에서 만난 것뿐이니까 얼굴을 잊더라도 이상할 것 없었다.

스스로를 타이르듯이 그렇게 생각하면서 "요전번에 번

개에서" 하고 덧붙였다. DD는 고개를 갸우뚱했다.

"서클요? 그게 아니라면?"

"도시전설 채팅방에서요."

"도시전설요?"

두근거림이, 가라앉지 않았다.

발끝부터 불안과 공포가 스며드는 것 같았다.

"아, 그러고 보니까 그런 게 내 웹서핑 히스토리에 있었어요, 도시전설인지 뭔지 하는 사이트. 하지만 기억이 안 나는 걸 보면 아마 동생이 멋대로 내 컴퓨터를 쓴 걸 거예요."

쿠쿵, 심장이 다시 한 번 크게 뛰었다.

"그러니까, 뭔지…… 잘 모르겠지만 나하고 동생을 착각한 거 아닌가요? 아니면 동생이 나인 척한 걸지도! 여기서 아르바이트한다는 말까지 했어요? 그, 채팅방에서?"

웃는 얼굴의 DD에게 대꾸할 말이 없었다. 오른손가락을 꽉 쥐었다. 손가락이 차게 얼어가는 것 같았다. 손가락만이 아니라 심장까지 언 것처럼 몸이 떨려왔다.

침착해. 생각하지 마. 지금은 생각하지 마. 생각하면 두려움 때문에 움직일 수 없게 될 거야.

"……죄송합니다. 저, 마지막으로…… 하나만 더 물어봐도 될까요?"

비명을 지르고 싶을 만큼 무서운데도 목소리만은 왠지 냉정했다.

"뭐죠?" 하는 DD에게 마지막 질문을 했다.

"기억술사라고 혹시 압니까?"

희미한 희망과 강한 예감을 품고.

"기억술사? 그거 영화 제목이에요? 모르겠는데요, 죄송합니다." DD는 말했다.

나는 그의 본명을 몰랐다. 그리고 그는 이제 'DD'가 아니었다.

                    *

기억이 지워진 사람을 본 것이 처음은 아니었다. 상대가 나를 잊고 못 알아보는 것도 이것으로 세 번째. 그래도 충격은 강했다.

당연히 나를 알고 있어야 할 상대가 어안이 벙벙해서 모르는 사람을 보는 눈으로 나를 보다니.

오싹했다.

틀림없었다. DD는 기억이 지워진 거였다.

어쩌면 이코도?

확인해보고 싶지만 인터넷상의 연결 고리가 끊어지면 찾을 방법이 없다. 어딘가에서 우연히 만난다 하더라도 그녀는 나를 기억하지 못할 것이다.

마키와 어머니가 집 근처에서 이코를 봤다고 했다. 그녀라면 분명 뭔가를 찾고 있었을 것이다. 그것이 기억술사의 눈에 띄었는지도 모른다.

처음에는 교코, 다음은 다카하라의 사무실에서 본 나나미라는 소녀, 그리고 DD. 이코도 넣어서 네 명……. 아니, 어린 시절의 마키를 맨 처음으로 치면, 다섯 명째. 내가 아는 사람들이 기억을 잃고 있다.

우연일 수가 없다.

마치 나를 코너에 몰아넣고 경고하는 것처럼 기억술사는 한 걸음씩 거리를 좁혀오고 있었다.

내가 기억술사에 대해서 조사하고 있다는 것을 기억술사가 알고 있는 게 분명했다.

(언제부터? 어떻게 알았지?)

기억술사에 대해서 조사하고 있다는 이야기는 다카하라나 이코 정도에게밖에 말하지 않았다.

사이트에 글을 올리거나 채팅하는 것을 감시당했을 가능성은 있다. 기억술사가 자신에 대한 글을 올려놓은 도시전설 사이트에 드나들었다 해도 이상할 게 없었다.

만약 채팅방엘 들어왔다면 채팅 로그에서 번개를 하기로 했다는 것 정도는 충분히 알 수 있었을 것이다. 번개를 하기로 결정하고 나서부터는 참가 멤버와 개별적으로 메일을 주고받았으므로 언제 어디서 만나는지는 알 수 없었을 것이다.

(어디에서 새어 나갔지? 번개 참가 멤버가 누군가에게 말했나?)

누군가 한 사람만 확인되면 그다음은 줄줄이 알 수 있다. 서로의 메일 주소를 등록해놨을 것이고, 번개를 한 날의 일정을 알면 그 한 명만 미행하면 된다. 어쩌면 그날 기억술사는 가까이에 몸을 숨기고 우리가 하는 이야기를 듣고 있었을지도 모른다. 그러나 누군가에게 번개에 대해 이야기했는지 확인하고자 해도, 이미 DD나 이코에게는 그 기억이 남아 있지 않을 것이다.

사람의 기억을 지울 수 있는 괴인이 내 행동을 감시하고 있다. 언제든지 손이 닿는 곳에 그가 있다.

그런 생각이 들자 오싹했다.

하지만 지금 물러난다고 해서 아무 문제가 없을 것인가. 지금까지 알아낸 것을 모르는 것으로 하고 기억술사를 추적하는 것을 그만두면, 이제 더 이상 아무 일도 일어나지 않을 것인가. 그렇다는 보장은 어디에도 없었다.

오히려 그만큼 나는 진실에 다가간 게 아닐까. 기억술사가 막으려 할수록, 위험을 느낄수록, 기억술사가 생각하는 진실에 가까이 다가간 게 아닐까.

일단 시작한 이상 물러난다 하여 공포와 불안이 사라지는 것은 아니다. 그렇다면 이제 계속 나아가는 수밖에 없다.

무서워하지 마.

나 자신을 격려하면서 걸었다. 공원 앞에 다다라서 초록색이 벗겨지기 시작한 벤치를 봤다. 오늘은 아무도 앉아 있지 않았다. 그 대신 공원을 가로질러 이쪽으로 걸어오는 교복 차림의 소녀와 눈이 마주쳤다.

아, 지난번에 벤치에 앉아 있던.

말을 걸자 도망치듯이 가버렸던 그 소녀였다. 오늘도 기억술사를 기다리는 걸까?

"······저."

스쳐 지나가는 그녀를 돌아보고 말을 걸었다.

소녀는 멈춰서 "네?" 하며 돌아봤다.

"죄송합니다······. 요전번에 한번 만났죠?"

또 귀찮아하리란 것을 감수하고 그렇게 말을 걸자 소녀

는 의아해하며 미간을 찌푸렸다.

"그런가요……?"

"그때는 실례했습니다. ……기억술사를 기다리고 있느냐고 물어봤는데, 기억 안 나세요?"

"기억술사?"

소녀는 골똘히 생각에 잠겼다가 말했다.

"기억술사라니…… 최근에 유행하는 그거 말인가요?"

'왜 그런 말을?' 하는 표정이었다.

(또구나.)

쓱 하고 등이 얼어붙는 감각, 그것도 처음은 아니다.

이제 어떤 말이 이어질지 알고 있다.

"사람을 잘못 본 것 아니에요? 그런 거에는 별 흥미 없는데요."

"실례합니다" 하고 그대로 걸어가버리는 그녀에게 더 이상 말을 걸 수도 없었다.

한동안 그 자리에 서서 덮쳐오는 공포를 누르며 호흡을 가다듬었다.

무서워하지 마, 무서워하면 꼼짝도 못 하게 돼.

그 말을 몇 번이나 반복했다.

천천히 얼굴을 들었다.

아무도 없는 공원을 봤다. 초록색이 벗겨져가는 벤치를 봤다.

공원을 사이에 둔 건너편 거리를 누군가가 지나갔다. 문득 이쪽을 쳐다보는데 아는 얼굴이었다.

"마키……."

내가 중얼거린 것과 거의 동시에 마키도 나를 알아본 듯 얼굴에 확 웃음이 번졌다.

"료 오빠!"

반대편 공원 입구로 들어와 힘차게 손을 흔들며 다가오는 마키의 모습에 공포와 위기감이 솟아올랐다.

주위 사람들의 기억이 지워지는 것이 나에 대한 견제라고 한다면.

(다음에는 누구의 기억이 지워질까.)

달려오는 마키의 통통 튀는 발걸음을 보고 있자니까, 지우고 싶은 기억을 끌어안고 있는 것으로는 보이지 않았다. 내 걱정은 기우인 것 같았다. 마키가 초록색 벤치에 앉아 있던 것은 기억술사를 기다렸던 게 아닐지도 몰랐다. 그저 우연일 뿐이라고, 내가 지레짐작한 것이라고 생각하고 싶었다. 그래도 만약에 마키가 기억술사를 만나고 싶어 한다면 반드시 만나게 될 것이다.

내가 막지 않는다면.

"지금 집에 가는 거야? 같이 가자!"

팔을 잡아끄는 대로 같이 걸어가면서 웃는 얼굴의 마키
를 비스듬히 내려다봤다.

정신을 차려야 해.

*

십 년 전 내가 초등학생일 때, 우리 집 비스듬히 맞은편
에 마키네 가족이 집을 짓고 있었다. 집을 짓는 동안 마키
는 어머니 아버지와 함께 할아버지 댁에 머물고 있었다.
집이 다 지어지면 같이 살기로 되어 있던 외할아버지 외할
머니도 근처에 아파트를 빌려서 지내고 있었다.

마키는 그날 외할아버지네 아파트에 들렀다가 공사 중
인 새집을 보러 와서 우리 집에서 점심을 먹었다. 점심을
먹은 후 나는 할아버지네로 돌아가는 마키를 데려다줬다.

마키의 어머니는 나의 어머니와 대학 시절부터 친구라
서 옛날부터 가족이나 다름없이 지냈기 때문에 나 역시 마
키를 자주 돌봐줬다.

나는 마중 나온 마키의 할머니에게 인사를 하고 마키와

함께 마키의 어머니가 있을 이 층으로 올라갔다.

그래서.

거기서.

마키의 어머니 아버지가 나누는 대화를 들었다.

"미안해요. 앞으로 두 번 다시 그 사람과 만나는 일은 없을 거예요."

"부탁이야, 마키한테는……."

벌써 십 년이나 지난 일이다.

매우 진하게 남았던 그 기억도 퇴색되어 희미해졌다.

하지만 그때 당장에라도 울음을 터뜨릴 것같이 일그러지던 마키의 얼굴만은 지금도 잊을 수 없다.

마키의 그런 표정을 본 것은 그게 처음이었고 또한 마지막이었다.

마키에게 그런 표정을 짓게 한 일을 마키는 다음 날에는 완전히 잊어버렸으니까.

거무스레한 초록색 페인트로부터 눈을 들었다.

처음 앉았을 때에는 싸늘하게 느껴졌던 벤치도 어느새

체온으로 따뜻해졌다.

그렇게 생각해서일까. 때때로 거리 저편을 지나가는 여고생들이 이쪽을 보고 있는 것 같아서 거북했다.

여기 앉아서 기다린다고 해도 기억술사를 만날 수 있다는 보장은 없었다. 그러나 적어도 내가 여기 앉아 있는 동안은 이 벤치에서 다른 누군가가 기억술사와 만날 일은 없다.

기억술사는 내 가까이에 있다고 확신했다.

나는 과거에 기억이 지워져봤으니까 기억술사는 나를 보면 내가 누군지 알 것이다. 이코나 DD의 기억이 사라진 것을 보면, 내가 한번 기억이 지워졌음에도 여전히 자신에 대해서 조사하고 있다는 것을 기억술사는 알고 있겠지.

(그런데도 나와 직접 접촉하려 하지는 않네.)

이유를 모르겠다.

내가 자신의 정체에 거의 다가가서 기억술사가 나의 존재에 위기감을 느끼는 거라면, 얼른 내 기억을 지워버리면 된다. 그게 아니라면, 그렇게 하기 힘든 무슨 이유라도 있는 걸까.

(어쩌면 내가 아는 사람……?)

문득 떠오른 생각이었지만, 지금까지 생각해보지 않은

것이 이상할 정도로 있을 법한 얘기였다.

기억술사 풍문의 발신지가 이 근처라는 점을 생각하면, 기억술사와 나 사이에 나도 모르는 교류가 있었다 해도 이 상할 게 없었다. 그게 아니더라도, 내가 자신에 대해서 조 사하고 있다는 것을 알게 된 기억술사가 내게 접근하여 기 억을 지울 기회를 엿보고 있거나, 내가 아직 자신의 정체 를 알아챌 것 같지는 않다고 여겨 그냥 지켜보고 있는 건 지도 모른다. 이름도 모르는 사람의 기억을 지우는 것은 어떨지 몰라도 잘 아는 사람의 기억은 지우기 힘들 것이 다. 자신의 정체가 드러날 수 있다는 위험도 있고 심정적 으로도 망설여질 수 있다.

(그렇다면 누구지?)

내가 기억술사에 대해서 조사하고 있다는 것을 아는 사람.

나는 기억술사에 대해서 알고 싶다고 동네방네 떠들고 다닌 적이 없다. 그러나 나는 도시전설을 다루는 사이트 중에서 가장 활발히 활동하는 곳에 글을 올렸다. 인터넷상 의 정보는 누구라도 볼 수 있다.

(예를 들어 처음부터 기억술사가 자신의 정체를 숨기고 채팅 에 참가했다면.)

사이트 관리인인 닥터와 채팅방의 단골 멤버들, 그중에서도 오프 모임에 참가한 이코와 DD는 첫 번째 용의자다.

한편, 오십 년도 더 전에 기억술사에 대한 풍문이 있었다는 것을 생각하면 기억술사는 상당히 고령일 수도 있다. 그렇다면 이코와 DD는 용의선상에서 벗어나게 되나? 아니, 기억술사는 나이와는 무관한 인간 외적인 존재일지도 모른다. 혹은 오십 년 전의 기억술사와 내 주위에 출몰하는 기억술사는 별개의 사람, 즉 처음부터 복수의 기억술사가 존재할 가능성도 있다.

게다가 기억술사는 여자였던 것 같다는 증언도 있었다. 남자인가 여자인가, 노인인가 젊은이인가. 상대는 도시전설의 괴인이다. 고정관념은 버리는 게 좋을 것 같았다. 이럴 때는 확정적이지 않은 정보도 힌트가 된다.

(내가 기억술사를 조사한다는 것을 알고 있고…… 오프 모임 멤버와 접촉할 수 있으며…… 여성일 가능성이 높다.)

떠오르는 얼굴이 있었다.

도시전설 사이트를 체크하면서 기억술사의 정체에 흥미를 갖는 사람을 감시했고, 적극적으로 움직이는 사람에게는 오프 모임에서 협력자인 척 접근하여 개인정보를 조사했다.

그녀를 집 근처에서 봤다고, 어머니와 마키가 말했다.

DD와 이코의 기억이 지워진 것은 기억술사의 정체에 지나치게 가까이 다가갔기 때문이라고 생각했다. DD의 경우는 만나서 확인했으므로 확실히 그렇다고 할 수 있다. 하지만 이코는 만나지 못했다.

(아니, 아직 몰라. 단정하는 것은 위험해.)

이코의 얼굴이 떠올라서 오싹했지만 무조건 이코라고 단정하면 다른 가능성을 놓칠 수 있다.

이코 말고도 기억술사에 관한 정보 모두가 맞아떨어지는 누군가가 있을지도 모른다. 혹시 사이트 관리인인 닥터가 고령의 여자이며 기억술사일지도 모른다.

경계하면서 주위를 둘러봤다. 이 벤치에 앉아 있던 소녀가 기억을 잃었다는 것은 이 공원도 기억술사의 활동범위 안에 있다는 걸 의미한다. 이코는 바로 알아볼 수 있지만, 닥터나 다른 채팅방 단골 멤버의 얼굴은 모른다. 길 가는 사람 누구라도 기억술사일 수 있다고 생각해야 한다.

내가 벤치에 있는 것을 보면 기억술사 쪽에서 다가올지도 모른다.

기억술사와 대면하는 것은 두려운 일이었지만, 내가 모르는 곳에서 마키와 기억술사가 만날 것을 생각하면, 그쪽이 더 두려웠다.

나를 예의 주시하는 기억술사가 나의 소꿉친구인 마키가 벤치에 앉아 있는 것을 그냥 내버려둘 리 없었다.

만약에 마키가 또다시 그 옛날의 표정을 하고 나를 올려다보면서 '무슨 일이야?'라고 한다면, 더 이상 버티지 못할 것 같았다.

오늘 아침에도 벌써 몇 번을 반복해서 꾼 그 꿈을 다시 꿨다. 아이와 아이에게 접근하는 어른, 멀리서 울리는 경적 소리, 어슴푸레한 건물 안, '도망쳐'라고 마음속에서 외치는 나.

그 아이는 마키일지도 모른다. 마키에게 위험이 덮치리란 것을 꿈이 예고하는 걸까? ……그게 아니라면 기억술사와 정면으로 마주하기로 결심한 다음 날 꾼 꿈이었으니 그냥 나 자신의 우려가 꿈에 나타난 것일까?

상식적으로 생각하면 후자일 터이지만 나는 이상하게도 그 꿈은 뇌가 만들어낸 영상이 아니라 실제로 일어난 일에 대한 기억이 아닐까 하는 생각이 들기 시작했다.

어찌 됐건, 지금은 지나치다 싶을 정도로 의심하고 또 의심해야 한다. 기억술사와 맞서 싸울 작정이라면 철저해야 한다.

마키는 이제 그 시절과 같은 어린아이가 아니다. 마키가 여기서 기억술사를 기다렸다면 그것은 그녀 자신의 의사에 따른 일일 것이다.

내가 지금 이러는 걸 마키는 괜한 간섭이라고 생각하겠지만 그래도 그녀의 기억이 지워지게 놔두고 싶지 않았다.

내가 마키보다 먼저 기억술사와 접촉해야 한다. 그래서 지금 이 벤치에 앉아 있는 것이다.

믿고 싶지 않지만, 그리고 기억이 지워져서 생각이 나지도 않지만, 나는 적어도 한 번은 기억술사를 만났을 것이다.

그러나 내가 기억하는 한은 이제부터가 최초의 접촉이다. 그리고 반드시 그것이 마지막이 되게 할 것이다.

청바지 위에서 주먹을 꽉 쥐었다. 생각을 이어가다 보면, 무서워서 견딜 수 없는 순간이 있다. 그 두려움의 파도가 밀려들기 전에 생각을 멈추고 반복해서 나 자신에게 말했다. 도망치지 마, 무서워하지 마.

도망칠 수 없는 이유만 몇 번이고 다시 생각했다,

(료 오빠?)

기억을 잃고, 놀라는 나를 올려다보던 어린 마키.

"료 오빠?"

기억 속의 어린 목소리와 그다지 다르지 않은, 높은 톤의 목소리가 내 이름을 불러서 얼굴을 들었다.

교복을 입은 마키가 앞에 서 있었다.

*

"무슨 일이야? 오빠가 왜 이런 데 앉아 있어?"

학교가 끝나 집에 가는 길인 모양이었다. 한 손에는 가방을 들고 다른 한 손으로 추운 듯이 코트 앞자락을 여미고 있는 마키는 벤치에 앉아 있는 나를 신기하다는 듯이 봤다.

그래, 기억술사보다 먼저 마키를 만날 가능성도 있었지.

앉은 채로 멍하니 올려다보며 대답했다.

"……기다리고 있었어."

"누구를?"

"잘 모르겠어."

"무슨 소리야……."

마키는 눈을 동그랗게 뜨고 나를 봤다. 평소의 나답지 않다고 생각하는 것 같았다.

"……잘 모르겠지만, 누구를 기다리는 거라면 나는 가는 게 좋겠네."

"……아니, 너도 기다렸거든."

"나? 어, 왜?"

내가 대답을 안 하니까 마키는 어쩌나 하는 얼굴로 잠시 서 있다가 드디어 조금 거리를 두고 내 옆에 앉았다.

학교 지정 가방을 무릎 위에 놓고 진회색 더플코트 아래 스커트 주름을 몇 번이나 정돈한다. 앉아 있기가 거북한 모양이었다. 늘 일방적으로 떠들며 다가오던 마키가 그러고 있는 것이 왠지 우스꽝스러웠다.

내가 웃는 것을 알았는지 마키는 "뭐야" 하며 입을 삐쭉 내밀었다.

"여기 벤치에서 기다리면 기억술사를 만날 수 있대. 너 알고 있었니?"

"……딱히 '여기'라기보다는 '초록색 벤치에서 기다리면'이라는 풍문이지? 알아. 우리 학교에서 모르는 아이 쪽이 더 적을 정도인걸."

"너도 전에 여기 앉아 있었지?"

앞을 보고 있던 시선을 천천히 마키에게로 돌렸다.

"기억술사를 기다렸던 거니?"

이 질문은 달리 표현하면 지우고 싶은 기억이 있느냐는

질문이었다.

마키는 입을 다물고 나를 외면했다.

그것은 반쯤은 그렇다는 대답이다.

"뭣 때문에 그랬느냐고 묻지는 않을게. 그래도 말이지, 기억술사한테 그렇게 부탁할 수밖에 없는 거니? 기억을 지운다는 거, 그게 어떤 건지 알아? ……현실에서 있었던 일을 자신의 기억 속에서 사라지게 한다는 게 어떤 건지 알아? 그렇게 한다고 해도 정말로 없었던 일로 될 수는 없는 거야. 그런데 자신만 그것을 기억하지 못한다는 거, 그건, 굉장히."

굉장히 무섭거나 외로운 거잖아?

그렇게 말하려는데 말이 목구멍에 걸렸다.

나는 나 자신의 기억이 없어진 걸 알았을 때 무척 무서웠다. 내가 직접 체험한 것을 다른 사람이 아닌 나 자신이 기억하지 못한다는 사실에 오싹했다.

교코가 나를 잊어버렸다는 것을 알았을 때도 그랬다. 무서웠고 슬펐고 외로웠다.

내 기억이 사라진 것도 아닌데 상실감이 느껴졌다. 나라는 인간의 존재 자체가 지워져버린 것 같았다.

"돌이킬 수 없는 일이니까…… 잘 생각했으면 좋겠어.

싫은 기억만 지워서 개운한 해피엔딩을 만든다고? 그런 식으로는 안 될 테니까."

여전히 입을 다물고 있는 마키의 얼굴을 슬쩍 봤다.

항상 먼저 나한테 달라붙어서 말을 걸어오던 마키가 이러고 있다니, 예상치 못한 일이었다.

내가 하는 말이 마키에게 가 닿고 있는지 어떤지 알 수 없는 상태에서 계속해서 말하려니 에너지가 필요했다. 그동안 내가 마키의 얘기를 제대로 들어주지 않았던 게 조금 후회됐다.

이미 너무 늦은 거니? 내가 할 수 있는 건 없는 거니? 기억술사만이 널 도와줄 수 있다는 거니?

하고 싶은 말은 산처럼 많았지만 그런 말을 해도 좋을지 어떨지 알 수 없었다. 나에게 그런 자격이 있는 건지도 알 수 없었다.

"……기억이란 과거에 있었던 일의 조각 같은 거잖아? 그것이 쌓이고 겹쳐져서 경험이랄까, 그런 게 되어서 사람을 만드는 거잖아. 그 조각이 쌓이고 겹쳐져서 하나의 형태를 만들었는데 그중 하나가 갑자기 사라지면 원래 모양도 잃게 되는 거라고 난 생각해. 그 한 조각 위에 겹쳐져 있던 다른 조각까지 전부…… 흩어져서 형태가 바뀌고."

최종 결정은 마키가 할 거라는 것을 알지만 그래도 내가 해야 할 일이 있었다.

교코한테 못 했던 것을 마키에게 하려고 하는 것인지도 모른다.

숨을 한번 들이마셨다 내뱉으며 이제부터 하려는 얘기에 대한 각오를 다졌다.

"지금 여기 있는 네가 내 기억에서 없어진다면 나도 온전한 내가 아니게 되는 거야."

완강하게 시선을 돌리고 있던 마키의 얼굴이 한순간 울음을 터뜨릴 것처럼 일그러졌다.

"……비과학적인 도시전설 같은 거 안 믿는다며?"

"……하지만 너는 믿지?"

"……."

무시당했다고 생각하는지 마키는 이 상황에서도 확실한 긍정을 하지 않는다. 나는 도료가 벗겨지기 시작한 철봉으로 시선을 옮겼다.

"……나는 '믿는다'가 아니야. '안다'야. 기억술사는 확실히 존재해."

나의 시선을 따라 철봉으로 시선을 주던 마키가 깜짝 놀란 듯이 나를 봤다.

"기억 안 나겠지만…… 너도 꼬맹이 때 기억술사를 만났어. 옛날에 너희 집을 짓고 있을 때, 넌 할머니 집에 살았지?"

마키는 느닷없이 무슨 얘기냐는 표정을 지었다.

안심시키듯이 조금 웃어 보이고 나서 계속했다.

"그날 넌 외할머니네 아파트에 들렀다가 우리 집에서 밥을 먹고…… 나랑 같이 할머니 댁으로 갔어. 그때 이런저런 일들이 있어서 네가 울음을 터뜨렸고, 어떻게 해야 좋을지 모르던 나는 할 수 없이 너를 다시 외할머니네로 데려갔어. ……기억 안 나?"

마키는 고개를 옆으로 저었다.

"할머니 댁에서 지내던 때의 일은 별로 기억이 안 나……. 어렸을 때잖아."

"아아, 그건 당연하지만…… 그날의 일은 그렇게 쉽게 잊을 수 있는 게 아니었어. 실제로 난 그때 그 일을 지금까지도 꽤 기억하고 있거든."

"……."

"너한테 얘기해도 좋을지 지금도 망설여지지만…… 말해도 될까?"

"얘기도 안 해주면서 나보고 어떻게 대답하라고……."

"그렇지."

쓴웃음을 지었다. 마키는 긴장한 얼굴이었다. 나는 마키가 긴장하지 않고 들을 수 있게 하자는 생각에 표정을 부드럽게 풀었다.

마키로서는 쇼크일 수 있는 이야기였다. 되도록 충격을 줄일 수 있게 말을 아껴가며, 그러나 기억술사가 무슨 짓을 했는지에 대해서는 충분히 이해할 수 있도록 전해야 했다.

말을 고르면서 계속했다.

"……할머니 댁에 도착해서 둘이서 이 층에 올라갔는데, 말소리가 들렸고…… 그게 좀 충격적인 내용이었어. 둘 다 아직 꼬맹이였지만 어쩐지 느낌으로 알 수 있었어……. 어떤 의미인지, 지금처럼 확실하진 않았어도 말이야. 네가 당장에라도 울음을 터뜨릴 것 같았고, 어쨌든 거기 그냥 있을 수가 없어서 그대로 널 데리고 집을 나왔어. 어떻게 해야 좋을지 몰라서 우물쭈물하는데 네가 본격적으로 울음을 터뜨렸고."

그때는 나도 아직 아이라서 마키에게 무슨 말을 해야 좋을지 몰랐다. 어른이 도와주길 바랐지만, 어른에게 얘기해서는 안 될 일이라는 생각도 들었다.

마키는 넘어져서 울 때와는 다르게 거의 소리를 내지 않고 그저 흑흑 흐느껴 울었다. 보고 있는 것만으로도 마음이 아팠다. 누가 좀 도와주기를 바랐다.

마키도 분명 그렇게 생각했을 거다.

"집에 다시 들어가자고 설득했지만 듣지를 않아서…… '집이 싫으면 우리 집에 갈까? 아니면 외할머니 집에 갈래?' 하고 물었어. 그래서 외할머니 댁 아파트 앞까지 너를 데려갔고…… 난 그대로 집으로 돌아왔지."

지금은 후회하고 있다. 마키를 집 안까지 데리고 들어가지 않았던 것을.

마키가 언제 기억술사를 만났는지 정확히는 모르지만, 어쩐지 나와 헤어진 직후가 아닐까 싶었다.

"다음 날 나랑 만났을 때, 넌 할머니 댁에서 있었던 일을 전혀 기억하지 못했어. 내가 놀라니까 오히려 무슨 일이냐고 물었어. 나는 무서워져서…… 그 이상 아무것도 못 물어봤어. 네 할아버지 할머니한테도 외할아버지 외할머니한테도 못 물어봤어. 그때 확인했으면 알 수 있는 것들도 있었을 텐데……."

그때의 일을 잊어가고는 있었지만 그때 느꼈던 막연한 공포는 여전히 내 안에 갇힌 채로 남아 있었다.

"갑자기 이런 말을 해도 믿을 수 없겠지만…… 너는 기억술사를 만났던 거야. 그렇게 어린 네가 그런 식으로 아무 일 없었던 척 연기를 했을 리 없어. 머리라도 부딪쳤나, 쇼크로 잊어버렸나 생각했지만…… 역시 아니었어. 넌 기억이 지워졌던 거야."

그때 느낀 공포와…… 뭐라 표현하기 힘들었던 '안 좋은 기분'은 교코의 일로 단숨에 되살아나 지금까지 나를 쫓아다니고 있다.

그런데 같은 방식으로 또다시 마키를 빼앗길 수는 없다. 사라져버리는 것은 기억만이 아니다. 기억이 사라지면 지금 현재 존재하는 마키가 사라질 뿐만 아니라, 마키 안에 존재하는 나도 사라지고, 마키를 구성하는, 마키와 관련된 모든 사람들과 함께한 시간이 갖는 의미도 한꺼번에 사라져버리는 것이다.

괴로워도 리셋 같은 건 할 수 없다. 그건 애초에 불가능한 일이다.

기억술사가 하는 일은 속임수다.

"나도 아마 기억술사를 만났을 거야. 기억나지 않는 게 있어. 그걸 깨달았을 때는 굉장히 무서웠어. 우연한 계기로 그 사실을 알게 됐는데, 그렇지 않았다면 잊어버렸다는 사실조차 모르는 채 지냈을지도 몰라······. 잊었다는 사실 조차 모르고 산다는 건 그것대로 역시 무서운 일이야. 그 기분을 뭐라고 설명해야 할진 모르겠지만."

마키는 꼼짝 않고 나를 바라봤다. 그 표정에서 당혹스러움을 읽을 수 있었다.

하지만 내 말을 진지하게 듣고 있다는 것은 분명했다.

"네 경우는 정말 옛날 일이니까, 이제 와서 무섭다든가하는 생각을 안 할지도 모르지만······ 그래도 생각해봐. 지금 당장은 뭔가 잊고 싶은 것이 있고 그것만 잊으면 마음에 걸리는 것 없이 살아갈 수 있을 것 같으니까, 지워버릴수 있다면 정말로 좋겠다고 생각할지 모르지만, 그건 무서운 일이고 안타까운 일이고 슬픈 일이야."

마키는 어렸을 때에도 기억술사의 전설을 들어서 알고있었다. 그러나 어린아이였던 마키가 부모님의 일로 혼란에 빠진 상태에서 직접 기억술사에게 기억을 지워달라고의뢰했을지는 의문이다. 기억술사가 떠올랐다 하더라도어떻게 접촉할지 방법을 알고 있었을 리 없다.

기억술사 쪽이 마키를 발견한 거다.

"기억술사는 의뢰를 받아서 기억을 지울 뿐이라고들 하지만······ 그 무렵의 너는 아직 어려서 직접 기억술사에게 의뢰할지 말지를 판단할 수 있는 나이가 아니었어. 그런 아이의 기억을 지웠다는 것은 기억술사는 당사자로부터 의뢰를 받지 않아도 기억을 지운다는 거야. 그리고 어떤 식이 됐든 일단 기억술사와 한 번이라도 관련을 가지게 되면 그 뒤로 쭉 주시당할 수도 있어."

내가 그런 처지에 있다고는 말하지 못했다.

"그런데도 정말로 기억술사한테 기억을 지워달라고 의뢰할 수밖에 없는 거니? ……지워버리는 것 말고는 너의 고민을 해결할 수 없는 거니?"

드디어 말했다. 책망할 생각은 없었다. 그렇게 들리지 않도록 주의해서 얘기하려고 했는데, 마키는 고개를 푹 숙였다.

다른 사람한테 가볍게 말할 수 있는 고민이라면 기억술사에게 의뢰할 생각도 하지 않았을 것이다.

"……미안, 느닷없이 이런 얘기를 꺼내서 혼란스럽지? ……나도 혼란스러워. 먼저 내 머릿속이 정리되고 나서 얘기해야 했겠지만 네가 기억술사를 만나기 전에 얘기해야겠다는 생각에 그만."

설득해낼 자신은 없었다. 하지만 설득해야만 했다. 붙들어 매서라도 기억술사와 못 만나게 하고 싶었다. 내 주위에서 또다시 기억을 잃는 사람이 나오는 건 견딜 수 없다.

어떻게 하면 내가 하는 말을 알아들을까 하고 초조해할수록 내 말이 허공에 붕 떠서 전달되지 않는다는 느낌이 들었다.

냉정하게 논리적으로 설득해서 이해시켜야 했는데.

휙 앞머리를 쓸어 올려 눌러 뭉개면서 양손을 이마에 대고 하늘을 올려다보며 숨을 내뱉었다.

"……너를 걱정해서 하는 말이기도 하지만, 아마도 내가 싫어서일 거야. 나는 네가 기억을 잃는 게 싫어……. 싫고 무서워."

"……무서워?"

"응. 뭔지는 몰라도 무서워."

내 입에서 진심이 새어 나오자 마키가 처음으로 내 말에 반응을 보였다.

그래, 이것저것 재지 말고 진심을 말하자. 그래야 마키를 설득할 수 있을 것이다.

다시금 마음을 굳히고 입을 열었다.

"내가 옛날부터 반복해서 꾸는 꿈이 있어."

그것만으로는 의미를 갖지 못하는 장면들. 시점이 고정되어 있고, 비디오카메라로 찍은 것을 마구 잘라서 이어

붙인 것 같은 꿈.

항상 봐버렸다고 하는 놀라움과 두려움, 그리고 긴장했을 때의 갑갑함이 따라오는 꿈.

"초등학생 정도의 아이랑 얼굴이 보이지 않는 어른 남자가 마주 보고 서 있어. 나는 그것을 그늘에서 지켜보면서…… 왠지, 보면 안 되는 걸 보고 있다고 생각해. 이유는 잘 모르겠고 다만 그런 느낌이 드는 거야. 그냥 꿈이라고 한다면 할 말 없지만."

최근까지는 그것이 기억술사와 관련된 꿈이라고 생각하지 못했는데, 지금은 기억술사에 대해 내가 마이너스 감정을 갖고 있는 것이 왠지 그 꿈과도 관련이 있는 것만 같다. 그건 확신에 가까웠다.

어쩌면 사라진 기억과 관련된 것인지도 모른다. 기억은 사라졌어도 그때 생겼던 감정이 천에 물이 스며들듯 남아 있는 것인지도 모른다.

"꿈속의 나는 그것을 보고 필사적으로 '도망쳐', '안 돼'라고 생각해. 왜 그렇게 생각하는지, 누구를 향하여 그렇게 말하려는 건지는 모르겠지만……. 그러고는 잠에서 깨. ……그건 옛날에 실제로 있었던 일이 아닐까 싶어. 꼬맹이 시절에 본 것을 꿈에서 보고 있는 게 아닐까 하는 생각이 들어."

　내 안에서도 정리가 되지 않은 것을 다른 사람에게 이야기하자니 말하기가 힘들었다. 마음이 답답하고 불안했다.

　하지만 천천히, 하나하나 확인하듯이 기억을 상기하며 말을 이었다.

　"무서운 꿈이야. 뭐가 무서운지는 모르겠는데 어쨌든 무섭게 느껴지는 꿈, 왜 그런 거 있잖아? ……기억술사를 무섭다고 생각하는 것과 같은 느낌이야. 근거는 없는데, 그게 과거에 있었던 일이라면 그 아이는 네가 아닐까 싶어…… 아마도 나는 네 기억이 지워지는 것을 본 거고."

　그러고 나서…… 나는 도망쳤는지도 몰라. 모르겠어. '도망쳐'라는 말은 너를 향한 것이었을까, 아니면 그 자리를 떠나지 못하는 나 자신을 향한 것이었을까.

　도망치지 않았던 건지, 도망치려고 했으나 도망칠 수 없었던 건지, 그건 알 수 없지만 그때 나의 기억이 지워졌을지도 몰라. 그래서 그다음에 무슨 일이 있었는지 기억할 수 없는 것일지도. 이제 와서는 알 길이 없어.

　그때 느꼈던 두려움이 지금 내가 느끼는 두려움의 원인이 된 걸까. 아니면 지금 내가 기억술사를 무섭다고 생각하기 때문에 그 꿈을 무서운 꿈이라고 느끼는 걸까.

(그러고 보면.)

이야기를 하다 보니 걸리는 것이 있었다.

마키가 기억을 잃은 것은 여섯 살이나 일곱 살 때였다.

꿈속에 나온 아이는 겉보기에는 초등학교 중간 학년 이상으로 보였다.

분명히 연령대가 안 맞는다.

애초에 그 아이가 마키라는 것은 어디까지나 나의 상상일 뿐, 마키라는 근거는 어디에도 없다. 전제가 잘못돼 있었는지도 모른다.

그러나 꿈속의 아이가 마키라면 마키는 두 번 이상 기억술사를 만났고, 그중 한 번을 내가 목격했다는 건가?

(내가 기억술사를 무섭다거나 싫다고 생각하는 이유도 잃어버린 내 기억 속에 있는 건가?)

마키가 두 번 이상 기억술사를 만났을 가능성이 있다고 한다면, 내가 기억술사를 만난 것도 한 번만이 아닐지도 모른다. 꿈에서 본 것이 기억술사와 마키가 만나는 장면이라고 한다면, 기억이 단편적으로밖에 남아 있지 않은 것은…… 내가 그 후 기억술사와 접촉했다는 얘긴가? 그렇다면 나는 적어도 두 번은 기억술사를 만난 게 된다. 어쩌면 더 많이?

잠깐의 침묵이 흘렀다.

"……기억술사에 관한 풍문, 몇 개나 알아?"

그때까지 잠자코 있던 마키가 갑자기 그렇게 물어왔다.

마키를 돌아보니 그녀는 초점 없는 눈으로 몇 미터 앞의 땅바닥을 보고 있었다.

"……인터넷에 돌아다니는 이야기는 대충 알아. 네가 가르쳐준 것도 있잖아."

"응. ……초록색 벤치에서 기다리면 만날 수 있다는 거? 그것 말고는?"

"아아, 그리고 게시판에 메시지를 남겨놓으면 접촉할 수 있다든가……."

"그건 초록색 벤치보다 만날 확률이 떨어지지만 일단 유효해. '운이 좋으면'이라는 단서가 붙은 느낌이라고 할까?"

"그리고…… 기억술사는 해 질 녘에 나타난다는 설도 있었어."

"아, 응. 그 밖에는?"

"기억술사는 기억술사를 찾는 사람을 만나러 온다."

"기본이지."

"기억술사는 키가 큰 남자란 풍문도…… 거꾸로 여자란 얘기도 있었고."

"응."

"회색 코트를 입고 있다든가."

"아하, 그런 세세한 것까지."

풍문이 퍼져나가면서 디테일이 늘어가는 것은 도시전설이 전파되는 전형적인 패턴이다. 뒤에 첨가된 정보들은 대부분 하찮은 것들이다. 하지만 나는 혹시라도 그런 하찮은 정보의 근거가 된 사건이 실제로 있었을지도 모른다는 생각에, 아무리 작은 소문이라도 흘려듣지 않고 모아왔다.

"……기억술사는 기억을 지워달라고 의뢰한 본인의 기억만 지운다는 설이 일반적인 것 같은데, 나는 그건 아니라고 생각해."

"응……. 흥미 본위로 또는 놀이 삼아 기억술사를 불러내면, 의뢰하지 않은 기억까지 지워져버린다는 풍문이 있지. 의뢰받은 기억만 지운다는 것이 원칙이지만."

"나는 의뢰받은 기억을 지우는 것도 옳지 않다고 생각하지만, 의뢰인의 의사에 반해서 기억을 지우다니 그건 더더욱 옳지 않아."

"응. 그것 말고도 여러 가지가 있어. '기억술사는 기억을 먹는다', '기억술사는 자신의 정체와 연결된 기억은 남기지 않는다', '기억술사는 한번 지운 기억을 원래 상태로 되

돌릴 수 없다', '기억술사는 자신의 기억은 지울 수 없다'
등등…….''

"너, 놀랄 정도로 아는 게 많구나."

들어본 내용도 있었지만 거의가 처음 듣는 얘기들이었
다. 애초에 기억술사 괴담은 여중고생들 사이에서 돌기 시
작해서 조금씩 밖으로 퍼져나간 것이다. 현역 여고생인 마
키가 내가 모르는 정보를 안다 해도 이상할 게 없지만, 그
런 점을 고려한다고 해도 아는 정도가 지나치게 상세하다.
정보는 의도해서 조사하지 않으면 그런 식으로 모이지 않
는다.

마키도 나와 마찬가지로 기억술사에 대해서 조사를 하
고 있었던 걸까. 그토록 진지하게…… 찾았던 걸까.

그렇게까지 해서 지우고 싶은 기억이란 게 뭐냐. 입 밖
으로 나오려는 말을 삼켰다.

마키가 기억술사에게 지워달라고 부탁할 생각까지 한
기억을 갖고 있다면, 그건 결코 남에게 말하고 싶지 않은
기억일 것이다. 내게 그것을 털어놓고 상담을 해올 리 없
다는 걸 잘 알고 있었다.

(그래도 기억을 지우지 말아줘.)

고민이라고 해도 마키의 고민이고 기억도 마키의 기억

인데, 내가 이런 말을 할 수 있는가. 실제로 아무 도움도 줄 수 없는 주제에 이런 말을 할 수 있는가. 하지만 교코 때와 같은 일은 이제 그만 겪고 싶다. 자격이 없다든가, 각오가 서 있지 않다든가 하는 이유로 망설이고 있기만 한다면 같은 일이 반복될 것이다.

어떻게 하면 막을 수 있을까. 나는 필사적으로 생각했다.

"방금 한 얘기 말이야."

목소리의 톤을 조금 바꿔서 마키가 다시 말하기 시작했다.

"방금 료 오빠가 한 얘기. 기억나진 않지만 알고 있어. ……나랑 료 오빠가 들은 건 우리 어머니랑 아버지가 얘기하는 목소리였어. 그렇지?"

마키를 봤다. 마키는 앞으로 향했던 시선을 내 쪽으로 돌리고 입술을 일그러뜨리며 조금 웃었다. 힘들여 말하는 것 같았다.

"료 오빠가 생각하는 대로야. 기억술사가 내 기억을 지워줬어. 내가 부탁한 건 아니었지만, 어쨌든 기억술사는 나를 구해준 거야."

마키의 말에 나는 할 말을 잃었다. 아연실색하여 그녀를 바라봤다.

억지로 웃음 짓는 얼굴이 어색하리란 걸 스스로도 잘 알 았던지, 마키는 바로 시선을 돌리고 아무 의미 없이 구두 끝으로 모래를 찼다.

"료 오빠는 이미 알고 있는 얘기겠지만…… 우리 엄마 말이야…… 바람피운 적이 있었대. 내가 아직 어렸을 때 삼촌이랑……. 중학생 때 우연히 전화로 얘기하는 것을 들 었어."

돌연 얘기가 엉뚱한 방향으로 튀는 바람에 바로 따라갈 수가 없었다.

(중학생 때?)

마키의 부모님이 얘기하는 것을 들은 건 마키가 그보다 훨씬 어렸을 때였는데. 그렇다면…… 마키는 부모님의 대 화를 들은 후에 한 번 기억이 지워지고, 그로부터 몇 년이 지나서 또 같은 비밀을 들었다는 얘기다.

"벌써 예전에 끝난 일이었는데도 역시 알았을 때는 충격 이었어. 나는 어머니, 아버지, 삼촌을 모두 좋아했으니까."

마키의 목소리를 한 귀로 들으면서, 어떻게 마키는 기억 술사를 만난 사실을 기억할 수가 있는 거지, 내 머릿속은 온통 그 의문으로 가득 찼다.

마키는 자신의 기억이 지워졌다는 것을 알고 있다. 알고 있으면서도 다시 기억술사를 찾는다?

나는 기억이 지워진 것을 알았을 때 이루 말할 수 없는 공포를 느꼈는데.

(안 돼.)

나는 마키의 이야기에 집중하기 위해 안간힘을 썼다.

"지금은 물론 삼촌하고 아무 문제가 없고, 어머니는 굉장히 좋은 어머니이자 좋은 아내이고…… 가족은 모두 사이가 좋아. 분명 이렇게 될 때까지 어머니도 아버지도 많이 괴로웠겠지……. 두 분 다 내가 모르고 있다고 생각할 거야. 내가 이야기하지 않으면 계속 모르실 테고. 문제는 나야. 내 마음 한구석에는 싫은 감정이 남아 있는 거야. 이제 와서 어머니를 탓해봤자 소용없고, 그럴 맘도 없지만 싫은 감정이 없어지지 않아서 내가 힘들어."

"……그래서?"

말하기 힘든지 입을 우물거리는 마키를 재촉하듯이 얼굴을 보고 물었다.

"……그래서 지워달라고 부탁했어. 애초에 내가 전화하는 것을 듣지 않았다면 알지 못했을 일이고, 모르는 편이 좋은 일이었으니까, 잊어버리면 그게 최고로 좋다고 생각하고. ……그런데 거절당했어."

"거절당했어……?"

기억술사한테?

마키는 끄떡했다.

"그때 가르쳐주더라고. ……내가 어렸을 때 어머니가 바람피운 거, 들은 적이 있었다고. 나는 잊어버렸는데."

"……마키 너."

거절당했다, 가르쳐줬다, 그 말은 곧…….

"내 기억은 그때 한 번 지워졌대……. 그게 료 오빠와 둘이서 그때 그 대화를 들었을 때 일이야."

이건 마키가 기억술사와 만나서 이야기를 나눴고 그 내용까지 기억하고 있다는 얘기다. 이게 어떻게 가능한 일인가. 기억술사는 그런 기억을 다 지워버리지 않는가. 게다가 마키는 지금까지 자신이 기억술사와 그 정도로 가까웠다는 사실을 일절 내색하지 않았다. 내가 기억술사를 찾고 있다는 것을 알면서도.

마키 안에 기억술사에 관한 기억이 남아 있는 것만으로도 충분히 충격적인 일이었는데, 한 번에 너무나 많은 얘기를 듣다 보니 머리가 따라가지 못할 지경이었다.

마키가 기억술사에 대한 이야기를 숨기고 있었던 것은 이해하지 못할 것도 없었다. 나라도 다른 사람에게는 말하지 않았을 것이다.

그보다도 내가 놀란 것은, 마키가 단지 초자연적인 힘에 흥미를 느껴 도시전설의 괴인을 찾았던 것도, 기억을 지우는 일의 심각성을 몰랐던 것도 아니라는 사실이었다.

그것도 모르고 애써 마키를 지키려 했던 내가 무척 우스꽝스럽게 여겨졌다.

"그 시절 나는 아무것도 모르는 아이라서 마냥 혼란스러워했기 때문에 잊게 하는 것 말고는 방법이 없었대. 아무것도 모르는 아이의 기억을 지워버린다는 게 고민스러웠지만, 달리 어떻게 할 수도 없어서 지웠대. 나중까지 그게 과연 옳은 행동이었는지 알 수 없었다는 거야."

마키는 담담히 계속했다.

"그때는 내가 아이였으니까 지울 수밖에 없었지만, 이제 스스로 생각하고 이해해서 결론을 낼 수 있는 나이가 됐다는 거야. 그렇게 말하면서 거절했어. 아까 료 오빠도 말한 것처럼, 기억을 지우는 건 돌이킬 수 없는 일이니까 경솔하게 해서는 안 될 일이라고, 기억을 지우는 것은 최후의 수단이라고 했어."

마키의 입에서 흘러나오는 상세한 설명, 기억의 선명함, 그리고 정보량, 모두 도노무라 아쓰시나 세키야 가나메와는 비교도 되지 않는 것이었다.

　마키는 기억술사와 주고받은 대화의 내용까지 기억하고 있다. 마키는 기억술사가 실재한다는 것은 물론이고 기억술사가 어떤 존재인지도 알고 있다. 능력을 행사하고 나면 돌이킬 수 없다는 것까지도 알고 있다.

　그렇다면…… 그렇다면.

　그런데도 지금 또 기억술사를 찾고 있다.

　그런 마키에게 난 말한 것이다. 넌 아무것도 모른다고, 잘 생각해보라고.

　내가 할 수 있는 것은 아무것도 없다.

　멈추는 것은 불가능하다.

　"……료 오빠, 기억하고 있었구나."

　담담히 얘기하던 것을 멈추고 짧은 침묵 뒤에 그때까지와는 다른 말투로 마키가 말했다.

　"방금 얘기했잖아. 꿈에서 본다고. 기억이라기에는…… 그냥 꿈에서 단편적으로 보는 건데."

　나는 말하면서도 마키가 나의 꿈 얘기로 화제를 돌린 이유를 알 수 없어서 당황했다.

　"기억하고 있었구나"라는 말의 의미를 조금 지나서 이해하고, "아" 했다. 그 꿈에 나오는 아이는 역시 마키였다.

"너야말로 기억하고 있었던 거니? 그때 기억이 지워졌던 게…… 기억이 돌아왔어?"

"기억술사가 한번 지운 기억은 돌아오지 않아. 아까 말한, 그 풍문…… 그건 정말이야. 기억을 지워달라는 것을 거절하면서 내게 가르쳐줬어."

기억술사가 그렇게 자세한 정보를 왜 마키에게만 가르쳐준 건지, 그리고 왜 그 기억을 지우지 않았는지, 내 머릿속에서는 알 수 없는 의문이 꼬리에 꼬리를 물고 산처럼 쌓여갔다.

드디어 한 가지 정리할 수 있겠구나 싶으면, 바로 다음. 정리할 수 없어서 초조해하는 사이에 또 다음이다. 무엇부터 물어야 좋을지 몰라서 혼란스러웠다. 결국 가장 근본적인 의문만을 입에 올렸다.

"……너, 기억술사를 알고 있는 거니?"

"알아. 정말 좋아했어."

마키는 울다 웃다 하는 표정으로 나를 보고 말했다.

"우리 외할아버지야."

나는 한순간 머리가 텅 비는 것 같은 충격을 받았다.

그렇게 한순간의 공백이 지나가자 머릿속에서 굉장한 기세로 기억이 소용돌이치기 시작했다.

십 년 전, 기억술사는 마키의 기억을 지웠다. 내가 마키를 데려다준 그 직후에.

집에 들어갈 때까지의 짧은 시간에 무슨 일이 있었을 거라고 생각했다. 그러나 그게 아니었다.

"외할아버지는 꽤 오래전에 사람의 기억을 지우는 일을 그만뒀어. 내 기억을 지운 것이 삼십 년 만이라고 하셨어……. 외할아버지는 사람의 기억을 지우는 일은 함부로 해서는 안 되는 거라고 생각하셨거든."

오십 년 전에도 기억술사가 다녀갔다고 하는 풍문이 떠올랐다.

그게 마키의 외할아버지였다는 것인가.

"그렇게 생각하고 계셨기 때문에 내가 어머니가 바람피운 사실을 알게 되어 기억을 지워달라고 부탁드렸을 때도 거절하신 거야. 그 후 바로 외할아버지는 돌아가셨고……. 그러니까 어린 시절 내 기억을 지운 것이 아마도 외할아버지가 마지막으로 기억술사의 힘을 쓰신 걸 거야."

멍한 상태로 입만 움직였다.

"……내가 꾼 꿈속의 그…… 초등학생인 너와 마주 서 있던 남자가 너의 외할아버지……?"

"아니야. 그건 전혀 관계없는 사람이야. 외할아버지가 내 기억을 지운 건 한 번뿐인걸."

그렇다면 그 꿈속에서 나는 왜 도망치라고 외쳤던 걸까. 그리고 왜 그다음을 기억해내지 못하는 걸까. 수수께끼의 답이 제시되면 될수록 또다시 새로운 의문이 솟아났다.

침착해. 나 자신을 달래면서 한숨을 내쉬었다.

"……몇 번이나 같은 꿈을 꾸는데도 단편밖에 보이지 않는 것은…… 기억술사가 나에게 뭔가 했기 때문일 거라고 생각했어."

"응."

마키는 울다 웃다 하는 표정인 채로 끄덕였다.

"료 오빠, 당첨. ……기억술사가 지운 기억은 아무리 기억해내려 해도 돌아오지 않으니까."

"역시 그건 정말로 있었던 일이구나. 내 기억은 너의 외할아버지가……."

"아니야."

고개를 숙인 채로 흔들었다.

"그건 내가 먹다 남긴 거야."

무슨 말을 하는 건지 알 수 없었다.

잘못 들었나 하고 마키를 쳐다봤다.

"할아버지는 료 오빠의 기억을 한 번도 지우지 않았어. 나야. 난 벌써 몇 번이나 료 오빠의 기억을 지웠는데…… 기억 못 하지?"

고개를 끄덕일 여유도 없었다.

"……료 오빠의 기억은 공들여서 지웠다고 생각했는데."

마키는 계속해서 울다 웃다 하는 표정을 지으며 말했다.

"맨 처음에 한 거라 실패했어. ……어쩔 수 없었어. 난 그때 아직 초등학생이었으니까."

설마.

비로소 마키의 말이 하나의 형태를 이루기 시작했다.

어처구니없는 일이다. 어떻게 이런 일이 있을 수 있는 거지.

"기억술사는 해 질 녘에 나타난다. ……이 풍문은 반은 맞는 말이야. 학교에 가는 날은 방과 후에만 움직일 수 있으니까. 회색 코트란 건…… 이거 말인가? 학교 지정 코트는 검정이나 짙은 파랑이나 회색이니까 어쩔 수 없지."

진회색 코트 자락을 붙잡고 엷게 쓴웃음을 지으면서 마키가 말했다.

"초록색 벤치 풍문은, 내가 어렸을 때 들은 이야기를 떠올리고 흘린 얘기야. 게시판에 메시지를 쓰면 된다는 건 나도 모르는 사이에 유행한 풍문인데…… 마침 잘됐다 싶어서 몇 번쯤 이용한 적이 있어. 이코 씨? 그래, 이 벤치에 앉아 있었어. 이코 씨는 지우고 싶은 기억이 있었던 게 아니라 단지 기억술사에게 흥미가 있었던 것뿐이지만."

"이코 씨의 기억은……."

"그래, 내가 지운 거야. 한 사람 더, 꽃집에서 아르바이트하는 사람의 기억도. 이코 씨한테서 얘기를 듣고 찾아갔어."

마키는 담담히 얘기했다.

"료 오빠가 기억술사의 정체를 알아버릴 것 같아서 좀 초조했어."

평소보다 아주 조금 어른스러운 목소리와 표정이긴 했지만 역시 마키는 마키였다. 옛날부터 쭉 알아온 마키였다.

그런데…….

"……내가 찾고 있던 기억술사는."

믿고 싶지 않았는데.

"……응. ……미안, 료 오빠."

당장에라도 울음을 터뜨릴 것처럼 일그러진 눈을 보고 나는 더 이상 아무 말도 할 수 없었다.

어째서냐고, 그 말만이 입에서 새어 나온다.

냉정하게 생각해보면 마키를 걱정하여, 마키보다 먼저 기억술사를 만나려고 기다리고 있던 나 자신이 몹시 우스꽝스러웠다. 마키는 기억술사를 기다리고 있던 것이 아니었다.

"내 생각은 외할아버지랑은 좀 달랐어. 특별한 힘이 있다면 거기에는 특별한 의미가 있을 거라고 생각했어……. 나는 슬픈 일을 잊게 해줄 힘을 가진 것이 기뻤어. 료 오빠의 꿈속에서 나랑 같이 있었던 건 의뢰인이야. 난 그 사람의 기억을 지웠어. 료 오빠가 그걸 봐버려서…… 료 오빠의 기억도 지웠어."

"……."

"료 오빠의 기억을 지운 건 그게 처음이야. 다음은 교코 씨 일로 료 오빠가 기억술사를 조사하기 시작하고 조금 지나서. 아는 사람의 기억은 지우고 싶지 않아서 가능한 한 지우지 말자고 생각했는데…… 마무리가 허술했어. 역시 료 오빠는 눈치챘어. 더 확실하게 했어야 하는데 무서워서 미적거렸어."

"……무섭구나, 너."

"무서워. 료 오빠의 기억을 지웠을 때 처음으로 무섭다고 생각했어. 그래서 되도록 두 번 다시 아는 사람의 기억은 지우고 싶지 않았어."

"그때, 무섭다고 생각했을 때 그만뒀으면……."

내가 말을 계속하려는데 먼저 마키가 내 말을 덮어씌우듯이 말했다.

"도와달라는 사람이 있고 나는 그걸 할 수 있어. 나밖에 할 수 없어. 도와주지 않을 거라면 뭣 때문에 나한테 이런 힘이 있는 거냐고. 그렇게 거창하게 생각하지 않더라도, 눈앞에 어려움에 처한 사람이 있으면 도와주는 게 당연하잖아? 나도 기억이 소중하다는 것 정도는 알아. 쉽게 지워버리는 게 능사가 아니란 것도 알아. 그래서 꼭 필요한 최소한의 기억만 지우고, 기억을 지워달라는 사람의 기억 이외에는 되도록 지우지 말자고 정해놨어. ……직접 나랑 연결되는 기억은 지울 수밖에 없지만."

숙이고 있던 얼굴을 들고 나를 뚫어지게 쳐다보았다.

"나는 나 자신을 지켜야 했어. 내가 기억술사란 게 알려지면…… 난 그게 더 무서워."

단호하게 시작됐던 마키의 말은 바로 그 기세를 잃고 마지막에는 허약하게 갈라졌다.

자신을 지키려고 열심히 정당성을 주장하는 아이 같았다. 부정당하는 것을 겁내는 아이.

기억술사를 마주했을 때 해주고 싶었던 말은 산처럼 많았다. 그런데 지금은 아무 말도 나오지 않았다.

"기억을 지우는 것은 무섭지 않아. 지운 후에도 후회 같은 거 안 해. 나는 의뢰인 앞에서는 '기억술사'야…… 그냥 기억을 지우는 존재이면 되는 거야. 하지만…… 료 오빠의 경우는 달라. 료 오빠 앞에서는 난 가와이 마키인걸."

그토록 두려워하고 미워했던 기억술사를 책망할 마음이 솟아나지 않았다.

눈앞에 있는 것은 '기억술사'가 아니라 내가 잘 아는 마키였다.

내가 지켜줘야 한다고 거의 의무인 양 생각했던 세 살 아래 소꿉친구 마키가 동시에 내가 물리치려던 위험이었다니. 아무래도 거짓말 같게만 느껴졌다.

"……네가 무섭다고 생각한다면, 그게 정상적인 감정인 거야. 그건 무서운 일이야. 그걸 느낀다면 네가 좀 더 생각해봐야 하지 않겠니."

왠지 울고 싶은 기분으로 아이를 타이르듯이 말을 이어갔다.

"너를 책망하는 것이 아니야. 지금까지의 일이 아니라…… 이제부터라도 좋으니까. 내가 지금 말이 잘 안 나오지만 어쨌든 내가 하는 말을 듣고 생각해봐 달라는 거야."

나는 기억술사가 확실히 존재한다는 걸 알고 나서도, 기억술사를 현실미 없는, 사람하고는 다른 무엇이라고 생각했다. 인정머리 없는 존재인 것처럼 생각했다. 그런 존재에게 잊히는 것의 의미를, 그 잔혹함을 알아듣게 전달할 수 있을까 하고 불안해했다.

다른 한편 희망도 있었다. 지금까지 아무도 기억술사에게 기억을 지우는 것의 잔혹성을 지적하지 않아서 그런 거라면, 어쩌면, 기억술사는 자신의 행위의 의미를 깨닫지 못한 것뿐일 수도 있으니까, 그걸 깨닫게 해주면 더 이상 그런 일을 하지 않게 될지도 모른다는 희망.

하지만 기억술사는 인정머리 없는 존재도, 아무것도 모르는 아이 같은 존재도 아니었다.

(똑같다.)

기억술사를 신봉하는 자들과의 대화를 떠올렸다. 그들은 기억술사를 긍정하고, 고맙다고 말했다.

말도 통하고, 서로의 생각을 이해할 수 있는데도, 아무리 해도 설득할 수 없었다. 확실한 것은 말할 수 없지만, 너는 모른다고 생각하는 듯한 느낌이 들었다.

옳으냐 그르냐 등은 문제가 아니라고, 그런 깔끔한 구분보다 기억을 지우고 싶은 인간에게는 지울 수밖에 없는 이유가 있는 것이라고. 그것을 모르는 인간에겐 무슨 말을 해도 소용이 없으니 알아주지 않아도 좋고, 옳으냐 그르냐를 가르쳐주지 않아도 좋다고.

결국은 똑같은 것이다. 인간이 인간을 설득하는 것은 어려운 일이다.

어째서 모르는 걸까, 전달되지 않는 걸까 하고 초조하게 이를 악문다. 하지만 아마도 그것은 상대방도 마찬가지일 것이다.

그래도 전달할 수밖에 없었다.

"기억을 지워달라고 너한테 의뢰하는 사람들은 분명 그때는 진심으로 부탁하는 걸 거야. 그러니까, 뭐랄까……동의가 있는 거겠지만, 하지만 지우고 싶은 기억이라도 어쩌면 몇 년쯤 뒤에는 좋은 추억으로 바뀌거나 싫은 기억인 채로 있더라도 그게 계기가 돼서 변할 수 있거나…… 할지도 몰라, 그렇지 않아? 하지만 지워버리면 그것으로 끝이야. 그 뒤의 가능성이 제로가 돼. 길을 도중에 차단하는 거나 같아. 그뿐만 아니라 그때까지 걸어온 길까지 지워버리는 일이야. 기억을 지우는 것이 그 사람에게 좋은 일인지 나쁜 일인지는 그 순간만으론 알 수 없다는 얘기야. 그건 그 누구도 알 수 없는 거야. 그러니까……."

"잘 설명할 수는 없지만" 하고 몇 번 우물거리면서 말을 이어갔다.

마키의 표정은 변하지 않았다. 슬픈 듯이 뭔가를 포기한 얼굴을 하고 있었다.

아무리 해도 전달되지 않는구나.

그게 아니라면…….

내 말의 취지를 알아들었지만 받아들일 순 없다는 건가.

마키는 내 말을 끊듯이 불쑥 빠른 말투로 물었다.

"있지, 료 오빠, 교코 씨가 오빠를 잊어서 괴로웠어?"

나는 돌연한 질문에 당황해서 입을 다물었다.

"교코 씨에 대해서 잊고 싶어? 지워줄까? 나 할 수 있어. 없었던 일로 하면 편해질 거야."

마치 웃기라도 하는 듯이 입가를 일그러뜨리고, 그러나 고개 숙인 채로 그때까지 내 이야기를 듣고 있지 않았던 것처럼 말했다.

하지만 억지웃음을 끝까지 유지하지 못한 채 입술을 떨었다. 나는 그 모습을 보고 조금 냉정한 말투로 말했다.

"난 선배와 만난 것까지 잊고 싶지 않아."

천천히 조용조용 말했다.

"괴로운 일은 잊고, 만남도 상처도 없었던 것으로 하고, 다시 한 번 새로 시작하고 싶어 하는 사람이 있다는 건 알았어. 그러지 않으면 살아갈 수 없는 사람도 있을지 모른다는 것도. 하지만 나는 그렇지 않아. 기억을 지우는 선택을 하는 것이 자유라면 선택하지 않는 것도 자유겠지?"

"……"

마키는 떨리는 입술을 꾸욱 물고 조금 전보다는 그래도 웃는 얼굴에 더 가까운 표정을 지으며, 얼굴을 들어 나를 봤다.

"……그렇게 말할 거라고 생각했어."

생각한 대로 눈이 젖어 있었다.

마키는 앞을 보고 양손을 깍지 낀 다음 팔을 뻗는 동작을 하면서 잠시 침묵했다. 목소리가 떨리지 않기를 기다리는 모양이었다.

꽤 긴 침묵이 있고 나서 작은 목소리로 마키가 말했다.

"모두 뭔가를 다시 시작하기 위해 기억술사를 찾지만, 다시 시작하는 것이 정말로 효과가 있을까."

나는 그렇게 말하는 마키를 응시했다.

"밤길이 무섭지 않게 된 교코 씨는 또다시 위험한 일을 당하고 또다시 밤에 돌아다니지 못하게 될지도 몰라. 미사오는 모처럼 잊은 소꿉친구 남자아이를 또다시 이성으로서 좋아하게 될지도 몰라. 같은 일의 반복일지도 몰라. 그렇다면 내가 한 건 무슨 의미가 있을까."

자신감 같은 거, 언제나 없었어.

마키는 그렇게 말하고 울 것 같은 얼굴로 자조하듯이 인상을 찌푸리고 스커트 자락을 움켜쥐었다.

"그래도, 그래도, 어쩌면. 어쩌면 변할지도 몰라……. 미사오는 이번에는 다른 남자아이가 좋아져서 가나메랑은 소꿉친구로서 계속 지낼 수 있을지도 모르고, 아니면 소꿉친구인 가나메 쪽이 미사오를 좋아하게 될지도 몰라……. 어쩌면."

기도하듯, 매달리듯, 억누른 목구멍 속에서부터 짜내는 '어쩌면'에, 나는 아무런 이의를 제기할 수 없었다. 괴로움에 감염된 듯 목이 멨다.

"왜 나는 어쩌면, 어쩌면 하고 생각하면서 몇 번을 실패하면서도 이 일을 계속하는 걸까. 바보같이, 왜 나만 변하지 않고."

"……마키?"

"······난 기억술사니까. 누군가의 기억을 지워서 그 사람 안에서 그 기억이 사라져도 내 안에는 그 사람의 기억이 전부 남아."

마키는 이제 웃는 표정을 짓는 것을 포기한 것 같았다.

마키는 얼굴을 들고 나를 봤다.

"외할아버지는 이제 안 계셔. 기억술사는 자신의 기억은 지울 수 없어. 난 전부 기억할 수밖에 없어······. 기억술사가 한 명 더 있다면, 지금 당장 지워달라고 하고 싶은데."

눈물이 주르륵 마키의 뺨을 타고 흘렀다.

"기억을 하나 지울 때마다 내 안에 쌓여······. 나만 기억이 늘어가. 어떤 느낌인지, 알아? 나만 잊을 수 없어."

철렁했다. 몇 년 만에 보는 눈물 때문만은 아니었다.

"내가 좋아하는 사람이 나와의 추억을 잊어도 난 그 사람 앞에서 아무 일도 없었던 것처럼 웃어야 한다고······. 그 추억은 이제 내 안에만 있으니까."

거기까지 말하고 마키는 손목으로 쓱 눈가를 닦았다.

내가 모르는 데에서 마키가 기억을 지운 사람은 얼마나 될까. 그 안에는 마키가 말하는 '좋아하는 사람'도 있었겠지.

교코가 나를 잊었다는 것을 알았을 때 내가 느꼈던 심정이 기억나면서 목에 걸려 있던 것이 더 묵직해지는 것 같왔다.

마키가 그것을 경험하고 그 아픔을 알고도 사람들의 기억을 계속 지운 거라면.

"그게 내가 받는 벌일까 하고 생각해."

상상도 하지 않았던, '기억술사'의 고뇌였다.

그리고 '마키'의 고뇌였다.

"그러면 그만해도 되지 않을까? 그렇게 괴로운데 계속할 거 없어. 능력이 있다고 해서 꼭 써야 하는 건 아니잖아."

나 자신도 거의 울 것같이 되어 그렇게 말했다. 가까스로 울음을 참으면서 그리고 혼신의 바람을 담아서 마키의 양 어깨를 붙들고 정면으로 바라보면서 계속했다.

"나는 널 지켜야 한다고 생각했어, 바보같이 말이야. 기억술사가 내 주위 사람들의 기억을 지워가니까 너도 위험하지 않을까 하고……. 나는 어렸을 때 기억이 지워진 일을 네가 모르고 있다고 생각했어."

마키는 어찌할 바를 몰라 하며 말없이 나를 바라봤다. 시키는 대로 하는 아이 같은 표정을 하고.

한순간 '말이 통하고 있는 건가?' 하고 생각했다.

"네가 아무것도 모르고 기억술사를 만나려 한다고 생각했어. 그래서 사려 깊지 못한 일은 하지 말라고 설득할 작정이었어. ······바보 같지?"

아무것도 몰랐던 것은 나였는데.

"맞아. 난 바보야······."

입에서 나오는 대로 열심히 말을 계속했다.

나오는 대로 늘어놓은 말 속에서 마키가 하나라도 쓸 만
한 조각을 주워줬으면 싶었다.

"응, 나 이제 어떻게 하면 좋을지 모르겠어. ······어떻게
안 되겠니?"

변함없이 투명한 마키의 눈을 보자 내 마음은 더욱 답답
해졌다. 나 자신이 무력하다는 것이 사무치게 전해져서.

"내가 할 수 있는 건 아무것도 없는 거니? ······너 이대
로 계속할 생각이야? 그런······ 그런 얼굴을 하면서까지
계속할 거야? 왜 계속해야 하는데, 응? 마키야······."

책망할 생각도 몰아붙일 생각도 없었는데 마키는 내 말
을 들으며 울었다.

"울지 마."

우는 얼굴을 보고 있을 수 없어서 양팔로 마키의 등과
어깨를 끌어안았다.

작은 몸이었다.

"나를 지키려고 애쓸 거 없어. 그러지 마."

마키는 내 어깨에 턱을 얹듯이 하고 숨을 헐떡이듯이 말했다.

그 목소리가 꼭 끌어안은 몸에서 직접 전달되는 것 같았다.

"그런 거 필요…… 없으니까."

흐읍, 숨을 들이마시는 소리조차 떨렸다.

나는 다음 말을 재촉하듯이 끌어안은 팔에 힘을 주었다.

"딱 한 번만…… 나를, 여자로 좋아해줘."

마키가 무슨 말을 하는지 알 수 없었다.

알아듣지 못한 채로 하얀 안개가 시야를 뒤덮었다.

안개를 걷어내듯이 이번에는 하얀 빛이 퍼져나갔다.

정신을 차려보니, 나는 집 근처 공원에서 팔 안에 한 소녀를 끌어안고 있었다.

낮잠을 자다가 깬 것 같은 느낌이었다. 머리는 바로 산뜻해졌지만 왜 이곳에 있는지 알 수 없었다.

팔 안에 있는 것은 내가 여동생처럼 생각하는 나의 소꿉친구 마키였다.

"……마키?"

마키가 우는 모습을 보는 건 꽤 오랜만이었다. 늘 밝게 웃는 마키가 소리도 내지 않고 울고 있는 것을 보고 내 마음도 쓰려왔다.

"마키, 무슨 일이니?"

놀라서 몸을 떼려고 했지만 마키가 울음을 그치지 않아서 망설인 끝에 다시 마키의 등에서 어깨로 팔을 둘렀다.

"응, 울지 마. 네가 울면 난 어떻게 해야 할지 모르겠어."

난 어찌할 바를 모르고 마키를 꼭 안아줬다.

왜 그런지 모르지만 가슴이 아파왔다.

"울지 마……."

내 어깨에 얼굴을 묻은 채 마키가 뭐라고 했다.

"미안해"라고 한 것 같았는데 분명히 알아듣지는 못했다.

달콤한 호러

이 작품을 쓴 오리가미 교야는 아마도 우리나라에 처음 소개되는 작가일 것이다. 그녀는 1980년생으로 런던에서 태어났고 일본에서 변호사로 일하면서 2012년에 작가로 데뷔한 독특한 이력의 소유자다. 데뷔작은 『영감검정(霊感検定)』이며, 작가는 이 작품으로 14회 고단샤BOX 신인상을 수상했다.

뒤이어 『기억술사』 1권으로 2015년 제22회 일본 호러소설대상에 응모하여 독자상을 수상했다. 독자상은 전문 작가나 비평가가 아닌, 일반인 모니터 요원들이 선정한 수상작을 말한다. 실제 이 작품은 독자들로부터 좋은 평가를 받았고, 이후 연이어 출간된 두 권의 속편도 큰 성공을 거

두었다. 그런 점에서 이 작품은 오리가미 교야가 작가로서 세간에 이름을 알린 현재의 대표작이라고 할 수 있다.

작가는 미스터리, 호러, 역사물, SF 등 이른바 장르물에 관심이 많고 앞으로 그쪽 방향으로 계속 책을 집필하겠다는 포부를 밝힌 바 있는데, 이번 번역을 계기로 한국 독자와도 지속적으로 좋은 관계를 맺었으면 좋겠다. 독자 입장에서도 데뷔한 지 얼마 안 된 풋풋한 작가가 발전해가는 모습을 지켜보는 재미가 적지 않을 것이다.

작품 이야기로 돌아가서, 이 책이 호러소설 부문 수상작이라고 하여 무서운 공포 스토리일 거라고 미리 겁먹을 필요는 없다. 이 소설에 등장하는 공포는 하드코어적인, 어떤 육질의 공포가 아니라, 차라리 소프트한, 철학적인 공포라고 해야 할 것이기 때문이다.

예를 들어 이런 이야기다. 누구나 살다 보면 하나나 둘쯤 잊고 싶은 기억이 있을 것이다. 쓰라린 실연의 기억, 남을 상처 입힌 기억, 남에게 상처받은 기억, 아무에게도 말할 수 없었던 수치스러운 경험에 대한 기억 등…… 그때 만약에 기억을 자유자재로 지울 수 있는 인물이 있다고 한다면, 나는 그에게 그 기억을 지워달라고 부탁할 것인가, 아니면 비록 괴로워도 내 기억이기에 끌어안고 살 것인가.

여기 다른 사람의 기억을 지워주는 능력을 가진 존재가 있다. 이름하여 기억술사. 독자에게 물어본다. 그는 공포스러운 존재인가 아닌가.

이러한 '기묘한 호러' 설정으로 인하여 독자들 사이에서도 이 작품이 호러다, 아니다를 놓고 의견이 분분했다. 앞에서 이 작품을 철학적인 공포라고 이름 붙인 이유이다. 그런 만큼 독자가 어떤 입장을 갖고 있는가에 따라 이 소설은 호러소설이 될 수도 있고, 판타지 소설이 될 수도 있다. 독자만 그런 게 아니다. 작중의 등장인물들도 기억술사를 바라보는 시각이 각자 다르다. 료이치는 기억술사를 두려움의 대상으로 보지만, 다른 인물들은, 특히 소문을 전파하는 많은 이름 없는 사람들은, 기억술사를 판타스틱한 존재라고 생각한다.

작가에게 기억술사는 물론 무서운 존재다. 아래는 어느 인터뷰에서 작가가 한 말이다.

"기억이란 자신만의 것이고, 하지만 자신이 컨트롤할 수 없고, 잊고 싶어도 잊히지 않아요. 그것을 밖에서 지울 수 있다면, 편리하기도 하지만, 무섭지요. 그 사람 안에만 있는 것이 영원히 사라져버리면, 그 사람은 이제 그 사람이 아니게 될지도 모르고…… 그런 것들을 주인공과 함께 생각하면서 쓰고 있는 느낌이었습니다."

그러나 이 작품이 소프트한 호러라고 하여 이야기가 늘어지는 일은 없다. 작가는 탄탄한 구성과 빠른 진행으로 작품의 마지막 페이지까지 읽는 이의 긴장을 늦추지 않는다. 게다가 그 긴장은 또한 에피소드마다 녹아 있는 애틋한 사랑의 감정과 버무려져 달콤하기까지 하다. 한때는 서로에게 애틋하던 사람들이 그중 어느 한쪽이 기억을 잃으면서 그저 멀뚱멀뚱한 존재가 되어버리는, 그 슬픈 결말이 호러의 핵심이기 때문이다. 그래서 이 작품은 일본에서 '애달픈 호러'로 화제를 불러일으키기도 했다.

작가는 자신의 호러가 이렇게 소프트하게 받아들여지는 게 좋으면서도 싫은 듯, 언젠가 정말로 무서운 이야기를 쓰고 싶다고 하는데, 글쎄. 그건 어떤 얼굴로 세상에 나오게 될지 독자로서 정말 궁금하다.

새로운 작가를 번역으로 소개할 수 있는 기회를 준 출판사에 감사드린다.

2017년 4월

서혜영

옮긴이 서혜영

서강대학교 국어국문학과를 졸업하고, 한양대학교 일어일문학과 박사 과정을 마쳤다. 현재 전문 일한 번역, 통역가로 활동 중이다. 옮긴 책으로 『그렇게는 안 되지』, 『서른 넘어 함박눈』, 『고독한 밤의 코코아』, 『춘정 문어발』, 『열심히 하지 않습니다』, 『밤은 짧아 걸어 아가씨야』, 『토토의 눈물』, 『토토의 희망』, 『하기 싫은 아내』, 『떠나보내는 길 위에서』, 『태양은 움직이지 않는다』, 『반딧불이의 무덤』, 『사라진 이틀』, 『보리밟기 쿠체』, 『모라사키 서점의 나날들』, 『한심한 나는 하늘을 보았다』, 『명탐정 홈즈걸』, 『하노이의 탑』 등이 있다.

기억술사 1 : 기억을 지우는 사람

1판 1쇄 발행 2017년 4월 24일
3판 1쇄 발행 2022년 11월 1일

지은이 오리가미 교야 **옮긴이** 서혜영
펴낸이 김영곤 **펴낸곳** (주)북이십일 아르테
아르테출판사업본부 문학팀 김지연 임정우 원보람
해외기획실 최연순 이유경 **디자인** 데시그
출판마케팅영업마케팅본부 본부장 민안기
출판영업팀 최명열
마케팅2팀 나은경 정유진 박보미 백다희
제작팀 이영민 권경민

출판등록 2000년 5월 6일 제406-2003-061호
주소 (우 10881) 경기도 파주시 회동길 201(문발동)
대표전화 031-955-2100 **팩스** 031-955-2151

(주)북이십일 경계를 허무는 콘텐츠 리더

아르테 채널에서 도서 정보와 다양한 영상자료, 이벤트를 만나세요!
페이스북 facebook.com/21arte **인스타그램** instargram.com/21_arte
포스트 post.naver.com/staubin **홈페이지** arte.book21.com

ISBN 978-89-509-6960-8 (04830)
     978-89-509-6963-9 (세트)